Nassir Djafari

Eine Woche, ein Leben

Roman

sujet verlag

CIP - Titelaufnahme in die Deutsche Nationalbibliothek

Eine Woche, ein Leben
Autor: Nassir Djafari

ISBN: 978-3-96202-053-8

Lektorat: Amir Shaheen, www.shaheentext.de
Umschlaggestaltung: www.the-editorial.de
Layout: Marina Kornelaki
Druckvorstufe: Sujet Verlag, Bremen
Printed in Europe
1. Auflage Frühjahr 2020

www.sujet-verlag.de

Der Tag, an dem Hamid spurlos verschwinden sollte, begann wie jeder andere, seit sie eine Woche zuvor in Cusco angekommen waren. Und dennoch war es ein besonderer Tag: Timms Geburtstag.

HAMID

1

Der Junge saß da wie ein Taubstummer und ignorierte alle anderen am Tisch. Als Hamid sich endlich dazu durchgerungen hatte, eine kleine Rede zu halten, war es schon fast zu spät. Die Kellner servierten bereits den Nachtisch, und seine Gäste schienen sich auch ohne sein Zutun wohlzufühlen. Er hatte erst letzte Woche eingeladen und war froh, dass alle gekommen waren. Jetzt saßen sie an einer langen Tischreihe, umringt von laut plaudernden iranischen Familien, die wie jeden Sonntagmittag dieses Restaurant bevölkerten. Der Duft von Safranreis und Kebab lag in der Luft.

Eva hatte ihn dazu überredet, dieses Geburtstagsessen für Timm auszurichten. Er hätte darauf verzichtet, ihm war nicht nach Feiern zumute. Der Junge hatte sich ihm völlig entzogen, ja offenbar der ganzen Welt. Wie ein aus der Umlaufbahn geratener Satellit trieb er verloren dahin. Seit Monaten verließ Timm sein Zimmer nur noch, um auf die Toilette zu gehen. Und ab und zu tauchte er wie ein stiller

Untermieter in der Küche auf und machte sich ein Brot. Wenn Eva oder er ihn bei diesen Gelegenheiten ansprachen, bekamen sie nur einsilbige Antworten. Zu den gemeinsamen Mahlzeiten erschien er schon lange nicht mehr. Nachdem sie seinem Rückzug eine Weile ratlos zugesehen hatten, hielt es Eva nicht mehr aus und brachte ihm jeden Abend einen Teller mit warmem Essen. Hamid duldete es stillschweigend, obwohl er Evas Nachgiebigkeit für einen Fehler hielt. Gesten und Worte erreichten den Jungen schon lange nicht mehr. Gespräche erschöpften sich, noch bevor sie begonnen hatten, liefen ins Leere und versickerten. Der Zustand seines Zimmers sagte allerdings genug. Wann immer er es in letzter Zeit betreten hatte, bot sich das gleiche Bild: Sein Sohn saß mit dem Rücken zur Tür an seinem Computer und hatte den Kopfhörer auf. Das Bett war zerwühlt, der Sessel zugedeckt mit Kleidern, die über die Rücken- und Armlehnen hingen und auch einen Teil des Fußbodens erobert hatten. Der Papierkorb quoll über.

Von Timms früheren Freunden kam keiner mehr vorbei und er selbst ging nirgendwo mehr hin, außer jeden Morgen zur Schule. Hamid fragte sich freilich, ob sein Sohn überhaupt noch irgendetwas für den Unterricht tat. Ein besonders guter Schüler war er noch nie gewesen, hatte sich nur mühsam über Wasser halten können. Jetzt stand das Abitur unmittelbar bevor und es sah nicht so aus, als wäre ihm das klar. Sein Geburtstag war Timm jedenfalls völlig egal, das hatte Eva aus ihm herausbekommen. Trotzdem hatte sie darauf bestanden, diese kleine Feier auszurichten. Sie konnte sich einfach nicht vorstellen, runde Geburtstage zu übergehen, so war Eva eben.

Hamid wartete, bis sich die Bedienung wieder zurückgezogen hatte und erhob sich. Langsam trat er hinter seinen Sohn. Beiläufig legte er ihm die Hände auf die Schultern und spürte, wie angespannt der Junge war. Derweil verebbten die Gespräche und verloren sich in erwartungsvoller Stille. Alle blickten zu Hamid.

Es gelang ihm mühelos, ein Lächeln zustande zu bringen.

„Vor euch steht ein rundum zufriedener Vater." Er schaute jeden einzelnen Gast an. „Der achtzehnte Geburtstag ist immer ein Meilenstein. Wir beide", er drückte Timms Schultern und schaute zu ihm herab, „haben gemeinsam einen langen Weg zurückgelegt. Vor dir hast du nun ein ganzes Leben, es liegt in deiner Hand, was du daraus machst. Ich war immer stolz auf dich, Timm, und habe keinen Zweifel, dass du es weit bringen wirst." Hamid spürte, wie der Junge versuchte, sich nach vorne zu neigen, um seinem Griff zu entkommen. Er hielt ihn fest. „In diesem Sinne erhebe ich mein Glas auf Timms vielversprechende Zukunft."

Die Gäste taten es ihm gleich. „Auf das Geburtstagskind!", rief einer in das zustimmende Gemurmel hinein.

Hamid breitete die Arme aus. „Es ist schön, euch alle hier zu haben."

Wie in Stein gemeißelt verharrte sein Sohn immer noch mit durchgedrücktem Rücken auf seinem Stuhl, rührte keine Miene und mied jeglichen Blickkontakt. Wieder einmal fiel Hamid auf, wie schnell der Junge gewachsen war. Mittlerweile überragte er ihn fast um Haupteslänge. Mit seinen dichten schwarzen Locken und seinem schlanken, aber ausdrucksvollen Gesicht müsste er eigentlich ein Schwarm der Frauen sein. Aber er hatte noch nie eine Freundin mit nach Hause gebracht. Nicht einmal das bekam sein Sohn hin.

Hamid ließ den Blick über die Geburtstagsrunde schweifen. Die hier Versammelten wussten nicht, wie es wirklich um Timm stand. Für sie war es ein schönes Familienfest, eine Gelegenheit wieder zusammenzukommen. Das Geburtstagskind war ein wenig in sich zurückgezogen, aber mein Gott, das war eine Phase in diesem Alter, nicht wahr?

Nach dem Essen schlug Hamid vor, noch gemeinsam einen Spaziergang durch den Palmengarten zu machen, worauf alle begeistert zustimmten. Es tat gut, ein paar Schritte zu gehen, seine Unruhe brauchte ein Ventil. Die Geburtstagsrunde schlenderte in kleinen Gruppen angeregt plaudernd durch den schönen Park und genoss die letzte Wärme des ausklingenden Sommers.

Nachdem sie auch dem Palmenhaus einen Besuch abgestattet hatten und am Ausgang angekommen waren, verabschiedeten sich nacheinander die Gäste bei Hamid und Eva mit Umarmungen, Wangenküsschen und Schulterklopfen. Mit letzten Scherzen, lautem Lachen und vagen Verabredungen für ein nächstes Zusammenkommen wurde der Abschied noch ein wenig hinausgezögert. Jemand richtete schöne Grüße an Timm aus. Erst da bemerkte Hamid, dass der gar nicht mehr dabei war.

2

Hamid blickte zufrieden auf seine Uhr. Es hatte sich wieder einmal als richtig erwiesen, ausreichend Zeit einzuplanen. Obwohl eine U-Bahn ausgefallen war, kam er pünktlich an. An der Wand des Schulgebäudes lehnten ein paar junge Leute und rauchten. Mit ernster und etwas gelangweilter Miene zogen sie an ihren Zigaretten und schauten versonnen durch den Rauch hindurch. Alle paar Sekunden warfen sie einen prüfenden Blick auf ihre Mobiltelefone, als erwarteten sie einen dringenden Anruf. Sie müssten etwa in Timms Alter sein, überlegte er und schaute sich um, ob er seinen Sohn irgendwo entdecken konnte. Aber da war sonst niemand auf dem Schulhof. Als er näher kam, betrachtete er die jungen Leute genauer. Waren vielleicht frühere Freunde und Spielgefährten seines Sohnes dabei? Aber es stellten sich keine Erinnerungen ein. Wie enorm erwachsen sie schon wirkten. Im Vorübergehen murmelte er ein „Guten Morgen“ und wunderte sich, dass die Jugendlichen seinen Gruß prompt erwiderten.

Drinnen herrschte die angespannte Ruhe, wie er sie aus seiner eigenen Schulzeit kannte. Die große Eingangshalle war menschenleer, es drangen kaum Geräusche durch die verschlossenen Türen, hinter denen der Unterricht in vollem Gange war. Hamid fragte sich, hinter welcher Timm sich gerade befand.

Das Lehrerzimmer lag am anderen Ende der Eingangshalle. Hamid klopfte und trat ein. Die einzige Person, die er entdecken konnte, war eine dunkelhaarige junge Frau, die in den Bildschirm ihres Laptops vertieft war und von ihm keine Notiz nahm. Er betrachtete die bequemen Sessel, die niedrigen Tische, die Theke mit der altmodischen Kaffeemaschine. Bin ich hier richtig?, fragte er sich. Die Bücherwand und der große Besprechungstisch weiter hinten indessen versprachen die notwendige Ernsthaftigkeit, die er von einem Lehrerzimmer erwartete.

Hamid hörte Schritte hinter sich, fuhr herum und stand einer hageren Frau mittleren Alters gegenüber, die ihn frostig anlächelte. Er erkannte sie an ihrem spitzen Gesicht und ihrem stechenden Blick wieder. Es war bestimmt zwei Jahre her, seit er Frau Erbel zuletzt gesehen hatte und schon damals hatte sie ihn in ihrem grauen Tweedkostüm und ihren kurzen grauen Haaren an den Prototyp englischer Lehrerinnen aus einem Sechzigerjahrefilm erinnert. So eisig wie ihre Miene war, klang auch ihre Stimme, als sie eine Begrüßung hervorpresste. Sie bat ihn an einen Besprechungstisch, setzte sich ihm gegenüber und sah ihn an wie einen Bittsteller, dem sie freundlicherweise Gelegenheit gab, sein Anliegen vorzutragen.

„Ich möchte mich nach den Leistungen meines Sohnes erkundigen. Das Abitur steht ja vor der Tür.“

„Wie geht es Ihrem Sohn? Wann dürfen wir wieder mit ihm rechnen?“

„Mit ihm rechnen?“

„Ich hoffe, es ist nichts Ernsthaftes. Es stehen eine Reihe von Klausuren an.“

„Deswegen bin ich ja hier, wegen der Klausuren und all dem, was in nächster Zeit auf ihn zukommt. Wie beurteilen Sie seine Leistungen?“

Sie sah ihn an, als sei er schwer von Begriff.

„Herr Hamidzadeh, Ihr Sohn hat sich vor drei Wochen krank gemeldet. Wenn ich Sie richtig deute, ist das aber gar nicht der Grund Ihres Besuchs.“

Benommen versuchte er seine Gedanken zu ordnen. Doch bevor er zu einem greifbaren Ergebnis kam, setzte die Erbel nach.

„Sie wussten es nicht, oder?“

„Frau Erbel, Timm hat sich in letzter Zeit stark zurückgezogen.“

„Aber Sie hätten es doch mitbekommen, wenn er ernsthaft krank wäre? Er wohnt doch noch bei Ihnen?“

„Selbstverständlich.“

„Herr Hamidzadeh, das ist eine ernste Angelegenheit. Ihr Sohn hat eine Krankheit vorgetäuscht und ist unentschuldigt der Schule ferngeblieben. Wir werden über Konsequenzen reden müssen.“

„Wie bitte?“

Hamid merkte, dass er eine Spur zu laut geworden war. Er rief sich zur Ordnung, räusperte sich und stellte in geschäftsmäßigem Ton fest: „Wenn sich mein Sohn krank gemeldet hat, wird das schon seine Richtigkeit haben.“

„Herr Hamidzadeh, machen wir uns nichts vor. Es ist offensichtlich, dass hier etwas nicht stimmt. Kann er eine ärztliche Bescheinigung vorlegen? Dann sollte er das umgehend tun. Ansonsten müssen wir Schritte einleiten wegen unentschuldigten Fernbleibens von der Schule.“ Sie warf einen Blick auf ihre Uhr und erhob sich.

Hamid stand ebenfalls auf. Die Hand der Lehrerin war kalt und knochig. Sie nahm einen Stapel Hefte, wandte sich zum Gehen und sagte: „Um zu Ihrer Frage zurückzukommen: Timm hat sich in letzter Zeit gar nicht mehr am Unterricht beteiligt, seine schriftlichen Arbeiten sind inakzeptabel und wenn er so weitermacht, kann er das Abitur vergessen. Das wollten Sie doch wissen, oder?“

Hamid hatte das Gefühl, soeben selbst durchgefallen zu sein.

„Ich hoffe, er war wirklich krank, auch wenn das merkwürdig klingt“, schob die Lehrerin nach. „Sonst täte es mir wirklich leid.“

Sie hat ihn aufgegeben, dachte Hamid.

3

Hamid konnte kaum die Augen aufhalten. Letzte Nacht hatte er so gut wie gar nicht geschlafen. Irgendwann gegen 3 Uhr morgens hatte er kapituliert, war aufgestanden, hatte sich angezogen, ins Wohnzimmer gesetzt und ratlos auf den Morgen gewartet. Mit ihm im Zimmer hatte die spitzgesichtige Lehrerin gesessen, die ihm den Schlaf geraubt hatte. Schließlich hatte er es in der Wohnung nicht mehr ausgehalten, war spazieren gegangen und erst im Morgengrauen nach Hause zurückgekehrt. Das Laufen hatte ihm gut getan. Er hatte geduscht und gefrühstückt. Als er um halb sieben zur Arbeit aufgebrochen war, hatte Eva noch geschlafen.

Ausgerechnet für heute hatte Kartmüller eine Besprechung einberufen. Seit zwei Stunden saßen sie nun schon zusammen und ein Ende war nicht in Sicht. Ihr Chef erläuterte das Budget für das kommende Jahr. Wie zu erwarten, schnitt ihm Jochen das Wort ab. Wann immer es um finanzielle Fragen ging, fühlte sich sein alter Freund berufen, für Klarheit zu sorgen. Hamid stöhnte auf. Hatte Jochen erst einmal das Wort ergriffen, gab er es freiwillig nicht mehr ab. Während er sprach, beobachtete Hamid, wie sich Kartmüller zurücklehnte, den linken Arm leicht anhob, den Ärmel seines blütenweißen Hemdes langsam zurückschob und kurz auf seine Armbanduhr schaute, bevor er seinen konzentrierten Blick wieder auf Jochen richtete. Kaum redete ein anderer, sah Kartmüller auf die Uhr.

Michael Kartmüller und Hamid hatten zusammen studiert. Jahre später verschlug es sie beide als Wissenschaftliche Mitarbeiter an das Institut für Entwicklungsökonomie in Frankfurt. Beide verband schon im Studium eine tiefe gegenseitige Abneigung. Vom ersten Semester an behandelte Kartmüller seine Kommilitonen, als würde er in einer höheren Liga spielen. Er vermittelte dies, indem er wenig Zeit für seine Gesprächspartner hatte, sie selten ausreden ließ und stets auf dem Sprung zu einem wichtigeren Termin war. Mit den Professoren sprach er von Anfang an so, als wäre er einer von ihnen, was vielleicht daran lag, dass sein Vater und sein Großvater angesehene Hochschullehrer gewesen waren. Als vor fünf Jahren der Leiter des Instituts in den Ruhestand ging und die Stelle ausgeschrieben wurde, hatte sich Hamid sofort beworben. Umso größer war der Schock, als Michael Kartmüller die Stelle bekam und sein Vorgesetzter wurde. Aber überraschenderweise war es dann gar nicht so schlimm, denn Kartmüller ließ Hamid in Ruhe seine Arbeit machen.

Jochen schien die Geste seines Chefs nicht bemerkt zu haben oder bemerken zu wollen. Der Kerl konnte nerven, wenn er sich an einer Sache festgebissen hatte. Mittlerweile hatten alle anderen ihre Stifte hingelegt und warteten nur darauf, dass er endlich fertig wurde.

„Wie dem auch sei, es führt kein Weg daran vorbei, Prioritäten zu setzen.“ Kartmüller unterbrach Jochen mitten im Satz, fuchtelte mit einem Papier herum und erzählte etwas von Planstellen. Hamid spürte, wie sich eine bleierne Müdigkeit auf ihn legte. Sie ließ sich nicht abschütteln, weder mit Kaffee, noch mit einer anderen Sitzhaltung. Kartmüllers Worte wogten an seine Ohren, aber er hatte längst den Faden verloren.

Bilder aus vergangenen Zeiten tauchten auf. Hamid, wie er aus dem Institut hetzte; die Tagesmutter, die mit vorwurfsvoller Miene auf ihn wartete; der Kleine, der ihm jauchzend entgegen rannte, und der große Perserteppich, der für Stunden ihre gemeinsame Welt wurde, in der sie Häuser errichteten und wieder einrissen, Autorennen veranstalteten oder mit Schiffen ferne Kontinente erkundeten. Später am Abend, wenn Timm eingeschlafen war, hatte er sich an seinen Schreibtisch gesetzt und manchmal bis nach Mitternacht gearbeitet. Timm war ein sonniges und ausgeglichenes Baby gewesen. Dass die Mutter fehlte, merkte man ihm nicht an. Die Probleme fingen später an, im Kindergarten. Hamid musste das Kerlchen regelrecht dorthin schleifen. Weinend und aus voller Kehle brüllend warf sich Timm auf den Boden und war durch nichts zu beruhigen.

Hamid spürte, dass plötzlich etwas anders war. Es war so still. Als er die Augen öffnete, waren alle Blicke auf ihn gerichtet. Kartmüller sah ihn mit gerunzelter Stirn an. Er wirkte besorgt. Hamid straffte sich, nahm hektisch seinen Kugelschreiber in die Hand, legt ihn sogleich aber wieder hin und sagte: „Ja?"

Aber niemand antwortete ihm. Kartmüller fuhr fort: „So haben wir uns zum Beispiel schon mit dem gesellschaftlichen Wandel in den Schwellenländern und dem sozialen Konfliktpotenzial, das diesem innewohnt, beschäftigt, als in der internationalen Diskussion gerade einmal das Entstehen der neuen Mittelschicht konstatiert wurde. Mein Dank gilt hier besonders dir, Hamid. Dein Artikel im *Journal on Economics of Development* hat eine Kette von internationalen Diskussionsbeiträgen ausgelöst", sagte Kartmüller und nickte Hamid zu.

Alle Köpfe drehten sich zu ihm. Das unverhoffte Lob wirkte stärker als jeder Kaffee. Er richtete sich auf und lächelte in die Runde.

Kurz darauf war die Sitzung zu Ende und alle strebten zur Tür.

Auch Hamid erhob sich. Doch Kartmüller griff nach seinem Arm und bat ihn, noch einen Moment zu bleiben. Als die letzte Kollegin den Raum verlassen hatte, lehnte sich sein Chef vor und wollte wissen, ob alles in Ordnung sei.

Hamid strich über seinen Schnurbart. Es war ihm peinlich, in der Sitzung eingeschlafen zu sein.

„Alles bestens", er machte eine Handbewegung als wolle er das Thema vom Tisch wischen.

Kartmüller fixierte ihn, dann lehnte er sich zurück und betrachtete seine Fingernägel eingehend. Hamid blieb auf der Hut. Nach einem Moment des Schweigens eröffnete ihm Kartmüller, dass er mit ihm und Professor Adler von der Universität München ein Forschungsprojekt über den gesellschaftlichen Wandel in den aufstrebenden Schwellenländern durchführen würde. Die Thesen, die Hamid in seinem letzten Artikel im Journal dargelegt habe, sollten sie vertiefen. Er habe schon mit verschiedenen Unternehmen und Stiftungen gesprochen und sei sicher, dass sie die notwendige Finanzierung hinbekämen.

Hamid straffte sich.

Kartmüller sah ihn prüfend an: „Wenn es dir nicht zu viel ist…"

„Nein, nein. Im Gegenteil!", sagte er eilig und spürte, wie die Verzagtheit der letzten Tage von ihm abfiel. Natürlich würde das Forschungsprojekt sein Werk sein. Er würde die Hauptarbeit leisten, und das war auch gut so. Kartmüller und Adler hatten keine Ahnung von der Materie, was sie natürlich nicht hindern würde, seine Ergebnisse auch zu ihrem

Erfolg zu erklären. Aber das würde er hinnehmen, solange sie ihn machen ließen. Er wusste, dass er allein niemals ein solches Forschungsprojekt würde akquirieren können. Ein guter Deal, fand Hamid – er gab sein Wissen, sie ihre Namen. Jeder hatte etwas davon.

„Also?“, vergewisserte sich Kartmüller noch einmal.

„Wir können sofort anfangen, wenn ich aus Boston und Guatemala zurück bin“, sagte Hamid. Zwar würde er die Ergebnisse seiner Dienstreise noch in einem Bericht auswerten müssen, aber sein Ehrgeiz war entfacht.

4

Beflügelt eilte Hamid nach Hause, die Sorgen um Timm wogen mit einem Mal weniger schwer als noch am Morgen. Er wollte seinem Sohn eine Chance geben, selbst damit herauszurücken, dass er die Schule schwänzte. Anschließend würde er ihm die Konsequenzen in aller Klarheit vor Augen führen. Kaum zu Hause angekommen, ging er geradewegs zu Timms Zimmer.

Der Junge saß schon wieder vor dem Computer, als wäre er daran festgewachsen. Immerhin hatte er keinen Kopfhörer auf, er war ansprechbar. Das Zimmer bot den üblichen Anblick. Im Grunde genommen müsste Timm doch nur einmal ordentlich aufräumen, es war keine große Sache. Und ein neues Sweatshirt könnte er auch anziehen, dachte Hamid, das hier trug er bestimmt seit Wochen. Wahrscheinlich war es mal wieder eine Phase, die, ehe man sich versah, wieder zu Ende gehen würde, genauso wie die Zeit, als er sich zweimal täglich rasierte und sich anschließend die halbe Flasche Rasierwasser ins Gesicht klatschte.

Die ganze Wohnung stank damals nach diesem fürchterlichen Aftershave, alles Lüften nutzte nichts. Hamid musste grinsen.

„Hallo Timm. Alles klar? Kommst du bitte mal ins Wohnzimmer? Ich möchte mit dir sprechen."

Bevor der Junge etwas erwidern konnte, machte er auf dem Absatz kehrt.

Er setzte sich auf das rote Ledersofa und wartete. Im Geiste zerlegte er das Gespräch mit der Erbel und ging Aussage für Aussage durch. Je länger er darüber nachdachte, desto unruhiger wurde er. Sie hatte tatsächlich mit Schulverweis gedroht, was völlig übertrieben war. Trotzdem musste er handeln, jetzt sofort.

Hamid schaute auf die Uhr, es waren schon zwanzig Minuten vergangen und Timm war immer noch nicht gekommen. Er sprang auf. Er würde ihm schon Beine machen. In dem Moment hörte er, wie die Zimmertür aufging und der Junge angeschlurft kam.

„Ich musste mir sagen lassen, dass mein Sohn seit drei Wochen nicht in die Schule geht! Was sagt der Herr Sohn dazu?", schleuderte er ihm entgegen.

„Hää?"

„Ich habe mit Frau Erbel gesprochen."

„Was?"

Hamid sog scharf die Luft ein und musterte den Jungen.

Der machte einen bejammernswerten Eindruck. Blass und mit weit aufgerissenen Augen saß er da.

„Angeblich bist du seit drei Wochen krank. Stimmt

das?“

Timm betrachtete die Familienfotos auf der gegenüberliegenden Wand, die Arme verschränkt wie ein renitenter Schüler.

Hamid konnte sich nicht mehr zurückhalten und herrschte ihn an: „Sag endlich was!“

Timm zuckte zusammen.

Sofort tat es ihm Leid. Er wartete, bis sich sein Atem normalisiert hatte. Dann beugte er sich vor und versuchte es in ruhigem Ton. „Also, was ist los?“

„Ich hatte Magenschmerzen.“

Der Magen war tatsächlich einer seiner Schwachpunkte, dachte Hamid. Timm hatte als Kleinkind Phasen gehabt, in denen er nicht gut gegessen hatte. Immer wieder klagte der Kleine über Bauchweh, meistens nachts. Dann stand er mit seinem Teddy im Arm im Türrahmen des Schlafzimmers und weinte. Hamid quälte sich aus dem Bett und machte Kamillentee, tat etwas Kandis hinein und gab ihm zu trinken. Danach setzte er sich mit dem Kleinen aufs Sofa, den Arm um ihn gelegt, eine Decke über sie beide gebreitet und las ihm vor. Schon nach wenigen Seiten schlief Timm, nicht selten auch er ein. Am nächsten Morgen war keine Rede mehr von Bauchweh. Mit etwa elf Jahren waren die Magenschmerzen zurückgekehrt. Eva hatte vermutet, der Stress sei der Grund. Der Junge war gerade auf das Gymnasium gekommen. Aber das war natürlich Unsinn. Im Leben muss man sich eben anstrengen, hatte Hamid ihr erklärt. Auch er habe es in der Schule nicht leicht gehabt, na und?

Das habe er durchgestanden, und Timm würde es genauso schaffen, schließlich seien sie aus dem gleichen Holz geschnitzt.

„Magenschmerzen!" Hamid wog ab, was er gehört hatte. „Warum hast du uns denn nichts davon gesagt? Du weißt, dass du mit deinen Eltern über alles reden kannst."

Timm murmelte etwas.

„Was sagst du da?"

„Eva ist nicht meine Mutter."

„Wovon redest du? Mensch, dein Abitur steht auf dem Spiel! Ist dir das klar?"

Der Junge zuckte lässig die Schultern.

Hamid starrte seinen Sohn ungläubig an. „Ist dir denn alles egal?"

Timm sagte nichts. Seine schlaffe Haltung und sein abwesender Blick waren Antwort genug.

Hamid hob die Stimme und spürte, wie er in Rage geriet. „Ein für alle Mal, damit das klar ist: Ab morgen gehst du wieder in die Schule! Kapiert? Ende der Debatte."

Timm zeigte keine Regung.

Hamid steigerte seine Lautstärke: „Ist das klar?"

Nachdem Timm in sein Zimmer zurückgekehrt war, trat Hamid auf den Balkon. Es hatte aufgehört zu regnen. Die Luft war merklich abgekühlt. Die Straße unter ihm glänzte schwarz, und die wenigen Autos, die vorbeifuhren, spritzten Wasser auf den Bürgersteig. Er stützte sich mit beiden Händen auf das Balkongeländer und atmete tief ein und aus. Langsam beruhigte er sich. Er musste den Dingen auf den Grund gehen.

5

Endlich kam Timm aus dem Haus. Er warf seinen Rucksack über die rechte Schulter und lief die Straße entlang. Hamid zählte langsam bis fünfzig, dann trat er aus der Einfahrt gegenüber und folgte ihm. Nach einer Weile erreichte Timm die U-Bahnstation. Hamid atmete vorsichtig auf. Das war sein üblicher Schulweg. Und eilig hatte es der Junge, er kam kaum nach. Schon auf der Rolltreppe war Gedränge. Ernst dreinblickende Angestellte versuchten sich gegen die Übermacht der laut schnatternden Schüler zu behaupten. Der Bahnsteig war brechend voll, Hamid fühlte sich unsichtbar.

Hamid stieg in einen der hinteren Wagen ein und stellte sich an die Tür. Die Bahn fuhr los, und er hielt sich an der Haltestange fest, entschlossen, seinen Platz zu behaupten. An jeder Haltestelle behielt er die Türen des vorderen Zugteils genau im

Blick. Er reckte den Kopf hinaus, hielt sich dabei weiter an der Stange fest und stemmte sich schräg dem Strom der Ein- und Aussteigenden entgegen. Er musste wissen, ob Timm die U-Bahn verließ. Immer wieder rempelte ihn jemand an, „Du stehst im Weg, Alter“, pöbelte einer. Hamid reagierte nicht. Und immer, wenn die Türen sich wieder schlossen und die U-Bahn anfuhr, atmete er auf. An der Haltestelle Grüneburgweg jedoch schlüpfte sein Sohn im letzten Moment aus der Bahn. Hektisch bahnte sich Hamid einen Weg durch die Menge und konnte gerade noch durch die sich schließenden Türen hinaus gelangen. Bitte nicht, flehte er leise, als er auf dem Bahnsteig stand. Da war Timm schon auf den Treppenstufen zum Ausgang, drei Stationen von der Schule entfernt. Hamid kämpfte die Enttäuschung nieder und beeilte sich, hinterherzukommen.

Vor einer Bäckerei blieb der Junge unvermittelt stehen und schien zu überlegen, dann betrat er den Laden. Hamid wagte vom Rand des Schaufensters einen kurzen Blick hinein. Timm war der einzige Kunde. Die Verkäuferin packte Croissants in eine Tüte und reichte sie ihm. Hamid zog seinen Kopf zurück, wechselte rasch auf die andere Straßenseite und begab sich schräg hinter einen Kiosk, wo er so tat, als lese er die Schlagzeilen der ausgestellten Zeitungen. Er fragte sich, für wen der Junge Croissants kaufte, die er doch selbst nie aß.

Timm trat mit der Tüte in der Hand aus der Bäckerei und setzte seinen Weg fort. Hamid wartete, bis ein angemessener Abstand gewonnen war, und folgte ihm, bis sie den Grüneburgpark erreicht hatten. Sein Sohn lief zielstrebig zu einer Bank und setzte sich. Hamid schlug einen Bogen und fand schließlich eine Sitzgelegenheit etwa hundert Meter seitlich hinter dem Jungen.

Dort wartete er lange darauf, dass etwas passierte. Eigentlich konnte er es sich gar nicht leisten, hier zu sein. Der Abgabetermin für den Forschungsantrag rückte näher. Er stand unter Druck. Aber Timm war wichtiger. Was um Gottes Willen machte der Junge hier, auf wen oder was wartete er? Ein schlimmer Gedanke beschlich ihn. Wartete er auf einen Dealer? Ging es darum? Das würde natürlich einiges erklären. Aber eigentlich konnte er sich das nicht vorstellen. Nein, der Junge rauchte noch nicht einmal und trank auch keinen Alkohol. Er schaute sich um. Weit und breit war kein einziger Junkie zu sehen. Es war ein milder frühherbstlicher Tag, gelbe, rot-gelbe und rot gefärbte Blätter lagen auf den Wegen. Am Himmel waren nur wenige Wolken. Hier und da saß ein Rentner auf einer Parkbank und versuchte, die letzten warmen Sonnenstrahlen einzufangen.

Sein Blick fiel auf den Spielplatz weiter unten. Zwei kleine Jungen turnten auf einem Klettergerüst, und auf der Bank saßen zwei Frauen, wahrscheinlich die dazugehörigen Mütter. Sie unterhielten sich angeregt. Jahrelang war er mit Timm auf diesen

Spielplatz gegangen. Von der Wolfgangstraße, wo sie damals wohnten, war es nicht weit. Meistens war er hier der einzige Vater gewesen, umgeben von mehreren Müttern, die lebhaft plauderten und ihm mal verstohlen, mal offen einen neugierigen Blick zuwarfen. Hin und wieder hatte eine von ihnen Hamid angesprochen und ein paar freundliche Worte mit ihm gewechselt.

Jetzt sah Hamid, wie Timm den Kopf hob und etwas auf der gegenüberliegenden Häuserfront fixierte. Hamid folgte seiner Blickrichtung und entdeckte vielleicht hundert Meter entfernt eine junge Frau, die gerade aus dem Haus getreten war und sich nun umsah. Sie war schlank, einfach gekleidet, in Jeans und einer cremefarbenen Jacke, die gut zu ihren schwarzen, halblangen Locken passte. Sie stand einfach nur da, und obwohl sie klein war, wirkte sie überaus präsent, wie eine Ballerina, die soeben die Bühne betreten hat. Sie schritt mit erhobenem Kopf zu einem grünen Fahrrad, das am Laternenmast angekettet war, und beugte sich zum Fahrradschloss herab. Die Haare, die ihr ins Gesicht fielen, strich sie hinter ihr Ohr. Hamid war elektrisiert. Er hatte das Gefühl, sie schon einmal gesehen zu haben. Es war nicht nur ihr Aussehen, sondern ihre Art sich zu bewegen, die ihrer Erscheinung eine solche Anmut verlieh und ihn an Maryam erinnerte.

6

Die junge Unbekannte stieg auf das Fahrrad und fuhr langsam los. Timm folgte ihr mit dem Kopf. Als sie um die Ecke verschwunden war, erhob er sich und ging mit hängenden Schultern den gleichen Weg, den sie gewählt hatte. Die Tüte mit dem Gebäck, die er die ganze Zeit über in der Hand gehalten hatte, warf er achtlos in einen Abfalleimer.

Hamid blieb sitzen und versuchte zu verstehen, was er beobachtet hatte. Wer war die junge Frau und was wollte sein Sohn von ihr? Warum war er nicht direkt auf sie zugegangen? Noch einmal sah er ihm hinterher, konnte ihn aber nicht mehr entdecken. Sein Telefon klingelte, es war Kartmüller. Hamid drückte den Anruf weg und beschloss, ins Institut zu gehen und sich wieder in seine Arbeit zu stürzen. Dort hatte er wenigstens alles im Griff.

Die Sirenen eines Einsatzwagens rissen Hamid aus seinen Gedanken. Als er die Feldbergstraße überquerte, sah er von Weitem einen Krankenwagen und es hatte sich schon eine kleine Menschenmenge versammelt. Gaffer waren ihm zuwider. Den Voyeurismus dieser Leute empfand Hamid als beschämend. Betont zügig ging er an der Unfallstelle vorbei, konnte es dann aber doch nicht lassen, kurz hinzuschauen. Verstört hielt er inne. Auf dem Boden lag ein grünes Fahrrad, daneben stand ein schwarzer Mercedes. Hamids Magen krampfte sich zusammen. Zum zweiten Mal an diesem Vormittag musste er an Maryam denken. Er war bei ihrem Unfall nicht dabei gewesen, aber so ähnlich musste es sich zugetragen haben. Auch sie war mit dem Fahrrad unterwegs gewesen. Wie in einem Flashback verfolgte er fassungslos das Geschehen, da bemerkte er, wie Timm von einem Sanitäter zum Rettungswagen geleitet wurde und hinten einstieg. Kurz darauf fuhr der Wagen los.

Hastig bahnte sich Hamid unter Einsatz seiner Schultern und Ellenbogen einen Weg nach vorne. Der dicke Mann, der vor ihm gestanden hatte, verlor beinahe das Gleichgewicht und beschwerte sich lautstark. Hamid achtete nicht auf ihn. Schließlich stand er vor dem Polizisten.

„Ich bin der Vater des jungen Mannes, der eben in den Krankenwagen eingestiegen ist. Was ist passiert?"

Der Polizist sah von seinem Schreibblock auf und musterte ihn.

„Sie können beruhigt sein. Das war eine junge Frau, kein junger Mann." Der Polizist widmete sich wieder seinen Notizen.

„Ist die junge Frau verletzt? Können Sie mir sagen,

in welches Krankenhaus der Wagen fährt?“

„Sie wollen‘s wohl ganz genau wissen, was? Anscheinend genügt es nicht zuzuschauen, man muss auch noch Fragen stellen. Gehen Sie bitte weiter!“ Der Polizist beachtete Hamid nicht mehr, steckte seinen Stift ein und wandte sich zu seinem Einsatzwagen, in dem seine Kollegin schon am Steuer saß.

Hamid überlegte, ob er die Polizistin fragen sollte, entschied sich aber dagegen. Die Gaffer schauten ihn interessiert an, als wären sie gespannt, was er als Nächstes tun würde. Sein Blick blieb an einer Frau mit einem runden, freundlichem Gesicht hängen. Er ging auf sie zu und fragte, ob sie gesehen habe, was passiert sei.

„Der Mercedes hat eine Radfahrerin im Vorbeifahren gestreift. Sie ist böse gestürzt. Zum Glück kam der Krankenwagen schnell.“

Hamid eilte zu den Taxis, die an der Straßenecke weiter hinten standen.

„Zum Markuskrankenhaus“, schnauzte er den Taxifahrer an. Soweit er wusste, war es das nächstgelegene Krankenhaus. Auf der Fahrt wählte er immer wieder Timms Handynummer. Es meldete sich nur die Mailbox.

Beim Betreten des Krankenhauses fühlte er sich seltsam beklommen. Maryam hatten sie nach ihrem Unfall auch hierher gebracht. In den Gängen dieses Krankenhauses hatte er die schlimmsten Stunden seines Lebens verbracht. Er steuerte direkt den

Empfang an, wo eine etwas ältere Frau fragend zu ihm aufschaute.

„Mein Name ist Hamidzadeh, ich muss sofort zu meiner Frau", murmelte er die Worte von damals.

„Wie bitte?"

„Entschuldigung. Zur Notaufnahme?"

Hamid wartete die Antwort kaum ab, hastete die Gänge entlang, immer den Schildern folgend. An der Anmeldung ging er vorbei, dort stand ein Mann mit einem kleinen Jungen, dessen Arm notdürftig verbunden war. Er hielt eine ihm entgegenkommende junge Krankenschwester an, baute sich vor ihr auf und fragte sie in strengem Ton: „Sagen Sie, wo finde ich die Patientin, eine junge Frau, die eben mit dem Rettungsdienst hergebracht worden ist? Unfallopfer, Alter Anfang zwanzig, schwarze halblange Haare. Sie muss hier in der Notaufnahme sein. Es ist wirklich dringend."

„Oh, ich kümmere mich gleich darum, Herr Doktor." Beflissen eilte die junge Frau zur Anmeldung. Inzwischen ging Hamid den Flur auf und ab und schaute durch die offenen Türen der einzelnen Behandlungszimmer. Die Mienen der Patienten, die schicksalsergeben auf das Eintreffen eines Arztes warteten, hellten sich hoffnungsvoll auf, als sie ihn bemerkten.

Hamid hatte gerade seine Inspektion beendet, da kam die junge Krankenschwester zurück. „Herr Doktor, wie heißt denn die Patientin?"

Irritiert sah er die junge Frau an und ließ sie stehen.

Auf dem Weg nach draußen zog er sein Handy hervor. Immer noch keine Nachricht von Timm. Er stürmte zu den wartenden Taxis, nahm den vordersten Wagen und riss die Tür auf.

Am Grüneburgpark bat er den Taxifahrer zu warten, eilte zu dem Haus, vor dem sein Sohn noch zwei Stunden zuvor gestanden hatte, und sah die Klingelschilder durch. Nur deutsche Namen – bis auf einen. Er holte aus seiner Jackentasche einen Zettel hervor und notierte den Namen Nikopolidou. Das musste sie sein, sie sah nicht aus wie eine gebürtige Deutsche. Dann ließ er sich zum Krankenhaus zurückfahren.

In der Anmeldung der Notaufnahme war eine etwas ältere Frau damit beschäftigt, Daten von einem Blatt abzulesen und in den Computer einzugeben. Hamid warf einen verstohlenen Blick auf seinen Zettel und steckte ihn rasch wieder weg.

„Können Sie mir bitte sagen, ob Frau Nikopolidou noch in der Notaufnahme ist?"

Die Frau unterbrach ihre Tätigkeit.

„Sind Sie ein Angehöriger?" Sie blickte ihn über ihre Lesebrille hinweg an.

„Ja."

Die Frau beäugte ihn, als warte sie auf weitere Angaben zum Grad der Verwandtschaft. Hamid hob ungeduldig das Kinn.

„Wie schreibt sich der Name?"

Hamid hätte den Zettel beinahe erneut aus der

Hosentasche geholt, unterdrückte den Impuls in letzter Sekunde, zog seine Hand hervor, legte Daumen und Zeigefinger an seine Nasenwurzel und diktierte. „N wie Nordpol, i wie Ida, k wie Kaufmann, o wie Olive, p wie Paul…“

„Ach, ich habe es schon. Sie ist gerade beim Röntgen. Anschließend kommt sie wieder hierher zurück.“

„Ist es etwas Ernstes?“

„Das weiß ich nicht. Das müssen Sie die diensthabende Ärztin fragen. Aber das kann dauern. Vielleicht können Sie ja dann auch direkt mit der Patientin sprechen. Nehmen Sie im Wartezimmer Platz. Da wartet übrigens schon ein anderer Angehöriger, ein junger Mann.“ Die Krankenschwester wies auf den Raum hinter ihm.

Hamid sog die Luft ein und drehte sich langsam um. Das Wartezimmer war leer.

7

Hamid lehnte sich auf dem roten Ledersofa zurück und wartete Evas Reaktion ab. Er hatte ihr minutiös erzählt, wie er Timm unbemerkt gefolgt und Zeuge all der sonderbaren Ereignisse geworden war und nun kein Zweifel mehr bestehe, dass sein Sohn tatsächlich die Schule schwänze. Sie hatte ihm schweigend zugehört. Jetzt sah sie ihn an, wie sie es gewöhnlich tat, wenn er es nicht geschafft hatte, sie zu überzeugen. Obwohl er mit diesem nachsichtigen Blick seit vielen Jahren vertraut war, wurde er doch jedes Mal wieder verlegen.

Ihre Augen hatten ihn schon bei ihrer ersten Begegnung in ihren Bann gezogen – grau-grün und gesprenkelt mit kleinen goldenen Pünktchen. Bereits wenige Tage nach ihrem Einzug in die gegenüberliegende Wohnung hatte sie bei ihm geklingelt und sich vorgestellt. Fortan wohnten sie Tür an Tür, ohne viel miteinander zu sprechen. Wenn sie sich im Treppenhaus begegneten, hatte sie immer ein Lächeln und ein freundliches Wort für den kleinen Timm gehabt. Hamid war erleichtert, eine so kinderliebe Nachbarin zu haben. Ihm gegenüber war sie stets aufmerksam und doch auf Abstand bedacht. Sie war etwas kleiner als er, zierlich, mit einer schönen Figur. Ihre vollen blonden Haare umrahmten ihr feines Gesicht. Einmal fragte sie Hamid, ob er eine Lampe in ihrer Küche anbringen könnte, was er gern erledigte. Danach standen sie noch etwas in ihrem Flur und plauderten – mehr nicht. So vergingen die ersten Monate ihrer Nachbarschaft.

Dann kam diese Nacht, in der Timm nicht aufhörte zu weinen. Hamid gab dem kleinen Kerl Kamillentee, versuchte ihn zu beruhigen, erst mit Vorlesen, dann mit Fernsehen abzulenken, aber es wurde nicht besser. Je länger Timm weinte, desto hektischer rannte Hamid in der Wohnung herum, riss zum wiederholten Mal die Hausapotheke auf, inspizierte die verschiedenen Medikamente und fand doch nichts Geeignetes, blätterte den dicken Gesundheitsratgeber so ungeduldig durch, dass er fast die Seiten rausgerissen hätte, stürzte dann wieder zu Timm und drückte ihn an sich, als könne er dadurch seine Schmerzen vertreiben. Er hatte gerade beschlossen, ein Taxi zu rufen und mit dem Kind ins Krankenhaus zu fahren, da klingelte es an der Wohnungstür. Jetzt beschweren sich auch noch die Nachbarn, schoss es ihm durch den Kopf und innerlich gewappnet gegen kommende Vorwürfe öffnete er die Tür. Vor ihm stand Eva und fragte, ob sie helfen könne. Hamid war erleichtert, sie zu sehen und nicht einen der anderen Nachbarn. Mit dem verzweifelten Kind an der Hand behauptete er, alles sei in Ordnung, der Kleine habe nur eine Kolik, und er würde nun mit ihm ins Krankenhaus fahren. Eva beugte sich einfach herab, nahm den Dreijährigen auf den Arm und erklärte, sie komme mit. Dann holte sie ihren Autoschlüssel und fuhr Vater und Sohn in die Kinderklinik Höchst.

Von da an besuchte sie ihn gelegentlich abends, wenn Timm schon schlief. Nachdem sie gemerkt hatte, dass es bei Hamid außer Tee, Mineralwasser und Milch nichts Trinkbares gab, brachte sie sich fortan ihren Weißwein selbst mit. Bei Tee und Wein saßen sie bis spät in der Nacht am Küchentisch. Eva redete und Hamid hörte fasziniert zu. Wenn sie erzählte, leuchteten ihre Augen, und ihre Hände waren ständig in Bewegung. Hamid aber vergaß für ein paar Stunden seine Arbeit im Institut und zerbrach sich nicht mehr den Kopf darüber, was er für den kleinen Timm kochen sollte. Wenn er ihr dann versunken zuhörte, fragte sie ihn manchmal unvermittelt, was er denn so den ganzen Tag gemacht habe. Hamid gab knappe Antworten, vielleicht, weil er das alles nicht erwähnenswert fand, sich lieber mit den großen Weltthemen beschäftigte. Sie aber interessierte sich für alles, was er erlebte und bohrte so lange, bis seine Worte sprudelten und er von früher erzählte, von seiner Zeit in Peru, dem Institut und von den neuesten Entwicklungsfortschritten seines Sohnes, auf den er so unglaublich stolz war. Hamid begann, sein tägliches Leben mit anderen Augen zu sehen. Maryam erwähnte er nicht, und sie fragte auch nie, so als wollten sie beide eine Schlafende nicht wecken. Eva lächelte ihn oft an und schaute ihm lange in die Augen.

Als sie sich ein paar Tage lang nicht meldete, merkte er, dass er sie vermisste. Und eines Morgens schlug er die Augen auf und musste sich eingestehen, dass er von ihr geträumt hatte. Als sie einige Zeit später nach einem langen Abend am Küchentisch mit ihrer halbleeren Weinflasche in der Hand an der Wohnungstür vor ihm stand, um sich zu verabschieden, fiel ihm auf, dass ihre Halskette exakt die Farbe ihrer Augen hatte. Er betastete vorsichtig ihre Kette und berührte dabei ihren Hals. Wie zart ihre Haut war.

„Aus Jade", sagte Eva und lächelte ihn an.

Wann hatte sie ihn zuletzt so angelächelt wie damals? Hamid nippte an seinem Tee, stellte ihn dann aber wieder ab, weil er noch zu heiß war.

„Was war denn nun mit der jungen Frau?"

„Ach, nichts Ernstes. Sie hat sich nichts gebrochen, nur eine Gehirnerschütterung. Die Ärztin sagte mir, sie könne schon bald wieder nach Hause."

„Und wie geht es jetzt weiter? Ich nehme an, du hast immer noch nicht mit Timm gesprochen – richtig?"

„Der Kerl wird wieder in die Schule gehen, darauf kannst du Gift nehmen."

„Hat er das selbst gesagt?“

„Was er sagt, spielt doch wirklich keine Rolle. Er muss es machen.“

„Hast du ihm erzählt, dass du ihm heimlich gefolgt bist wie ein Spion?“

„Eher wie ein besorgter Vater.“

„Mensch Hamid, hast du es ihm gesagt oder nicht?“

„Ich konnte noch nicht mit ihm sprechen. Er schließt neuerdings seine Zimmertür ab. Sobald ich mit ihm geredet habe, erzähl ich es dir.“

„Danke, dass du mich an deinem Leben teilhaben lässt.“

Er hatte zunächst selbst Klarheit gewinnen wollen, räumte er ein.

„Und hast du sie gewonnen?“

Nein, musste Hamid seufzend eingestehen. „Bitte, Eva. Ich musste doch wissen, was Timm macht, wenn er nicht zur Schule geht.“

„Vielleicht hättest du es erfahren, wenn du von Anfang an mit ihm gesprochen hättest.“

„Ach, jetzt liegt es wieder an mir? Ja, klar, ich war zu blöd, um mit meinem Sohn zu reden und ihn auf die richtige Spur zu setzten. Damit wäre die Schuldfrage beantwortet.“

„Meinst du, es liegt nur an ihm?“

„Bitte, Eva! So kommen wir doch nicht weiter.“ Hamid griff über den Tisch nach ihrer Hand, die sie ihm jedoch entzog.

Hamid hatte ihre Hände immer gemocht. Sie waren nicht nur unglaublich zart, sondern passten auch so wunderbar in seine Hände. Schon beim ersten Mal, als er ihr die Hand gab, war ihm das aufgefallen. Es war ein Abend im Juli. Hamid hatte den kleinen Timm zu Bett gebracht und wollte endlich einen Artikel über die Zwangssterilisationen, die unter Präsident Fujimori an armen indigenen Frauen in den ländlichen Gebieten Perus durchgeführt wurden, lesen. Seit Tagen hatte er das Papier in seiner Aktentasche mit sich herum getragen, um sich zu Hause damit zu befassen, im Institut fehlte ihm dafür die Zeit. Froh, dass der Kleine endlich eingeschlafen war, setzte er sich an seinen Schreibtisch. Er war gerade in die Untiefen der Familienplanung in Peru eingetaucht, da klingelte es an der Wohnungstür. Seufzend erhob er sich und öffnete. Vor ihm standen Eva und eine sehr junge Frau, die er noch nie gesehen hatte. Eva strahlte ihn an, als würde sie ihm ein Geschenk überreichen.

„Dürfen wir eintreten?"

Hamid brachte nicht mehr als ein Nicken zustande und trat mit einer lahmen Geste zur Seite. Nachdem Eva und ihre Begleiterin schon in der Wohnung waren, murmelte er zerstreut: „Ja, kommt rein, bitte."

Eva stellte ihm Julia vor und erklärte, die junge Frau sei heute Abend die Babysitterin.

Hamid schaute von Eva zu Julia und verstand gar nichts. Bevor er etwas sagen konnte, schob Eva nach: „Wir beide gehen jetzt etwas essen und dann tanzen."

„So?"

„Ja.“ Dabei sah sie ihn so schelmisch an, dass er gar nicht anders konnte, als sich in sein Schicksal zu fügen.

Es war ein warmer Sommerabend, die Bürgersteige und die Straßencafés waren voll. Wer konnte, entfloh seiner Wohnung. Und auch Hamid merkte, wie wohltuend es war, draußen zu sein.

„Hoffentlich schläft der Kleine durch“, murmelte Hamid.

„Er wird es schon überleben.“

Eva hakte sich bei ihm ein und führte ihn zielstrebig zu ihrem Auto. Sie fuhren nach Bockenheim, wo sie durch mehrere kleine Nebenstraßen kurvten, bis Eva schließlich einen Parkplatz fand. Wieder hakte sich Eva bei ihm ein, als müsse sie verhindern, dass ihr Nachbar ausbüxt, um nach seinem Sohn zu schauen. Das italienische Restaurant war leer, kein einziger Gast war zu sehen, nur am Tresen stand ein Kellner, der Bier zapfte und Hamid fragte sich, für wen. Er sah Eva von der Seite an, verzichtete aber auf einen Kommentar. Sie ließ seinen Arm los und durchschritt mit erhobenem Kopf und gerader Haltung den gesamten Gastraum und verschwand durch den Hinterausgang. Hamid trottete ihr skeptisch hinterher und befand sich plötzlich in einem kleinen Biergarten. Nahezu alle Tische waren belegt, Stimmengewirr füllte die Luft. Eva sprach mit einem Kellner, der ihnen einen Tisch am Rande zuwies.

Nachdem sie ihre Bestellung aufgegeben hatten, erklärte sie ihm, sie habe Geburtstag, sie werde dreißig und legte ihre rechte Hand beiläufig auf den Tisch. Hamid ergriff ihre Hand und schüttelte sie.

„Herzlichen Glückwunsch zum Geburtstag."

Er verstand nicht, warum Eva daraufhin schallend loslachte und überlegte, ob er vielleicht einen unfreiwilligen Witz gemacht hatte und worin der bestanden haben könnte.

„Bist du immer so förmlich?"

Hamid rettete sich in ein geheimnisvolles Grinsen. Als er seine Hand wieder von ihr lösen wollte, hielt Eva sie mit sanftem Druck fest und lächelte ihn an. Diesmal erwiderte er ihren langen Blick.

Nach dem Essen erklärte ihm Eva, jetzt würden sie tanzen gehen. Noch bevor sie in der Brotfabrik angekommen waren, hörten sie schon in den Seitenstraßen die Rhythmen der Salsamusik. „Woher wusstest du, dass ich diese Musik mag?", fragte er erstaunt.

Eva zuckte die Schultern und sah ihn mit unschuldiger Miene an. „Du hast mir doch von Peru erzählt und dass du dort viel getanzt hast."

Die kolumbianische Band spielte fantastisch, die Stimmung war ausgelassen, und obwohl ihnen der Schweiß überall herunter lief, konnten sie nicht aufhören zu tanzen. Als die Band eine Pause einlegte, schmiegte sich Eva an ihn. Ihr Parfüm vermischte sich auf wunderbare Weise mit ihrem eigenen Duft. Er zog sie enger an sich heran und vergrub sein Gesicht in ihre Haare.

In dieser Nacht blieb Eva bei Hamid.

Eva hatte sich zurückgelehnt und die Arme verschränkt. „Hamid, wo soll das hinführen, wenn du alles mit dir allein ausmachst und erst dann mit mir sprichst, wenn du selbst gar nicht weiterkommst? Du glaubst, alles allein schaffen zu müssen nach dem Motto, ein Mann geht seinen Weg, und dabei setzt du dich so unter Druck, als würdest du gehängt werden, wenn dir etwas nicht gelingt. Alles rechts und links deines Weges blendest du aus. Mit diesem Tunnelblick gehst du durchs Leben. Wer hat dir das eingepflanzt? Dein Vater?" Sie beugte sich vor. „Das Leben, Hamid, verpass es nicht! Jetzt zu Timm: Du bist ihm zwar in den Park gefolgt und hast erfahren, dass er offenbar Interesse an einer jungen Frau hat, sich aber nicht traute, sie anzusprechen. Aber warum er letzten Endes nicht in die Schule geht, weißt du trotzdem immer noch nicht. Das würde dir auch kein Detektiv sagen können – das kannst du nur von Timm selbst erfahren. Und wenn du ihm nicht vertraust, wird er sich dir auch nicht anvertrauen. Aber du bespitzelst deinen Sohn lieber und glaubst, auf diese Weise alles im Griff zu behalten. Weißt du was? Du hast eine Kontrollmacke."

Es geht ihr gar nicht um Timm, dachte Hamid. Der ist nur ein Vorwand, um mich fertigzumachen. In den fünfzehn Jahren, die sie nun ein Paar waren, hatte sie nie in dieser Schärfe mit ihm gesprochen. Aber mehr noch als das, was sie sagte, kränkte ihn, dass sie ihre Hand weggezogen hatte. Auch das hatte sie noch nie gemacht. Ausgerechnet jetzt, da ihm

Timm entglitt, müsste sie ihm eigentlich den Rücken stärken, anstatt ihn zu beschimpfen.

Nun erhob auch er seine Stimme. „Du scheinst gar nichts zu kapieren! Ich habe mich darauf verlassen, dass er in die Schule geht, so wie er es mir beim letzten Krisengespräch versprochen hatte. Aber er hat mich hintergangen. Wie oft bin ich zu ihm gegangen und habe das Gespräch gesucht? Er hatte mehr als eine Gelegenheit, mir zu sagen, dass er nicht in diese Schule will, warum auch immer. Ich bin sicher, wir hätten eine Lösung gefunden. Ich habe ihn nicht großgezogen, um das hier zu erleben. Er muss nichts anderes tun als die Chancen, die sich ihm bieten, die ich ihm biete, auch zu nutzen. Mehr verlange ich nicht. Wenn er etwas verspricht, verdammt noch mal, dann hat er es auch zu halten! Meinst du, mein Vater oder vielleicht auch dein Vater hätten so etwas zugelassen? Ich hatte weiß Gott viel schlechtere Ausgangsbedingungen als Timm. Mir hat niemand bei den Hausaufgaben geholfen, niemand hat mit meinen Lehrern gesprochen. Ich habe mir alles selbst erkämpft, mich durchgebissen, bis ich da war, wo ich hinwollte."

Eva drehte ihr leeres Weinglas in der Hand.

Tatsache war, überlegte Hamid, dass er selbst niemals auf die Idee gekommen wäre, die Schule zu schwänzen. Er war kein Aussteiger, er war ein Einsteiger. Eine große Leuchte war er in der Schule auch nicht gewesen. Aber durch harte Arbeit von klein auf hatte er sich behauptet und den Lehrern den nötigen Respekt abgerungen. Timm machte es sich einfach zu bequem.

Eva setzte ihr Weinglas wieder ab. „Wer sagt denn, dass Timm so sein muss wie du? Bloß weil du ihm nachts die Flasche gebracht hast, muss er doch nicht genau so werden wie du. Darf er nicht leben, wie er will? Übrigens warst du nicht der Einzige, der sich um Timm gekümmert hat, aber das vergisst du ja gerne. Und zweitens interessiert dich anscheinend nur die Schule, was? Timm hat doch weit mehr aufgegeben als die Schule. Er scheint gar keine Freunde mehr zu haben oder kannst du dich daran erinnern, wann er das letzte Mal Besuch bekommen hat? Niemand ruft ihn an. Monatelang hat er sein Zimmer kaum verlassen. Wir wissen gar nicht, was er dort macht. Aber plötzlich ist da ein Mädchen am Grüneburgpark, für das er sich interessiert. Also ist er doch kein so ein armes Würmchen, das sich nur verkriecht. Da ist mehr. Blöd ist nur, dass er mit uns selten mehr als zwei Sätze am Stück redet. Darüber solltest du dir mal Gedanken machen, anstatt Detektiv zu spielen und ohne sein Wissen mit seiner Lehrerin zu sprechen."

Hamids Puls beschleunigte sich. Er starrte sie an und sagte langsam: „Warum interessierst du dich plötzlich so sehr für Timm? Das hast du doch sonst auch nicht gemacht. Mit einem Mal spielst du dich zu seiner Anwältin auf, hältst mir Vorträge. Du hast dir noch nie für ihn ein Bein ausgerissen. Er war dir eigentlich immer egal, solange er nicht störte. Gegenüber anderen Leuten hast du aber gerne von deinem Sohn gesprochen."

Tränen füllten ihre Augen, hektisch stand sie auf und wühlte in der Schublade des Wohnzimmerschranks, bis sie ein Taschentuch gefunden hatte und sich damit die Tränen wegwischte. Dann verließ sie ohne ein weiteres Wort die Wohnung.

„Auch das noch", fluchte Hamid innerlich und ärgerte sich über Evas völlig übertriebene Reaktion. Ich muss mit ihr reden, dachte er und stürzte aus der Wohnung, rannte die Treppen hinunter und raus auf die Straße. Aber Eva war nirgends zu sehen.

8

Als Hamid den Brief im Briefkasten vorfand, ahnte er bereits Unheil. Nach drei Wochen in den USA und Guatemala war er entgegen seiner Gewohnheit vom Flughafen direkt nach Hause gefahren, ohne noch einmal im Institut vorbeizuschauen. Obwohl es erst 16 Uhr war, hatte er sich diesen Luxus gestattet, was ihm nicht ganz leicht fiel. Jahrelang war er nach jeder Dienstreise, selbst nach stundenlangen Flügen aus Lateinamerika oder Asien direkt ins Büro gefahren und hatte oft unrasiert und ungeduscht mit dem Koffer neben seinem Schreibtisch bis zum späten Nachmittag aufgelaufene E-Mails bearbeitet, Leute, die auf seine Mailbox gesprochen hatten, zurückgerufen und sich bei Kollegen über Neuigkeiten im Büro informiert. All das konnte jetzt bis morgen warten. Er brauchte eine Verschnaufpause.

Hamid hielt den Brief einen Augenblick lang in der Hand und betrachtete ihn gründlich. Der Umschlag war grün, der Brief an Timm Hamidzadeh adressiert, und er kam von der Schule. Hamid steckte den Brief in die Innentasche seines Sakkos und betrat die Wohnung. Im Flur stellte er seinen Rollkoffer ab und ging ins Wohnzimmer. Alles war ruhig, Timm war wohl in seinem Zimmer, wie üblich.

Er ging in die Küche, goss Wasser in den Samowar und schaltete ihn an. Das leise Rauschen des sich langsam erhitzenden Wassers beruhigte ihn. Er schaute versonnen auf die bauchige Form des Geräts. Seine Eltern hatten es ihm geschenkt, damals bei ihrem ersten Besuch in dieser Wohnung. Hamid öffnete die Teedose. Der herbe Duft der mit Kardamon durchsetzten schwarzen Teeblätter stieg ihm in die Nase und gab ihm das Gefühl, zu Hause angekommen zu sein. Der Tee, den man ihm auf der Reise vorgesetzt hatte, war eine dünne Brühe gewesen. Gewohnheitsmäßig gab er drei gehäufte Löffelchen in die kleine Kupferkanne. Kaum stieg der Wasserdampf von dem Samowar auf, drehte er den kleinen Hahn auf und ließ das Wasser in das Kännchen laufen. Er stellte es behutsam zurück auf das Gerät und legte ein Tuch darüber. Anschließend ging er auf den Balkon. Er streckte sich und atmete durch. Im gegenüberliegenden Haus hatte eine junge Frau ihr Kleinkind in einen Kinderstuhl gesetzt, selbst gegenüber Platz genommen und angefangen, das Baby zu füttern. Die Mutter hielt dem Kleinen einen kleinen Löffel mit Brei hin, der aber würdigte sie keines Blickes, den Mund fest geschlossen. Es rührte ihn, wie die junge Frau dem Kind gut zuzureden schien, Grimassen schnitt und etwas bemüht lachte. Da habe ich es mit Timm leichter gehabt, wenigstens in dieser Phase, dachte er. Das Baby beschloss, sein Essen genauer zu untersuchen. Es griff in die Schüssel, prüfte mit ernster Miene die Konsistenz der Speise und, siehe da, steckte sich kurz entschlossen die kleinen breiigen Finger in den Mund. Hamid schmunzelte. Unvermittelt drehte sich die junge Frau um und sah aus dem Fenster. Hamid wandte sich sofort ab und ging hinein.

In der Küche goss er den goldbraunen Tee in ein kleines Glas, bis es zu einem Drittel voll war, hielt es dann unter den Samowarhahn und füllte es mit heißem Wasser auf. Mit dem Glas in der Hand setzte er sich ins Wohnzimmer. Er ließ Kandiszucker ins Glas fallen und rührte um. Die Zuckerstückchen wirbelten herum und verursachten ein vertrautes klackerndes Geräusch. Als er ausgetrunken hatte, griff er langsam in seine Jackentasche und holte den Brief hervor. Er öffnete vorsichtig den Umschlag und begann zu lesen.

In dürren Worten wurde Timm mitgeteilt, dass er seit sechs Wochen dem Unterricht unentschuldigt fernbleibe. Die Schulleitung empfehle ihm daher, sich mit sofortiger Wirkung von der Schule abzumelden, anderenfalls sehe man sich gezwungen, nach Paragraf 82 des Hessischen Schulgesetzes seinen Verweis von der Schule in die Wege zu leiten. Hamids Puls beschleunigte sich, seine Kehle war wie zugeschnürt.

Dabei hatte er doch nichts unversucht gelassen, um mit Timm zu sprechen. Aber seit dem Tag, an dem er ihm heimlich gefolgt war, hatte Timm sein Zimmer abgeschlossen. Hamid hatte wie ein Bittsteller immer wieder angeklopft, ihn gebeten aufzumachen, sie müssten miteinander reden, vergeblich. Egal, was er tat, ob er ihm gut zuredete oder brüllte, Timm war für ihn nicht mehr zu sprechen. Eva machte es sich einfach, indem sie meinte, auch diese Phase ginge einmal zu Ende und irgendwann würde der Junge sein Eremitendasein beenden. Bis dahin stellte sie einfach sein Essen vor die Tür. Die ersten Male schob sie Zettel unter seiner Tür durch. „Dein Abendessen steht vor der Tür. Jeden Abend gegen 19 Uhr. Sag Bescheid, wenn du etwas brauchst. Gruß, Eva." Einmal bezog Hamid, nachdem Eva das Tablett mit dem Abendessen abgestellt hatte, einfach davor Position und wartete. Er wollte die Gelegenheit nutzen und einen Fuß in die Tür stellen, wenn der Junge öffnete, um das Essen reinzuholen. Eva bemerkte es, lehnte sich im Flur an die Wand und bedachte ihn kopfschüttelnd mit ihrem nachsichtigen Blick. Er gab auf.

Hamid blieb mit dem Teeglas in der Hand lange sitzen, sah vor sich hin. Dann steckte er den Brief samt Umschlag wieder ein.

Am nächsten Tag suchte Hamid den Rektor auf. Dr. Macher, ein dynamischer Dicker mit einer flotten Stoppelfrisur, dem er zum ersten Mal begegnete, trat mit einem eleganten Schwung hinter seinem Schreibtisch hervor, ging energisch auf Hamid zu und begrüßte ihn mit einem festen Händedruck. Dabei sah er ihm direkt in die Augen. Natürlich wusste er von dem Gespräch, das Hamid mit der spitzgesichtigen Lehrerin geführt hatte.

„Ich finde es immer gut, wenn Eltern das Gespräch suchen. Aber von Timm hören und sehen wir nichts. Ich habe mit den Lehrkräften, die Ihren Sohn unterrichten, gesprochen. Ich selbst kenne ihn auch, habe ihn bei mehreren Gelegenheiten erlebt. Wie meine Kollegen sagen, war er immer ein beliebter, intelligenter Schüler. Vor etwa sechs Monaten hat sich sein Verhalten aber verändert, er hat sich immer mehr zurückgezogen und sich nicht mehr am Unterricht beteiligt. Seine schriftlichen Arbeiten waren zuletzt völlig unzureichend. Na ja, und schließlich ist er ganz weggeblieben."

„Herr Dr. Macher, Timm befindet sich offenbar in einer Krise. Etwas scheint ihn zu bekümmern. Das kommt vor bei jungen Menschen. Es ist eine Phase, die vorübergehen wird. Er hat eine zweite Chance verdient. Geben Sie ihm die Zeit, die er braucht, um wieder auf die Beine zu kommen. Von mir aus kann er das Schuljahr auch wiederholen. Wem ist damit gedient, wenn er von der Schule fliegt? Er hat niemandem etwas getan. Sie wissen doch selbst, dass es ganz andere Kandidaten gibt, solche, die Drogen in die Schule bringen oder zu Gewalt neigen. Mein Gott, Timm hängt ein bisschen durch, deswegen muss man ihn doch nicht gleich von der Schule verweisen."

„Herr Hamidzadeh, es geht nicht darum, ob Ihr Sohn jemandem etwas getan hat oder nicht. Wir haben Regeln. Die gelten für alle, auch für Ihren Sohn. Im Übrigen, will er denn überhaupt weiter zur Schule gehen? Seine Motivation kann ja nicht allzu groß sein, sonst säße er jetzt hier gemeinsam mit Ihnen oder auch allein, denn schließlich ist er volljährig. Was sagt er denn selbst zu der Angelegenheit? Glauben Sie mir, Herr Hamidzadeh, wir haben Ihrem Sohn mehr als zwei Chancen gegeben. Manchmal brauchen junge Menschen nicht so viel Geduld und Verständnis, sondern klare Grenzen. Man kann nicht alles haben. Und, wie gesagt, habe ich auch gar nicht den Eindruck, dass er weiter zur Schule gehen will."

„Mein Sohn war krank. Er hat sich ordnungsgemäß krank gemeldet. Damit hat er die Regeln eingehalten. Der Schulverweis hat keinerlei Rechtsgrundlage."

„Herr Hamidzadeh, da sind ein paar Ungereimtheiten. Vielleicht können wir sie ja aufklären. Wie mir Frau Erbel sagte, wussten Sie selbst gar nicht, dass Ihr Sohn krank war, obwohl er bei Ihnen wohnt. Sie wollten sich bei Frau Erbel nach seinen schulischen Leistungen erkundigen und erfuhren erst von ihr, dass Ihr Sohn sich krank gemeldet hatte."

„Es spielt doch wirklich keine Rolle, was ich wusste oder nicht. Mein Sohn ist volljährig."

„Da haben Sie formal Recht. Aber wenn wir schon bei Formalitäten sind: Er hat uns keine ärztliche Bescheinigung vorgelegt, obwohl wir ihn dazu aufgefordert haben. Rein rechtlich sieht es so aus, dass er wochenlang unentschuldigt dem Unterricht ferngeblieben ist."

Hamid verfluchte sich. Die Sache mit der ärztlichen Bescheinigung war ihm durchgegangen.

„Außerdem haben wir nun mehrfach festgestellt, dass Ihr Sohn volljährig ist", fuhr Dr. Macher fort. „Warum kommt er dann nicht selbst, um mit uns zu sprechen?"

„Es geht ihm nicht gut."

„Auch wenn es ihm nicht gut geht, muss er Stellung nehmen."

„Wer sagt das? Er ist krank", sagte Hamid und wusste, dass es sinnlos war.

Es war einer dieser nasskalten Herbsttage, die Hamid hasste. Ein steter Nieselregen begleitete ihn auf dem Weg zur U-Bahnstation und obwohl er seinen Regenmantel zugeknöpft und den Kragen hochgeschlagen hatte, fror er. Wenn der Rektor meinte, Timm ohne Weiteres der Schule verweisen zu können, so hatte er sich getäuscht, dachte er grimmig.

9

Im Institut angekommen begab er sich geradewegs in sein Büro, mit der Absicht, sich wieder in seine Arbeit zu stürzen. Er blätterte noch einmal die Papiere durch, die er letzte Woche gelesen und mit vielen Randnotizen versehen hatte, in der Hoffnung, endlich auf den springenden Punkt zu kommen. In zwei Wochen sollte der Antrag für das Forschungsprojekt fertig sein, das hatte er Kartmüller und Adler zugesagt. Wie erwartet, hätten sie ihm die Hauptarbeit überlassen. Die beiden Professoren gaben ihre Namen und knüpften die notwendigen Kontakte zu den Geldgebern.

Das Geschrei der Kinder aus dem gegenüberliegenden Kindergarten unterbrach seine Gedanken. Merkwürdig, dass die Kinder jetzt noch draußen spielten. Gut, das Wetter war schön, die Sonne schien und für Ende Oktober war es ungewöhnlich warm. Aber normalerweise kamen die Kinder erst nach dem Mittagessen heraus zum Spielen. Hamid öffnete das Fenster, um frische Luft reinzulassen, jetzt hörte er die Kinder in voller Lautstärke. Er fragte sich, wie so wenige Kinder einen solchen Lärm verursachen konnten. Ein kleiner Kerl mit rotem Kopf stürmte gerade mit dem Ball in Richtung Tor und wurde von seiner Mannschaft angefeuert. Er schaffte es tatsächlich, ein Tor zu schießen, was erneut begeisterten Jubel auslöste. Seufzend schloss Hamid wieder das Fenster. In dem Alter hatte Timm jeden Nachmittag, egal bei welchem Wetter, im Holzhausenpark Fußball gespielt. Für Hamid war es damals geschenkte Zeit, er konnte sich seiner Arbeit widmen, während der Kleine sich draußen austobte. Wenn er dann verschwitzt und glücklich nach Hause kam, war er meistens so müde, dass er nach dem Abendessen bereitwillig ins Bett ging.

Sein Tee war kalt geworden, sollte er neuen machen? Noch einmal beugte er sich über den Text und las den Absatz nun schon zum dritten Mal. Wäre er nach dem Inhalt gefragt worden, er hätte es nicht sagen können. Er ließ sich in den Bürostuhl zurückfallen und warf seine Lesebrille auf den Schreibtisch. Heute hatte es keinen Zweck, gestand er sich ein. Zum Glück blieb das Telefon die meiste Zeit still. Entschlossen sprang er auf und zog seine Jacke an. Auf dem Weg nach draußen ging er am Institutssekretariat vorbei, steckte den Kopf zur Tür rein und sagte Bescheid, dass er für etwa zwei Stunden außer Haus sei. Heike lächelte ihn freundlich an und winkte.

Heike war die Seele des Instituts. Alle hatten sie gern. Für Hamid war sie aber ein Phänomen – sie sah immer ausgeglichen aus und schien in jeder Lebenslage gute Laune zu haben. Wie schaffte sie das? Dabei hatte er mitbekommen, dass sie es durchaus nicht leicht hatte. Seit der Trennung von ihrem Mann musste sie sich allein um ihre behinderte Tochter kümmern. Sie selbst sprach nie über ihre Sorgen. Der Flurfunk hatte die Nachrichten dennoch verbreitet.

Er würde etwas spazieren gehen, überlegte er, den Kopf durchlüften und dann einen erneuten Versuch unternehmen. Seine Schritte lenkten ihn zum Palmengarten. Er sah die sorgfältig angelegten Beete mit Chrysanthemen, den gepflegten Rasen und die alles überragenden mächtigen Bäume, dazwischen die wenigen Spaziergänger. Allmählich wurde er ruhiger. Es war eine gute Idee gewesen, das Büro zu verlassen. Er nahm die Hände aus seinen Jackentaschen und ging mit erhobenem Kopf weiter. Eine Frau lächelte ihn an. Es kam nicht oft vor, dass ihn Frauen im Vorübergehen anlächelten. Seine Laune verbesserte sich schlagartig.

In einiger Entfernung sah er das Café Siesmayer. Sollte er einkehren und etwas trinken? Hamid verwarf den Gedanken, er wollte nicht schon wieder sitzen. Am Ausgang Siesmayerstraße verließ er den Palmengarten und passierte den benachbarten

Grüneburgpark. Dann erreichte er die Stelle, an der Timm auf die junge Frau gewartet hatte. Er blieb stehen, betrachtete das Haus und hielt Ausschau nach dem grünen Fahrrad. Tatsächlich, es war an einem Laternenmast angekettet. Sie sollte das Fahrrad lieber reinstellen, dachte er. Hamid beschloss, nach Hause zu gehen. Es musste doch möglich sein, den Jungen aus dem Zimmer zu locken und mit ihm zu sprechen. Er war doch schließlich sein Vater.

Hamid betrat die Küche, um sich Tee zu machen. Am Küchentisch stand Timm und schmierte sich ein Brot.

„Hallo Timm, lange nicht gesehen."

Der Junge drehte sich ruckartig um. Mit hängenden Schultern betrachtete er das halb mit Butter bestrichene Brot. Die Verlegenheit seines Sohnes war nicht zu übersehen. Das ist gut so, dachte Hamid. Solange er ein schlechtes Gewissen hat, ist es nicht zu spät. „Ich konnte mich bei der Arbeit nicht konzentrieren und habe einen Spaziergang nach Hause gemacht. Es wird Zeit, dass wir miteinander sprechen."

„Über was denn?"

„Darüber, warum du immer noch nicht in die Schule gehst, darüber, dass du von der Schule fliegen sollst, darüber, wie es mit dir weitergehen soll", erklärte Hamid.

„Was?"

Hamid setzte sich betont langsam an den Küchentisch. Dabei ließ er seinen Sohn nicht aus den Augen.

Timm schien es die Sprache verschlagen zu haben. Mit dem verschmierten Messer in der Hand stand er da und sah seinen Vater an. Dann drehte er den Kopf zur offenen Küchentür und lugte in den Flur hinaus, als wünsche er sich weit weg. Als er sich Hamid wieder zuwandte, machte dieser eine einladende Handbewegung und wies auf den Stuhl ihm gegenüber. Zögernd setzte sich Timm.

Hamid griff in die Innenseite seines Sakkos und holte den Brief heraus und schob ihn zu ihm herüber. Der sah seinen Vater mit offenem Mund an, dann nahm er das Schreiben, faltete es auseinander und las. Als er fertig war, fing er wieder von vorne an. Schließlich steckte er den Brief in den Umschlag und schob ihn zurück zu seinem Vater, als wolle er nichts damit zu tun haben. Hamid wartete. Mit Erstaunen beobachtete er, wie sich Timms Miene schlagartig verdüsterte. Der Junge richtete sich auf, schob die Schultern nach hinten und ballte die Fäuste. Dann brach es aus ihm heraus:

„Das Gerippe hat es endlich geschafft."

„Gerippe?"

„Na, die Erbel."

Das Gerippe also, dachte Hamid.

„Die hat mich von Anfang an gedisst. Alles, was ich mache, findet die Scheiße. Nichts kann man ihr Recht machen. Die will mich einfach nur abservieren. Die ist doch voll gaga und kommt mit sich selbst nicht klar. Außerdem kann sie Ausländer nicht leiden."

So viele Worte auf einmal hatte Timm schon lange

nicht mehr gesprochen. Hamid konnte es kaum glauben – das könnte tatsächlich ein Gespräch werden.

„Ausländer? Sie hat was gegen Ausländer?"

„Ja, klar. Das sagen alle."

Hamid dachte an seinen Besuch bei der Erbel. Sie hatte nichts gesagt, was auf Ausländerfeindlichkeit schließen ließ. Obwohl – sie hatte ihn ziemlich von oben herab behandelt. „Du bist kein Ausländer, Timm. Das habe ich dir schon tausendmal gesagt. Du bist hier geboren und aufgewachsen. Du bist Deutscher."

„Das hast du so beschlossen, oder? Deswegen hast du mir auch einen deutschen Namen gegeben. Dich selbst hältst du bestimmt auch für einen Deutschen. Warum nennst du dich nicht Thomas oder Peter? Wäre doch geil."

Hamid betrachtete seinen Sohn. Abgesehen von seinen schwarzen lockigen Haaren, den dichten Augenbrauen, dem dunklen Teint und natürlich dem Nachnamen war Timm durch und durch deutsch. Er sprach kein Wort Persisch und war noch nie im Iran gewesen. Sein Denken und Handeln, seine Vorlieben unterschieden sich in nichts von dem seiner deutschen Altersgenossen. Und trotzdem distanzierte sich Timm seit Langem schon von „den Deutschen", wie er sie nannte. Zum ersten Mal war Hamid darauf aufmerksam geworden, als Timm sechzehn Jahre alt war. In jener Zeit hängte er sich Kunstdrucke persischer Miniaturmalereien in sein Zimmer, hörte persische Musik, die er aus dem

Internet herunterlud, und erzählte von persischen Restaurants, die er entdeckt hatte.

„Du meinst also, du fliegst von der Schule, weil du Ausländer bist? Hast du deswegen auch die Schule geschwänzt?"

„Ich hatte Magenschmerzen. Wie oft soll ich das noch sagen?"

„Warst du beim Arzt?"

„Die Erbel sucht doch nur einen Vorwand."

Ist das so, fragte sich Hamid. Wie schlimm muss eine Lehrerin sein, damit man die Schule schwänzt? Schule ist doch mehr als das. Da sind die anderen Lehrer, die Mitschüler, die Freunde. Die Mädchen.

„Hattest du mit anderen Lehrern auch Schwierigkeiten?"

Als Timm nichts erwiderte, hakte er nach: „Die nette Kunstlehrerin, wie hieß sie noch? Die mochtest du doch und sie dich auch. Hat sie dich nicht auch einmal zu sich nach Hause eingeladen? Wann war das eigentlich? Was ich sagen will, da waren doch Lehrerinnen und Lehrer, die dich mochten und gefördert haben. Die arrogante Erbel, okay, ich kann mir vorstellen, dass es nicht einfach ist mit ihr. Ich hätte auch Schwierigkeiten mit dem Gerippe."

Über Timms Gesicht flackerte ein kurzes Grinsen.

„Und jetzt soll mein Sohn von der Schule fliegen, weil er dem Unterricht ferngeblieben ist? Ich muss gestehen, ich verstehe es immer noch nicht. Also, war es nur die Erbel? Was ist mit der netten Kunstlehrerin?"

Hamid bemerkte, dass Timm schon zum zweiten Mal zusammenzuckte.

„Deutschlehrerin."

„Wie bitte?"

„Sie unterrichtet Deutsch, nicht Kunst. Die ist okay", sagte Timm, wobei er versuchte einen Fleck auf der Tischplatte wegzureiben.

„Na also, dann ist doch nicht alles so düster. Aber noch mal zur Erbel. Wegen ihr bist du also nicht zur Schule gegangen", stellte Hamid fest, erleichtert, endlich eine Erklärung gefunden zu haben.

„Mensch, wie oft soll ich das noch sagen. Ich hatte Magenschmerzen!", brüllte Timm und fegte mit dem Ärmel das Geschirr vom Tisch, das krachend zu Boden fiel und zerbarst.

Hamid sprang auf. Noch ehe er etwas sagen konnte, war Timm aus der Küche gestürmt.

10

Am Montagmorgen kam Hamid gut gelaunt ins Institut. Er konnte mit sich zufrieden sein, fand er. Er hatte den Forschungsantrag fristgerecht fertiggestellt, Kartmüller war von dem Text angetan gewesen und hatte nur Kleinigkeiten ergänzt. Bevor er ins Wochenende gegangen war, hatte er schließlich das Ganze an den Kollegen Adler geschickt und mehr aus Höflichkeit geschrieben, dass er für Kommentare und Änderungsvorschläge dankbar sei. Adler musste die Sache nur noch abhaken, dann konnten sie den Antrag offiziell einreichen, je schneller desto besser.

Hamid fuhr seinen Computer hoch. In seinem E-Mail-Postfach fand er fünfzehn ungelesene Nachrichten vor, darunter eine von Adler. Das ging ja schnell, freute er sich. Er öffnete die E-Mail des Professors. In einem überheblichen Ton dankte der ihm für den ersten Entwurf, bei dem er erheblichen Überarbeitungsbedarf sähe. Erster Entwurf? Erheblicher Überarbeitungsbedarf? Er klickte die Anlage an und fand seinen Text bis zur Unkenntlichkeit im Änderungsmodus bearbeitet. Ist dieser Mensch von allen guten Geistern verlassen? Was glaubt er, wer er ist? Er hat nicht die geringste Ahnung von dem Thema, und jetzt spielt er sich als Professor auf und behandelt mich wie einen minderbegabten Studenten? Mit dem Typ musste man eine klare Sprache sprechen. Er druckte die E-Mail samt Anlage aus und packte sie in seine Tasche. Er würde sich am Abend zu Hause mit Adler zu befassen, dazu brauchte er Ruhe, die er jetzt nicht hatte. Denn in einer halben Stunde musste er an der Hauptwache sein.

Hamid wandte sich zur Tür und blieb erschrocken stehen, als er plötzlich direkt in Kartmüllers Gesicht schaute. Es hätte nicht viel gefehlt und er wäre mit diesem Koloss zusammengestoßen.

„Du wollest gerade gehen, Hamid?“ Kartmüller, wie immer im schwarzen Anzug mit Weste, weißem Hemd aber ohne Krawatte, hatte eine dünne blaue Plastikmappe in der Hand und wedelte damit. „Ich habe gerade die Kommentare von Adler gelesen und muss gestehen, er hat Recht. Die Analyse der Armutsminderungsprogramme der linkspopulistischen Regime von Chavez, Morales, Correa und Ortega im Vergleich zu Lulas Sozialpolitik sollte tatsächlich mit aufgenommen werden. Was meinst du?“

Er habe die Kommentare nur überflogen, erklärte Hamid. Er wolle sie sich heute Abend genauer ansehen. Aber eigentlich hätte Adler das Thema ja schon in seinem letzten Buch ausgiebig behandelt.

„Was willst du damit sagen?“ Kartmüller sah ihn mit gerunzelter Stirn an.

„Das ist nur eine Feststellung, aber, wie gesagt, ich muss mich in Ruhe damit befassen.“ Kartmüller hatte noch nie Kritik an Adler geäußert. Die beiden kannten sich seit ihrem Studium und telefonierten offenbar jede Woche mehrmals miteinander. Er hielt große Stücke auf seinen alten Freund und Mentor. Dabei schrieb Adler seit Jahren immer das Gleiche, na ja, fast. Hamid stellte sich vor, wie er seine Anmerkungen genüsslich auseinander nehmen würde. Er freute sich darauf, die Ahnungslosigkeit, die inneren Widersprüche und die völlig absurden Schlussfolgerungen dieses Egomanen zu benennen. Wahrscheinlich las der Kerl die Literatur, die er zitierte, noch nicht einmal, anders war dieser Mist nicht zu erklären.

Noch immer stand Kartmüller wie ein Berg vor ihm. Hamid machte eine leichte Bewegung nach rechts, als wolle er an ihm vorbei.

„Halte ich dich auf?“, fragte Kartmüller überflüssigerweise, wich aber nicht von der Stelle.

Hamid sah an seinem Regenmantel runter und hob dann wieder den Blick, wobei er den Kopf leicht in den Nacken legte. „Ja, ich habe einen wichtigen Termin mit meinem Sohn. Das heißt, ich muss ihn zu einem Termin begleiten.“

„Ich hoffe, es ist nichts Ernstes.“

Nein, nein, beeilte sich Hamid zu sagen. Er sei Gott-sei-Dank gesund. Es ginge um seine Ausbildung. Er nickte seinem Chef zu, bevor weitere Fragen kamen, und schob sich an ihm vorbei.

Eigentlich war es ja zu erwarten gewesen, überlegte Hamid, während er in der U-Bahn saß. Nun musste er sich noch genauer mit Adlers Kommentaren befassen, als er vorgehabt hatte. Oder auch nicht. Denn, und das wurde Hamid jetzt klar, Kartmüller würde darauf bestehen, dass Adlers Änderungswünsche berücksichtigt würden. Hamid ärgerte sich, dass er die Loyalitätsbande zwischen den beiden unterschätzt hatte. Von den neuen sozialen Bewegungen in Lateinamerika hatten beide wenig Ahnung. Aber das zählte nicht, denn sie verfügten über wertvolle Kontakte. Hamid wollte es sich mit Kartmüller nicht verderben.

Die U-Bahn erreichte die Station Hauptwache. Hamid fuhr mit der Rolltreppe nach oben und ging dann in schnellen Schritten zum Eingang der Buchhandlung. Er schaute auf die Uhr. Es war genau 10 Uhr, stellte er zufrieden fest, sah sich um, konnte aber Timm nirgends entdecken. Nun gut, er erwartete auch nicht, dass der Junge schon vor ihm am Treffpunkt war. Erst in einer Viertelstunde hatten sie den Termin. Sie mussten ja nur ein paar Meter zur Anwaltskanzlei laufen – das dauerte nicht mehr als drei Minuten.

Hamid war froh, dass er so kurzfristig einen Termin erhalten hatte. Letzte Woche war das zweite Schreiben des Schulamts eingegangen. Nun hatten sie Timm tatsächlich der Schule verwiesen. Dieses Mal war Hamid vorbereitet gewesen. Nach dem Gespräch mit dem Rektor hatte er sich keinen

Illusionen mehr hingegeben. Er war froh, dass sich Jochen Zeit genommen hatte, um mit ihm über Timm zu sprechen. Er vertraute Jochen wie einem Bruder. Am Ende waren sie beide zu der Ansicht gelangt, dass er einen Anwalt einschalten und Widerspruch einlegen müsse.

Hamid ging ein paar Schritte vor der Buchhandlung auf und ab, dann zur Auslage der Reiseführer, die in einer Kiste vor dem Eingang ausgestellt waren und sah sie nur halb interessiert durch. Wieder ging er hin und her. Gegenüber, stellte er fest, war ein neues Café eröffnet worden. Er könnte nachher mit Timm dorthin gehen, überlegte er. Hamid lief hinüber und schaute es sich genauer an. Es war eigentlich mehr eine Kaffeebar, etwas modernistisch für seinen Geschmack. Als er wieder vor der Buchhandlung stand, stellte er erschrocken fest, dass es schon Viertel nach zehn war. Hatte er Timm übersehen oder der Junge ihn? Hamid holte sein Mobiltelefon aus der Hosentasche und rief Timm an. Sofort sprang die Mailbox an. Noch einmal wählte er Timms Nummer. Wieder die Mailbox. Wütend steckte er das Telefon ein. Jetzt war es zwanzig Minuten nach zehn. Er überlegte, ob er dem Anwalt absagen sollte, entschied sich aber dagegen.

Dr. Wollert war auf eine professionelle Art freundlich, ja fast schon glatt. Falls er sich wunderte, warum dieser nervöse Vater allein kam, nachdem ihn sein Sohn offenbar versetzt hatte, ließ er sich nichts anmerken. Nachdem er sich den Fall genau angehört hatte, kam er zu dem Schluss, dass durchaus die Chance bestünde, den Schulverweis anzufechten. Dazu benötige er aber genauere Angaben, ab wann Timm der Schule ferngeblieben sei und wann er sich telefonisch krankgemeldet habe. Vielleicht ließe sich noch etwas machen, wenn er nachträglich eine ärztliche Krankschreibung vorlege. Und schließlich müsse Timm selbst ihn beauftragen, da er volljährig sei. Er gab Hamid ein entsprechendes Formular, das Timm ausfüllen und unterschreiben sollte.

Als Hamid sich eine halbe Stunde später verabschiedete, bedankte er sich und entschuldigte sich nochmals für die Verspätung und auch für seinen Sohn, dem bestimmt etwas dazwischen gekommen sei. Herr Wollert schien voller Verständnis zu sein, so als käme so etwas jeden Tag vor.

11

Am Abend war Hamid mit Jochen verabredet und natürlich würde der fragen, wie das Gespräch mit dem Anwalt verlaufen sei. Er würde offen darüber sprechen, dass Timm gar nicht erschienen war, entschied Hamid. Vor seinem Freund hatte er keine Geheimnisse. Er kannte ihn schon eine Ewigkeit. Sie hatten nicht nur am selben Tag im Institut angefangen, sondern auch das Büro geteilt. Bei geschlossener Tür amüsierten sie sich über die antiquierten Ansichten ihrer älteren Kollegen. Und bald schon stellte Hamid fest, dass Jochen nicht nur fachlich ähnliche Ansichten hatte, sondern auch ein feiner Kerl war, auf den er sich verlassen konnte.

Jochen hatte vorgeschlagen sich im Piräus zu treffen. Ein neuer Besitzer habe das Restaurant übernommen, seither sei das Essen wirklich gut. Hamid hatte nichts dagegen, obwohl er es etwas nostalgisch fand. Früher waren Jochen und er oft beim Griechen gewesen. Sie hatten beide in der Nähe gewohnt.

Kaum hatte er das Restaurant betreten, umfing ihn die Atmosphäre von damals. Der Duft griechischer Speisen, die Musik von Mikis Theodorakis im Hintergrund, und selbst die einfachen Holztische und -stühle, die blau-weiß karierten Tischdecken, auf denen Töpfchen mit fast echt aussehenden Plastikpflanzen standen, alles war gleich geblieben. An den Wänden hingen Bilder von antiken Athleten oder schon leicht vergilbte Landschaftsaufnahmen von der Akropolis, den Bergen von Kreta oder dem Hafen von Piräus.

Hier sollte es einen neuen Besitzer geben? Sehr lange konnte der noch nicht da sein. Hamid war zunächst etwas befremdet, fand es dann aber doch schön, an einen Ort zurückzukehren, an dem offenbar die Zeit stehen geblieben war.

Es war nicht viel los, sodass er die freie Wahl hatte, wo er sich hinsetzen konnte. Er entschied sich wie immer, wenn die Gelegenheit bestand, für einen Platz am Fenster. Hamid sah auf die Uhr, er war zwanzig Minuten zu früh. An der Theke bemerkte er eine junge Frau, die ganz in Schwarz gekleidet war, was ihr gut stand, vielleicht wegen der kurzen blonden Haare. Vielleicht stand ihr aber auch einfach alles gut, weil sie jung und hübsch war, überlegte er. Auch sie schaute, offenbar in Gedanken, im Raum umher. Sie wirkte betrübt, vielleicht war es auch Langeweile. Als sich ihre Blicke trafen, löste sie sich langsam von Tresen, lächelte ihn freundlich an und kam schlendernd zu seinem Tisch. „Hallo“, sagte sie fröhlich, „was darf es sein?“ Hamid bestellte einen Tee.

Jochen kam wie immer pünktlich auf die Minute. Er blickte sich in dem Lokal um und als er Hamid entdeckte, hob er lächelnd den Arm zur Begrüßung. Er sah anders aus als sonst, irgendwie jünger und vitaler. Der Urlaub hatte ihm offensichtlich gut getan. Hamid ließ seinen Blick über ihn gleiten. An der Kleidung konnte es nicht liegen. Jochen trug wie immer in der Freizeit eine schwarze Lederweste, die schon etwas speckig war, darunter ein passendes Hemd, die Ärmel hochgekrempelt. Vor Jahren schon hatte er ihn gefragt, wie alt diese Weste eigentlich sei. Zu seiner Überraschung hatte Jochen geantwortet, er habe vier verschiedene Lederwesten, die er abwechselnd trage. Außerdem behauptete er, jede Weste sei anders, was Hamid bisher trotz genauen Hinschauens nicht erkennen konnte. Nein, an der Kleidung lag es nicht. Aber er hatte etwas abgenommen und seinen grauen Dreitagebart rasiert. Außerdem hatte er eine neue modische Hornbrille, die sein Gesicht markanter machte. Sieh einer an, dachte Hamid. Neben seinem renovierten Freund kam er sich alt und langweilig vor.

„Und, was sagt der Anwalt?“

Etwas an Jochens Ton störte ihn. Als müsse er Rechenschaft ablegen. Warum konnte Jochen nicht warten, bis er selbst damit herausrückte?

„Es war ein nützliches Gespräch. Wir haben

durchaus Chancen."

„Sag ich doch. Wie geht es jetzt weiter?"

Hamid war froh, dass die Kellnerin sie unterbrach. Er wollte das Thema wechseln.

Jochen strahlte die junge Frau an. Es war nicht zu übersehen, dass sie ihm gefiel. Er ließ sich die Empfehlungen der Küche erklären, obwohl sie auf einer Tafel in Sichtweite zu lesen waren, und fragte sie, was sie ganz persönlich empfehlen würde. Die Kellnerin erklärte lächelnd die einzelnen Speisen. Sie war offensichtlich bewundernde Blicke von älteren Männern gewohnt und nahm sie wohlwollend hin. Hamid betrachtete eingehend den Bierdeckel. Jemand sollte Jochen einmal daran erinnern, wie alt er war. Die junge Frau könnte schließlich seine Tochter sein. Als sie gegangen war, blieb das Lächeln auf Jochens Gesicht. Dann erinnerte er sich wieder an Hamid, wurde ernst und fragte: „Also, wie geht's jetzt weiter?"

Er zuckte mit den Schultern. Seinen Sohn hatte er seither weder gesehen noch gesprochen.

„Was hast du nun vor? Was sind die nächsten Schritte?"

Lass mich doch in Ruhe, dachte Hamid. Er gibt sich nicht die geringste Mühe, mich zu verstehen und spielt sich als Experte auf. Dabei hat er selber keine Kinder.

„Ich weiß es noch nicht, Eva und ich kommen im Moment nicht an ihn ran. Aber wir finden schon eine Lösung."

„Ich verstehe immer noch nicht, warum Eva und du die ganze Zeit nicht gemerkt habt, dass er gar nicht in die Schule gegangen ist. Habt ihr morgens immer vor ihm das Haus verlassen?"

Nein, Timm sei jeden Morgen pünktlich wie immer aus dem Haus gegangen, und zwar vor Eva und ihm, sagte Hamid. Alles habe völlig normal ausgesehen. Aber in Wirklichkeit sei er dann gar nicht in die Schule, sondern in den Grüneburgpark gegangen. Dort habe er sich auf eine Parkbank gesetzt, ja, im wahrsten Sinne des Wortes die Zeit abgesessen. Mittags sei er dann wieder nach Hause gekommen.

„Ach, erzähl keine Sachen. Wirklich?", staunte Jochen. „Hat er dir das selbst erzählt?"

„Meinst du, ich mache Witze oder was?", herrschte Hamid ihn an, sah das erschrockene Gesicht seines Freundes und erklärte in ruhigem Ton, dass er aus Timm ja kaum etwas heraus bekäme. Er sei einmal mittags zufällig in dem Park spazieren gegangen. Da habe er Timm sitzen sehen, während der Unterrichtszeit.

„Und was hat er da gemacht? War er allein oder mit anderen?"

Er sei allein gewesen, erklärte Hamid kurz angebunden.

Jochen sah ihn zweifelnd an. „Und du meinst, das hat er wochenlang, monatelang gemacht?"

Hamid wurden die Fragen zu viel. Er kam sich vor, als stünde er vor einem Tribunal. Er zuckte die

Schultern. Jochen sah ihn erstaunt an.

„Nun, jedenfalls ist er immer morgens mit seinem Rucksack aus dem Haus gegangen, also nehme ich an, dass er in den Grüneburgpark gegangen ist. Aber ehrlich gesagt weiß ich es nicht."

„Er hätte an den anderen Tagen theoretisch auch ganz woanders sein können", gab Jochen zu bedenken.

„Ach ja? Der Herr Supertheoretiker weiß natürlich besser, wo sich mein Sohn aufgehalten haben könnte."

„Mensch, deine Nerven liegen ja blank."

Jetzt erklärt er mich auch noch zum Psycho, ging es ihm durch den Kopf. „Lass uns das Thema wechseln."

„Wenn er nicht in die Schule will, dann soll er halt eine Ausbildung machen. Das ist doch keine Schande, im Gegenteil, vielleicht will er später das Abitur nachholen. Was interessiert ihn denn besonders?"

Der Kerl hörte nicht auf. Hamid sah sich im Lokal um.

„Du weißt es nicht? Dann musste du mit ihm sprechen!"

Jochen seufzte und drückte seinen Arm. Hamid zog ihn weg. Der Abend hatte einen unschönen Verlauf genommen. Er wollte weder bemitleidet noch verhört werden. Einen Atemzug lang sagte keiner etwas. Jochen hatte eine nachdenkliche Haltung eingenommen, die Stirn gerunzelt, den gestreckten

Zeigefinger senkrecht vor die Nase, wobei er durch ihn hindurch sah. Hamid kannte diese Geste nur allzu gut, Jochen stand unmittelbar vor einer bahnbrechenden Erkenntnis. Gleich würde er sie ausspucken.

„Mann, Mann, Mann – das kannst du nicht so laufen lassen. Du musst ihm Grenzen setzen. Entweder er macht eine Ausbildung oder es hat Konsequenzen.“

Jochen wirkte sehr entschlossen.

„Anderes Thema, bitte.“

Sein Freund schien ihn nicht gehört zu haben. Er ereiferte sich immer mehr. „Rausschmeißen! Wenn er weiterhin in den Tag hinein leben will, dann musst du ihn auf die Straße setzen. Was meinst du, wie schnell der zur Besinnung kommt.“

Vor Hamids innerem Auge tauchten Bilder auf: Timm, wie er ziellos durch das nächtliche Frankfurt irrt – frierend, die Hände tief in seinen Manteltaschen – sich schließlich im warmen Eingangsbereich eines Kaufhauses zusammenkauert und umgeben von Obdachlosen.

Hamid nahm einen Schluck von seinem erkalteten Tee, knallte das Glas auf den Tisch, griff nach seiner Jacke und verließ ohne ein weiteres Wort das Restaurant.

12

Wie immer, wenn er unter Druck geriet, kehrte Kartmüller den Chef raus. Knapp forderte er Hamid per E-Mail auf: „b.R.! Gruß Michael", also „Bitte Rücksprache", keine Anrede. Hamid war sofort klar, dass es um seine Reaktion auf Adlers Kommentare ging. Fairerweise hatte er seine E-Mail an Adler in Kopie auch an Kartmüller gesandt.

Kartmüllers massige Gestalt ragte hinter dem Schreibtisch hervor. Er blieb einfach sitzen, anstatt wie sonst mit seinem Gesprächspartner an dem großen ovalen Besprechungstisch Platz zu nehmen. Kartmüller hielt es wohl auch für überflüssig, Hamid zu begrüßen und kam sofort zur Sache.

„So geht das nicht, Hamid. Deine E-Mail an Professor Adler ist herablassend und völlig inakzeptabel. Ich hätte erwartet, dass du sie mit mir abstimmst. Wir sind schließlich ein Team, vergiss das nicht. Im Übrigen bin ich auch inhaltlich anderer

Meinung, Adlers Einwände sind durchaus berechtigt oder zumindest erwägenswert. Ich hoffe, er hat deine E-Mail noch nicht geöffnet. Bitte rufe sie umgehend zurück."

Hamid strich über seinen Schnurbart und bedachte Kartmüller mit einem kalten Blick. Michael war bisher klug genug gewesen, einer direkten Konfrontation mit ihm aus dem Weg zu gehen. Seit er die Leitung des Instituts übernommen hatte, bestand eine unausgesprochene Übereinkunft zwischen ihnen, sich gegenseitig in Ruhe zu lassen. Hamid stellte Michaels Autorität als Chef nicht infrage und Michael ließ ihm seine Freiräume. Wollte Michael den Pakt kündigen? Wie ein Pokerspieler fragte er sich, welches Blatt sein Gegenüber auf der Hand hatte.

Er wollte gerade zur Antwort ansetzen, da klingelte das Telefon. Kartmüller schaute auf das Display, murmelte: „War ja klar" und hob ab. Das Telefongespräch verlief einseitig, Kartmüller kam kaum zu Wort. Den Hörer am Ohr sah er Hamid strafend an und gab alle paar Sekunden ein bestätigendes Brummen von sich. Schließlich sagte er schon fast unterwürfig: „Verstehe, Hans, ich stimme dir vollkommen zu. Ja, ich kümmere mich darum."

Mit einem Schnaufen legte er auf und wandte sich an Hamid. „Adler besteht darauf, dass seine Kommentare eingearbeitet werden oder er zieht sich aus dem Forschungsprojekt zurück. Was das bedeuten würde, brauche ich dir wohl nicht zu erklären. Ohne Adlers Kontakte kommen wir nicht weit."

„Adler ist ein Blender." Hamid machte eine wegwerfende Handbewegung.

„Was willst du damit sagen?"

„Der produziert nur heiße Luft und verkauft sie teuer."

„Das ist eine ungeheuerliche Behauptung, die ich nicht gehört haben will. Adler ist ein erfahrener und höchst anerkannter Sozialwissenschaftler und Autor. Er hat mehr publiziert als wir beide zusammen. Ich habe ihm zugesagt, dass seine Änderungswünsche im Forschungsantrag berücksichtigt werden."

„Da hast du leider zu viel versprochen."

Kartmüller erhob sich, räumte betont lässig ein paar Papiere zur Seite und setzte sich schwungvoll auf die Ecke des Schreibtisches direkt Hamid gegenüber. Dieser lehnte sich nun zurück und schlug die Beine übereinander, als verfolge er einen interessanten Vortrag. Kartmüller legte eine Kunstpause ein, dann sagte er in einem beschwörenden Ton: „Hamid, aus meiner Sicht können wir uns glücklich schätzen, dass ein Wissenschaftler von internationalem Rang wie Adler bereit ist, an solch einem Projekt mitzuwirken. Wer weiß das besser als du mit deiner langjährigen Erfahrung? Wir brauchen große Namen, wenn unser Antrag bewilligt werden soll. Ich wäre dir daher dankbar, wenn du dem Professor mitteilen würdest, dass du deinen Entwurf in seinem Sinne überarbeiten wirst."

Wahrscheinlich hat er das in dem Führungs-Workshop gelernt, den er letzten Monat besucht hatte, überlegte Hamid. Der direkten Konfrontation aus dem Wege gehen, in einem kooperativen Ton nochmals die großen Zusammenhänge aufzuzeigen und schließlich einen Befehl als Bitte zu verkleiden.

„Ausgeschlossen." Hamid war sich sicher. Ohne ihn hatte das Projekt keine Chance auf Verwirklichung.

Als hätte er Hamid gar nicht gehört, fuhr Kartmüller fort: „Ich habe übrigens kürzlich mit meinem Bruder gesprochen. Die New York Edition baut einen neuen Schwerpunkt zum Thema Schwellenländer auf, wusstest du das? Als ich ihm von deinem Artikel im *Journal on Economics of Development* erzählte, war er sehr interessiert und fragte, ob du nicht einen Sammelband zu dem Thema Soziale Bewegungen in Schwellenländern herausgeben möchtest. Erst war ich zögerlich, weil ich dachte, dass wir damit unserem Forschungsprojekt vorgreifen, aber je länger ich darüber nachdenke, desto mehr bin ich davon überzeugt, dass das Eine das Andere nicht ausschließt. Im Gegenteil, der Sammelband, den du ja innerhalb eines Jahres vorlegen könntest, würde dem Forschungsprojekt den Boden bereiten. Einer der Mitarbeiter, die wir für das Forschungsprojekt einstellen werden, könnte dich übrigens bei der Redaktionsarbeit unterstützen." Kartmüller lächelte und beugte sich vor, wie um Hamid eine Antwort zu entlocken.

Hamid straffte sich, wechselte die Stellung seiner Beine und merkte erstaunt, wie sich seine Stimmung hob. Die New York Edition war eine der ersten

Adressen für sozialwissenschaftliche Publikationen weltweit. Michaels Bruder war er zwei, drei Mal bei internationalen Konferenzen begegnet und hatte verwundert festgestellt, wie unterschiedlich Brüder sein können. Martin war ein bescheidener, umgänglicher Mensch, der zuhören konnte und stets auf seine Gesprächspartner einging. Diese Eigenschaft schien ihm als Verlagsleiter zugutezukommen, denn Martin hatte es innerhalb weniger Jahre geschafft, renommierte Wissenschaftler als Autoren zu gewinnen. Mit ihm konnte er bestimmt gut zusammenarbeiten. Doch dann bemerkte er Kartmüllers selbstgefälligen Gesichtsausdruck und ärgerte sich über sich selbst. Michael musste ihm nur eine Karotte hinhalten und schon schien er bereit, seine Grundsätze zu vergessen. Wer wusste schon, ob dieses Gespräch zwischen Michael und seinem Bruder überhaupt stattgefunden hatte. Warum erzählte er ihm gerade jetzt davon? Und dennoch, eine Veröffentlichung in einem amerikanischen Verlag wäre schon eine feine Sache.

„Ich muss darüber nachdenken“, sagte Hamid und strich sich über den Schnurbart.

13

„Bitte sehr." Mühsam lächelnd hielt Hamid Eva mit der Rechten die Badezimmertür auf und machte mit der Linken eine einladende Bewegung. Eva würdigte ihn nicht einmal eines Blickes, schlüpfte durch die Türöffnung, musterte die Kacheln am Boden, bis Hamid das Bad verlassen hatte. Dann schloss sie die Tür. Hamid blieb ratlos im Flur zurück. Die frostige Atmosphäre machte ihn ganz fertig. Sie redete keine zehn Worte am Tag mit ihm, kam er in die Küche, ging sie raus, setzte er sich ins Wohnzimmer, stand sie auf. So ging es seit ihrem Streit. Zugegeben, er würde niemandem raten, sich mit Eva anzulegen. Von einem Augenblick auf den nächsten verschloss sie sich, war für ihn unerreichbar. Jede Versöhnungsgeste prallte an ihr ab und traf ihn mit doppelter Härte. Aber dass sie ihn so auflaufen ließ – das war neu. Er hatte anfangs die Lage falsch eingeschätzt, geglaubt, dass sie sich bald beruhigen würde. Jetzt war er gar nicht mehr sicher, wo das enden sollte.

Es war nicht in Ordnung gewesen, ihr vorzuwerfen,

sie habe sich zu wenig um Timm gesorgt. Natürlich kümmerte sie sich um den Burschen, hatte es immer getan. Aber mit dem Herzen schien sie nicht dabei zu sein. Er hatte oft darüber nachgedacht, aber nicht gewagt, es anzusprechen. Es war ja auch nur ein vages Gefühl. Und jetzt, nach all den Jahren, war es aus ihm herausgeplatzt. Er hatte die Kontrolle verloren und dafür verfluchte er sich. Eigentlich hatte er sie nur ausbremsen wollen, damit sie endlich aufhörte, ihn zu belehren, damit sie ein wenig Verständnis für ihn zeigte, so wie früher. Dass er damit eine Eiszeit auslösen würde, hatte er nicht erwartet.

Bereits vor einigen Tagen hatte Hamid versucht, sich zu entschuldigen. Auf dem Nachhauseweg hatte er Blumen gekauft und sich genau ausgemalt, wie er vorgehen würde. Er wollte ihr die Blumen übergeben und sie dann in den Arm nehmen und ihr einen Kuss geben. Gesten waren ihm wichtiger als Worte. Aber dazu kam es nicht. Sie hatte die Blumen gar nicht erst entgegengenommen, sondern sich einfach nur umgedreht und den Raum verlassen. Noch eine Weile danach hatte er dagestanden, mit den Blumen in der Hand.

Hamid hörte, wie die Badezimmertür auf- und zuging. Eva kam ins Wohnzimmer und schaute sich suchend um. Dann griff sie entschlossenen nach ihrem Mobiltelefon, wischte und warf einen Blick auf das Display. In einer fließenden Bewegung ließ sie das Telefon in die Tasche gleiten, hängte sie sich um und wandte sich zur Tür. Wohin sie bloß wollte, fragte sich Hamid und sprang mit einem Satz auf, eilte mit großen Schritten zur Wohnzimmertür, schloss sie und lehnte sich an, die Hände hinter seinem Rücken. Jetzt war Eva gezwungen, Notiz von ihm zu nehmen.

„Hey, was soll das? Ich muss gehen, ich bin verabredet. Lass mich vorbei."

Verabredet? Mit wem?, ging es Hamid durch den Kopf. „Nein, Eva, so geht es nicht weiter, so lasse ich mich nicht behandeln. Aber zu allererst muss ich mich wegen neulich entschuldigen. Was ich gesagt habe, war nicht in Ordnung."

„Das fällt dir spät ein." Seufzend ließ sich Eva in den Sessel fallen, verschränkte ihre Arme und betrachtete die Muster auf dem Teppich.

„Ich wollte ja bloß, dass du aufhörst, mich zu belehren." Hamid stockte. Die frostige Stimmung lähmte ihm die Zunge. Sie könnte ihn wenigstens ansehen, dachte er. Schließlich zwang er sich weiterzureden. „Von allen Seiten bekomme ich Belehrungen, was ich machen soll, was ich nicht machen soll. Mit ihm reden, ihm zuhören, ihm Grenzen setzen, ihn zwingen, in die Schule zu gehen, eine Ausbildung zu machen, ihn vor die Tür setzen, wenn er nicht macht, was ich ihm sage, und so weiter. Alle wissen, was getan werden muss, ich bin umgeben von Experten. Man lässt mich noch nicht einmal ausreden, dann kommen schon die Ratschläge, die mir wie Granaten um die Ohren fliegen. Und du, du haust in die gleiche Kerbe, machst mir Vorwürfe, zählst auf, was ich angeblich alles falsch mache. Ich kann mich selbst schon nicht mehr ertragen, wenn ich in den Spiegel schaue." Er machte eine Pause und wartete.

Doch Eva sagte nichts. Sie drückte ihre Handtasche auf ihrem Schoß schutzsuchend an sich. Erst jetzt bemerkte Hamid, dass sie weinte. Er fühlte sich mit einem Mal wieder in der Defensive. Was zum Teufel hatte er jetzt schon wieder verbockt? Er widerstand dem Impuls, auf sie zuzugehen und sie zu umarmen. Er wollte nicht schon wieder zurückgewiesen werden. „Was ist denn?" fragte er kleinlaut. Als sie immer noch nichts sagte, stieß er sich von der Tür ab und ging langsam zum Sofa und setzte sich, wobei er darauf achtete, möglichst leise zu sein. So als würde jedes Geräusch Evas Weinen verstärken. Als er sich zurücklehnte, spürte er einen Schmerz am Rücken. Das war neu. Er rückte ein wenig vor, aber der Schmerz blieb. Verspannung, dachte Hamid und verfluchte sich, dass er schon seit drei Wochen nicht zum Krafttraining gegangen war. Etwas ratlos blickte er zu Eva. Schließlich beugte er sich zögernd vor und streichelte sanft ihre Hand, mit der sie immer noch die Tasche umklammerte. Sie zog ihre Hand nicht weg, ließ sie einfach, wo sie war, als ob sie seine Berührung gar nicht bemerken würde. Nach einer Weile nahm er seine Hand wieder weg. Wenn sie bloß aufhören würde zu weinen, dachte er.

Sie hatten lange nicht mehr miteinander gesprochen. Die Sache mit Kartmüller wusste sie gar nicht, auch von dem Termin bei dem Rechtsanwalt hatte er ihr noch nichts erzählen können. Als Eva anfing zu sprechen, fuhr Hamid überrascht aus seinen Gedanken auf.

„Ich dachte, ich hätte mich daran gewöhnt, für Timm immer nur in der zweiten Reihe zu stehen. Zwei-plus-Eins, so war und so ist unsere Familiensituation bis zum heutigen Tag. Der Baba, der Baba. Du hast es vielleicht gar nicht mitbekommen, wie so vieles. Wenn du mal wieder auf Reisen warst, lag der Kleine mir in den Ohren, wann kommt der Baba? Für mich, Hamid, war immer nur der Katzentisch der Familie reserviert. Und jetzt haust du mir das auch noch um die Ohren." Sie starrte auf das rote Ledersofa auf dem er saß. „Und auch für dich bin ich doch nie mehr als ein Ersatz gewesen, auch wenn du so taktvoll warst, sie mir gegenüber so gut wie nie zu erwähnen. Dafür hast du aber deinem kleinen Sohn ständig von ihr erzählt."

Hamid schaute erstaunt auf.

„Ich bekomme mehr mit als du denkst", sagte Eva und presste ihre Lippen zusammen, so als wolle sie kein weiteres Wort durchlassen.

„Maryam ist für mich Vergangenheit. Das kannst du mir glauben."

Eva winkte ab, stand auf und verließ das Zimmer. Hamid schaute ihr verwundert hinterher.

Einen Moment später kam sie mit einer Flasche Mineralwasser und zwei Gläsern zurück und stellte sie auf den Wohnzimmertisch.

„Weißt du, Entschuldigungen sind billig. Man

spricht sie aus und glaubt zur Tagesordnung übergehen zu können. Merkst du denn nicht, dass bei dir gerade alles auseinanderzufallen droht? Glaubst du, es ist damit getan, dich bei mir zu entschuldigen? Es geht nicht um Entschuldigungen, um einen Strauß Blumen oder um Streicheleinheiten. Die Dinge haben sich weiterentwickelt. Zugegeben: Man kann nicht sagen, dass du untätig bist. Aber was kommt dabei raus? Ich weiß, du hörst es nicht gerne. Aber warum versuchst du für Timm zu denken und zu handeln?"

Hamid wich ihrem Blick aus und spürte, wie sich etwas in ihm zusammenzog. Der Schmerz im Rücken nahm zu. Er rückte etwas vor und schob sich ein Kissen in den Rücken.

Eva beugte sich vor und legte ihre Ellenbogen auf die Knie. „Merkst du denn nicht, wie sehr Timm dich liebt und braucht?" Sie lehnte sich wieder zurück, als müsse sie sich ausruhen. Dann sprang sie auf, nahm ihre Tasche und ging aus dem Zimmer. Kurz darauf fiel die Wohnungstür ins Schloss.

Hamid schaute auf die Flasche Mineralwasser und die zwei Gläser. Sie hat gar nicht eingeschenkt, dachte er zerstreut, sank tiefer in das Sofa, schloss die Augen und massierte seine Stirn. Sie konnte ihn doch nicht einfach so sitzen lassen. Wo wollte sie eigentlich hin? Getrieben von innerer Unruhe schoss er wie eine Rakete hoch, sank aber im nächsten Augenblick unter heftigen Rückenschmerzen wieder in sich zusammen, als wäre er abgeschossen worden. Stöhnend wartete er, bis es ihm besser ging, dann griff er sich an der

Garderobe seine Jacke und verließ ebenfalls die Wohnung.

Aus der Ferne hörte er das Grollen eines nahenden Gewitters. Passanten schauten besorgt zum Himmel. Erste Tropfen fielen, Wind kam auf und mit einem Mal entleerten sich die Wolken über der Stadt. Der Regen prasselte auf den Asphalt und trommelte auf die Autodächer. Die wenigen Menschen auf der Straße retteten sich unter das Vordach einer Apotheke. Hamid aber brauchte Bewegung, nur so konnte er zur Ruhe kommen, das wusste er aus Erfahrung. Das Wasser tropfte von seinen Haaren, von der Nase, vom Kinn, durchdrang seine Jacke und seine Schuhe, die bei jedem Schritt ein schmatzendes Geräusch von sich gaben. Es lief einiges schief, nicht nur mit Timms Schulsituation. Als stünde der Junge zwischen ihm und Eva. Er durfte nicht zulassen, dass sich Timms Krise wie eine Infektion auch auf ihre Liebe übertrug. So überraschend der Regen eingesetzt hatte, so unvermittelt hörte er auf. Durchnässt, aber mit neuem Mut trat er den Heimweg an.

14

Draußen war es so trüb, dass Hamid die Schreibtischlampe angeschaltet hatte. Er nahm seine Lesebrille ab. Der Artikel war wirklich gut. Viele Analysen der aktuellen sozialen Proteste rund um Bergbauprojekte in Lateinamerika folgten platten antikapitalistischen Reflexen. Natürlich war da etwas Wahres dran. Aber das historisch Neue an den aktuellen Protesten war doch, dass sie von Organisationen der indigenen Bevölkerung getragen wurden, die den Naturschutz als Teil ihrer kulturellen Identität begriffen. Natürlich war es auch richtig, dass diese Gruppierungen oft sozialromantischen Vorstellungen folgten und ökonomische Notwendigkeiten mehr oder weniger ignorierten. Ein Blick auf die Uhr unten rechts auf seinem Computerbildschirm zeigte Hamid, dass es auf Mittag zuging. Er richtete sich vorsichtig auf, legte beide Hände auf die Knie und stand behutsam auf. Erleichtert atmete er auf, er hatte keine Schmerzen verspürt. In dem Moment klingelte das

Telefon. Ohne nachzudenken streckte Hamid den Arm aus, um nach dem Hörer zu greifen, da war ihm, als dringe ein Messer mit großer Wucht in seinen Rücken ein. Von einer Sekunde auf die andere war er schweißgebadet. Er schloss die Augen und atmete durch den Bauch, während das Telefon unablässig klingelte. Als es endlich Ruhe gab, nahm er vorsichtig die Medikamentenschachtel aus der Schreibtischschublade. Mit dem Rest kalten Tees spülte er eine Schmerztablette herunter und schlich wie in Zeitlupe aus seinem Zimmer, über den Flur und zu Heike ins Sekretariat.

Heike stand vor dem großen, in die Wand eingefügten Regal und hatte einen aufgeschlagenen Ordner in der Hand. Sie bemerkte Hamid, drehte sich halb zu ihm und begrüßte ihn mit einem Lächeln. Seit heute Morgen waren sie sich schon mehrmals über den Weg gelaufen, trotzdem schenkte sie ihm bei jeder neuen Begegnung ihre Aufmerksamkeit. Heikes Lächeln wich langsam einem besorgten Gesichtsausdruck. „Warum stehst du denn so komisch da? Das ist mir vorhin schon aufgefallen."

„Was meinst du mit komisch?"

„Na, so krumm", sie musterte ihn einen Moment lang. „Tut dir was weh?"

„So stehe ich immer. Nein, es ist alles in Ordnung." Hamid versuchte, eine gerade Haltung einzunehmen.

„Das ist doch Quatsch", lachte Heike.

„Und bei dir? Alles gut?"

„Irgendetwas ist mit dir. Ich habe doch Augen im Kopf." Ihr fürsorglicher Blick ruhte auf ihm, und er merkte wie wohl es ihm tat. Seit Tagen schlich er wie der Glöckner von Notre Dame durch die Gegend, alle glotzten ihn nur blöde an. Heike war die Einzige, die etwas sagte. Und dann auch noch auf so nette Weise.

„Na ja, mein Rücken. Aber nicht der Rede wert."

„Nicht der Rede wert? Willst du nicht lieber nach Hause gehen?"

Wenn er für den Rest des Tages nach Hause ginge, könnte er etwas verpassen. Kartmüller könnte mit einem neuen Vorschlag kommen, wer weiß. Nein, er durfte jetzt im Büro nicht fehlen, sonst entglitt ihm der Forschungsauftrag endgültig. Außerdem wollte er sich nicht krank melden. Kartmüller würde es garantiert gegen ihn verwenden. Er sah aus dem Fenster. Es schneite schon wieder, aber es würde wohl nicht liegen bleiben. Dieses nasskalte Wetter macht mich ganz fertig, überlegte er. Andererseits wäre es verlockend, einfach alles hinter sich zu lassen und nach Hause zu gehen. Tee trinken, die Füße auf den Tisch legen und Zeitung lesen. Allein in der leeren Wohnung, da könnte er sich entspannen, bevor Eva abends nach Hause käme. Timm fiel ihm ein, hinter seiner geschlossenen Zimmertür. Ich beziehe ihn gar nicht mehr in meine Überlegungen ein, gestand er sich ein und fühlte sich mit einem Mal schlecht.

„Hamid?"

Heike hatte inzwischen ihren Ordner weggelegt und betrachtete ihn nachdenklich. Hamid fragte sich, warum sie ihn so musterte. Es war nicht unangenehm, musste er zugeben, im Gegenteil. Sie hat abgenommen, fiel ihm auf. Steht ihr gut. Und sie zieht sich schön an. Wie alt wird sie wohl sein?

„Immer noch alles in Ordnung?"

„Nein, das möchte ich nicht. Mein Verhältnis mit Kartmüller ist zurzeit etwas angespannt, um es vorsichtig auszudrücken."

„Was möchtest du nicht?"

„Nach Hause. Ich wollte dich fragen, ob du heute zum Mittagessen schon etwas vorhast." Hamid wunderte sich selbst über das, was er da sagte. Früher waren sie ein paar Mal zusammen in der Kantine gewesen, aber irgendwann war das eingeschlafen.

„Nicht direkt, ich gehe meistens spazieren."

„Gut."

Hamid musste wieder eine Schmerzwelle niederkämpfen und sah Heike gequält an.

Sie lachte.

„Ich wusste gar nicht, dass du so schüchtern bist! Wenn das eine Einladung ist, nehme ich sie gern an. Was schlägst du vor?"

Hamid hatte eigentlich an die Kantine der Postbank gedacht, wo die Mitarbeiter des Instituts essen durften. Aber Heike erwartete wohl mehr. „Wie wäre es mit dem Italiener in der Arndtstraße?" Er lächelte sie an, holte ihren Mantel und hielt ihn ihr.

„Ganz ein Gentleman", sagte Heike lachend und schlüpfte hinein. Dann schüttelte sie zerstreut den Kopf und sagte: „Und was war das mit Kartmüller?"

„Ach, das erzähle ich dir beim Essen."

Sie unterhielten sich über das Institut. Eigentlich sprach nur Heike und berichtete über anstehende Personalwechsel, Schwangerschaften und die Familien der verschiedenen Mitarbeiter. Hamid merkte, dass er in letzter Zeit nicht mehr viel mitbekommen hatte von dem, was um ihn herum geschah. Während sie erzählte, schweiften seine Gedanken ab. Kartmüller kam ihm in den Sinn. Gleich nach ihrem Gespräch hatte Hamid sich nochmals die Anmerkungen Adlers angesehen und sie wie beim ersten Mal lächerlich und völlig fehl am Platz gefunden. Nein, er konnte sie einfach nicht akzeptieren, hatte er festgestellt. Am nächsten Tag hatte er als Erstes Kartmüller angerufen und ihm seine Entscheidung mitgeteilt. Seither hatte er nichts mehr von ihm gehört.

„Wie war eigentlich deine letzte Dienstreise?", fragte Heike.

„Bloß zwei Konferenzen, nicht besonders spektakulär. Ich vermisse die Feldforschung, den Kontakt mit den Menschen."

„So wie damals in Peru?"

„Woher weißt du von Peru?"

„Du hast es mir erzählt", lachte Heike.

Hamid konnte sich nicht erinnern und schaute Heike etwas verlegen an.

„Ist schon lange her. Das war auf dem Betriebsausflug in Trier."

„Das ist zehn Jahre her!", staunte Hamid.

„Hmm.“ Heike wurde rot und wich seinem Blick aus.

Es entstand eine Pause. Heike versteckte sich hinter ihrem Weißweinglas und Hamid versuchte seine Gedanken zu ordnen.

Heike interpretierte sein Schweigen falsch. „Der Rücken?“ Sie sah ihn mit besorgter Miene an.

„Oh, nein. Tatsächlich habe ich den die ganze Zeit nicht mehr gespürt. Deine Gegenwart scheint mir gut zu tun.“

Heikes Lächeln war schwer zu deuten. Hamid lehnte sich vor.

„Ehrlich gesagt, ich habe gerade an das Forschungsprojekt mit Kartmüller und Adler gedacht.“

„Aha.“ Heike presste ihre Lippen aufeinander und ließ sich in ihrem Stuhl zurückfallen. „Und was hast du so gedacht?“

Hamid erzählte ihr von dem Antrag auf Fördergelder und Adlers Änderungswünschen. Kartmüller erwähnte er nicht.

„Was meint Kartmüller dazu?“, fragte Heike kühl.

Nach und nach erzählte Hamid ihr die restliche Geschichte. Inzwischen war das Essen gekommen und Heike aß ruhig und hörte zu.

„Und was willst du jetzt machen?“

Hamid war etwas enttäuscht, dass sie gar nicht auf das, was er erzählt hatte, einging. „Ich bleibe dabei, ich akzeptiere Adlers Kommentare nicht.“

Heike sah ihn an, als habe er gerade seine sämtlichen Ersparnisse die Toilette hinuntergespült.

„Damit bist du draußen“, stellte sie nüchtern fest.

„Ach was. Die werden schon nachgeben. Die kommen ohne mich nicht zurecht.“

„Kennst du Adler denn persönlich?“

„Wir sind uns mehrfach auf Konferenzen begegnet.“

Heike sah ihn nachdenklich an. „Die Geschichte des Forschungsprojekts kennst du ja sicher.“

Hamid war nicht sicher, worauf sie hinaus wollte.

„Nun, es war von Anfang an Adlers Idee. Er hat im Prinzip die Finanzierung beisammen, es geht nur noch um den formalen Antrag. Adler ist aber auch in die Working Group on Emerging Economies der Vereinten Nationen berufen worden. Er hat kaum Zeit, sich um das Forschungsprojekt zu kümmern. Deshalb hat er Kartmüller mit ins Boot geholt. Für unser Institut ist das eine große Sache. Wenn das klappt, stellen wir dafür drei Wissenschaftliche Mitarbeiter für ein Jahr ein. Aber das weißt du ja alles.“ Sie widmete sich wieder ihrem Essen.

Hamid sah ihr zu, wie sie ihre Salatblätter geschickt mit der Gabel aufspießte und zum Mund führte. Von Adlers Berufung in die Arbeitsgruppe der UN hatte er gerüchteweise schon gehört, es aber nicht geglaubt. Ihm war auch nicht klar gewesen, dass Adler bei dem gesamten Forschungsprojekt die Fäden in der Hand hielt. Aber das passte zu ihm, er hatte ein untrügliches Gespür nicht nur für aufkommende Debatten, sondern auch für Talente, die er darauf ansetzen konnte.

Enttäuscht stellte er fest, dass sich das Thema erschöpft hatte. Heike schien ihn nicht zu verstehen. Überhaupt war sie mit einem Mal so merkwürdig kühl, ganz anders als vorhin. Kartmüller war wohl nicht das richtige Thema, warum auch immer.

Um ihre Stimmung aufzuhellen, fragte er: „Wie geht es deiner Tochter? Wie alt ist sie jetzt? Sie müsste doch so um die fünfzehn sein, oder? Heißt sie nicht Paula?"

„Sie ist schon achtzehn, und ja, sie heißt Paula. Danke, es geht ihr gut." Heike lächelte. „Zum Geburtstag neulich bekam ich von ihr eine Sammlung meiner Lieblings-Hits, die sie mir auf meinen i-Pod geladen hat. Ist das nicht süß? Wie geht es deinem Sohn? Er studiert bestimmt schon. Wohnt er noch bei euch"?

Hamid bereute, dass er sich nach ihrer Tochter erkundigt hatte. Er hätte damit rechnen müssen, dass die Gegenfrage nicht ausblieb. Am liebsten hätte er erzählt, dass Timm in Darmstadt im ersten Semester Maschinenbau studiere und in einer Wohngemeinschaft mit zwei prima Kerlen wohne, eine süße Freundin habe, Marathonläufer sei, in einer Band Saxofon spiele und sich bei Amnesty engagiere. Er ließ den Kopf hängen, merkte es sofort, richtete sich auf und sah sie an.

„Meinem Sohn geht es im Moment nicht so gut. Ich erzähle dir ein anderes Mal davon. Es ist eine lange Geschichte."

Seine Kollegin legte das Besteck beiseite und sah

ihn interessiert an. „Da fällt mir ein: Eine Freundin von mir will eine Studienreise in den Iran machen. Ich habe ihr von dir erzählt. Darf sie dich mal anrufen? Sie weiß nämlich nicht so recht, welche Kleider sie dort tragen kann und welche nicht. Sie akzeptiert natürlich, dass sie ein Kopftuch tragen muss. Aber sie hat keine Ahnung, welche Kleidung den islamischen Geboten entspricht und welche geeignet sind, damit sie sich darin nicht tot schwitzt."

„Ich weiß nicht, ob ich ihr da weiterhelfen kann. Am besten fragt sie eine Frau, ich meine eine Iranerin. Ich kenne mich da eigentlich auch nicht aus", murmelte Hamid abwesend. Er war in Gedanken noch bei dem Forschungsprojekt.

„Wann warst du denn das letzte Mal dort?"

„Das ist sehr lange her. Als Student." Hamid rieb sich die Stirn.

„Es muss ein wundervolles Land sein. Ich habe neulich im Fernsehen eine Sendung über Isfahan gesehen. Willst du nicht mal wieder hinreisen?"

„Ehrlich gesagt, es gibt Länder, die mich mehr interessieren." Hamid hatte keine Lust über den Iran zu sprechen. Seit Maryam nicht mehr da war, hatte er sich mit dem Land nicht mehr befasst. Die Bücher über den Iran, die er damals gelesen hatte, lagen seit vielen Jahren in einem Karton verpackt im Keller, und er hatte schon mehrmals mit dem Gedanken gespielt, sie in den Papiercontainer zu werfen. Aber sein Respekt vor Büchern hielt ihn davon ab. Als er vor einigen Tagen sein Fahrrad in den Keller getragen hatte, war ihm gleich aufgefallen, dass der Karton geöffnet worden war und einige Bücher fehlten. Das konnte nur Timm gewesen sein, Eva würde nicht heimlich in seinen Sachen wühlen. Zurück in der Wohnung war Hamid neugierig gewesen, welche Bücher sein Sohn mitgenommen hatte. Aber weder auf sein Anklopfen noch sein Rufen hatte der Junge reagiert, und die Zimmertür blieb verschlossen. Immerhin weiß ich jetzt, wofür er sich interessiert, hatte er gedacht. Aber warum ausgerechnet dafür? Warum jetzt?

„Das klingt nicht sehr begeistert. Schließlich bist du dort geboren und aufgewachsen“, insistierte Heike.

„Ich bin in Frankfurt auf die Welt gekommen und hier groß geworden.“ Dieser ganze Iran-Quatsch ging ihm auf die Nerven. Er drehte er sich um und rief dem Kellner zu: „Die Rechnung, bitte!“

Beim Aufstehen hatte er das Gefühl, jemand würde ihm in den Rücken treten.

15

Hamid sah in das Gesicht des Arztes und musste wie jedes Mal, wenn er ihm begegnete, an den Planet der Affen denken. Die Filme hatte er ungefähr hundertmal mit dem kleinen Timm geschaut. Mit seinen tiefliegenden intelligenten Augen, dem etwas vorgeschobenen Unterkiefer und dem breiten Mund sah Dr. Roland aus wie der Schimpanse Cesar, der die Affen in die Freiheit geführt hatte. Er vertrieb den Gedanken.

„Haben Sie Stress?“

Hamid war schon lange nicht mehr hier gewesen, in eigener Sache ohnehin nur ein einziges Mal. Arztbesuche vermied er, so gut es ging. Früher hatte er den kleinen Timm oft zu Dr. Roland gebracht, jetzt ging der Junge selbst zu ihm. Roland war auch Evas Hausarzt.

„Herr Hamidzadeh, stehen Sie unter Druck“?

Mein Sohn hat Probleme, die ich nicht kenne, und ich weiß nicht, wie ich ihm helfen soll. Meine Frau hat Probleme mit mir, und ich habe Probleme bei der

Arbeit, aber das geht dich nichts an, du Affe, dachte Hamid und musste plötzlich lachen. Es klang etwas gezwungen. Seine Gesichtszüge erstarrten zu einem maskenhaften Grinsen, von dem er sich erst durch ausgiebiges Räuspern, das bald in Husten überging, befreien konnte.

Der Arzt sagte nichts, wartete mit unbewegtem Gesicht ab.

„Nein, alles in Ordnung", sagte Hamid. Er wollte hier nicht herumquatschen, sondern nur schnell ein Rezept für ein starkes Schmerzmittel bekommen, damit die verdammten Rückenschmerzen aufhörten.

„Vielleicht sollten Sie sich eine Auszeit gönnen, verreisen, einen Tapetenwechsel vornehmen. Ich werde Sie jedenfalls zunächst für zwei Wochen krankschreiben. Außerdem verschreibe ich Ihnen Krankengymnastik und ein Blutdruck senkendes Mittel. Gehen Sie viel an die frische Luft, gehen Sie täglich ein oder zwei Stunden spazieren."

„Sagen Sie, Herr Dr. Roland, mein Sohn war doch bei Ihnen wegen seiner Magenschmerzen. War das wirklich so schlimm? Er sagt, er habe deswegen nicht in die Schule gehen können."

„Weiß Ihr Sohn, dass Sie mit mir darüber sprechen?"

„Ja, selbstverständlich."

Der Arzt bedachte Hamid mit einem langen Blick.

„Nun, er hat eine schwere Gastritis. Ich habe ihm Medikamente dagegen verschrieben. Aber das wissen Sie ja sicherlich, wenn Sie mit Ihrem Sohn gesprochen haben."

Die frische Luft tat gut. Zum Glück war es noch trocken. Am Himmel hingen schwere Wolken und ein kalter Wind ging. Hamid hatte sich warm angezogen. Jetzt schlug er den Mantelkragen hoch und zog seinen Schal fester zu. Die Spritze, die ihm Dr. Roland gegeben hatte, entfaltete bereits ihre Wirkung. Es war wundervoll, keine Schmerzen zu haben. Er entschloss sich, einen Umweg über den Grüneburgpark zu machen. Im Park waren nicht viele Leute unterwegs. Er sah Büromenschen in grauen und schwarzen Mänteln mit dynamischen Schritten entlang eilen, Mütter, die versonnen Kinderwagen schoben, und ältere Menschen, die mit ihren Hunden redeten. Hamid verließ den Park und ging über die angrenzende kleine Straße. Aus dem weiß gestrichenen Altbau trat eine dunkelhaarige junge Frau. Augenblicklich erinnerte sich Hamid an die Fahrradszene und den Unfall. Zu seinem Erstaunen sah sie ihn direkt an und grüßte mit einem knappen freundlichen Nicken.

„Guten Morgen", rief Hamid und setzte an, um zu erklären, er sei Zeuge ihres Unfalls gewesen und hoffe, es gehe ihr besser. Aber die junge Frau ging einfach weiter. Hamid drehte sich um und sah ihr mit offenem Mund hinterher. Genau wie beim ersten Mal erinnerte sie ihn an Maryam.

Als Hamid wieder zu Hause war, überlegte er, ob er zu Timm gehen und ihn begrüßen sollte. Aber er war zu müde und wollte nur seine Ruhe haben. Er schleppte sich in sein Arbeitszimmer, packte teilnahmslos ein paar Unterlagen in seine Aktentasche. Die Krankschreibung war natürlich Unsinn. Er konnte sich nicht erinnern, jemals wegen Krankheit nicht zur Arbeit gegangen zu sein. Früher, als es dem kleinen Timm mal nicht gut ging, ja, da war er bei ihm geblieben, hatte aber von zu Hause aus gearbeitet. Wenn Kollegen sich wegen eines verstopften Nasenlochs gleich krank gemeldet hatten, hatte Hamid darüber nur milde gelächelt. Er jedenfalls konnte es sich nicht leisten, im Büro zu fehlen. Mit der Aktentasche in der Hand blieb er unschlüssig stehen. Er verspürte nicht die geringste Lust, die Wohnung wieder zu verlassen. Was wäre eigentlich, wenn er einfach zu Hause bliebe? Es war ihm egal, was Kartmüller, Adler und all die anderen Vögel sagen würden, stellte er verwundert fest.

Als würde ihn ein bleiernes Gewicht nach unten ziehen, ließ er sich noch im Mantel auf das Sofa fallen und schloss die Augen. Schließlich merkte er, dass er immer noch die Aktentasche festhielt. Er ließ sie los, nahm das Telefon und teilte dem Institut mit, dass er krankgeschrieben sei. Es war ganz einfach gewesen, staunte Hamid, und er hatte kein schlechtes Gewissen. Dann nahm er die Zeitung und legte die Füße auf den Tisch. Nachdem er den Artikel über das Zuwanderungsgesetz zum dritten Mal angefangen und trotzdem nichts verstanden hatte, gab er auf, ließ die Zeitung sinken und schloss die Augen.

Er träumte von Maryam. Sie gingen über den Eisernen Steg, Arm in Arm, sie schmiegte sich an ihn, ihr Kopf auf seiner Schulter. Passanten lächelten ihnen zu, einige grüßten. Plötzlich merkte er, dass er schon eine ganze Weile alleine über die Brücke ging. Wo war Maryam geblieben? Irgendwoher klingelte es.

Es klingelte, einmal, zweimal. Beim dritten Klingeln öffnete Hamid die Augen. Es dauerte etwas, bis er erkannte, dass jemand an seiner Wohnungstür war. Verschlafen stand er auf und öffnete. Vor ihm stand Maryam und strahlte ihn an.

„Ich habe meinen üblichen Mittagsspaziergang gemacht und bin, ohne es zu merken, in diese Gegend gekommen. In der Konditorei um die Ecke habe ich dann diesen Kuchen entdeckt und mich erkundigt. Der Konditor meinte, der wäre gut gegen Rückenschmerzen."

Hamid stand wie erstarrt vor ihr und sagte nichts. Sie trat einen Schritt zurück und musterte ihn.

„Ist alles in Ordnung?", fragte sie vorsichtig. „Es tut mir leid. Ich wollte nicht stören."

Sie wollte sich schon umdrehen und gehen, da sagte Hamid: „Hallo Heike, entschuldige, ich…" Er rieb sich die Augen. „Das ist eine wundervolle Idee. Und es ist schön, dich zu sehen. Komm doch rein. Ich mache Tee."

Jetzt war Heike reserviert. „Nein, danke. Ich wollte wirklich nicht stören, sondern dir nur gute Besserung wünschen. Es ist gut, dass du zu Hause bleibst und dich ausruhst. Übrigens, dein Sohn ist dir ja wirklich wie aus dem Gesicht geschnitten. Ein hübscher junger Mann. Und so höflich."

„Wie bitte? Komm doch bitte rein." Hamid trat einen Schritt zur Seite und öffnete die Wohnungstür ganz.

Aber Heike wollte nicht. Sie überreichte ihm den Kuchen, schenkte ihm ein warmes Lächeln und machte kehrt.

„Halt, Heike. Bitte!"

Sie kam noch einmal zurück.

„Was hast du da gerade über meinen Sohn gesagt? Bist du ihm denn schon mal begegnet? Das war mir gar nicht bewusst."

„Nein, ich habe ihn eben vor dem Haus zum ersten Mal gesehen. Habe aber gleich erkannt, dass er dein Sohn ist. Die Ähnlichkeit ist verblüffend. Da habe ich ihn gegrüßt und er hat zurückgegrüßt."

„Was?"

„Jetzt siehst du mich schon wieder so komisch an. Ich denke, ich gehe jetzt lieber. Gute Besserung und entspann dich. Ich glaube, das ist dringend nötig." Ihr Lachen klang nicht mehr ganz unbeschwert.

Hamid schaute einen Moment den Kuchen an, dann legte er ihn in der Küche ab und ging zu Timms Zimmer. Die Tür war, wie üblich, geschlossen. Man hörte kein Geräusch. Hamid klopfte und öffnete sie. Das Zimmer war leer.

16

Hamid machte sich erst einmal einen Tee. Den brauchte er zum Nachdenken. Monatelang war Timm nicht aus dem Haus gegangen. Und jetzt stand er einfach auf und ging – wohin? Vielleicht war es gar nicht das erste Mal seit langem, vielleicht hatte er immer wieder mal das Haus verlassen, während Eva und er bei der Arbeit waren. Was wusste er schon von seinem Sohn? Eigentlich war es auch wieder beruhigend, dass Timm noch mit der Außenwelt verbunden war. Das war ja normal, und über etwas, das normal war, musste man sich keine Sorgen machen. Plötzlich hatte er das dringende Bedürfnis, mit Eva zu reden, ihr jetzt gleich von der Sensation zu erzählen. Nein, er hatte eine bessere Idee. Er würde sie von der Arbeit abholen, einen neuen Anlauf nehmen, sich mit ihr zu versöhnen. Sie würden zum Italiener, ins Sardegna essen gehen. Sie waren lange nicht mehr dort gewesen, obwohl Eva den Fisch dort so liebte.

Hamid bestellte für 19 Uhr einen Tisch. Dann ging er unter die Dusche und ließ lange das warme

Wasser über seinen geplagten Rücken laufen. Um halb sechs betrat er die Empfangshalle der SNV Versicherung. Obwohl er über die Jahre schon oft hier gewesen war, beeindruckten ihn immer wieder die Weitläufigkeit und die schlichte Eleganz dieser Halle. Jedes Detail war durchdacht und fügte sich zu einer Komposition zusammen. In der Mitte stand wie ein Zentralgestirn ein großes Uhrwerk in einem durchsichtigen Glaskasten, die grauen Ledersessel gruppierten sich darum herum. Wartende konnten sich der langsamen, aber unaufhaltsamen Bewegung der Zahnräder nicht entziehen und mussten, ob sie wollten oder nicht, mit ansehen, wie die Zeit verging. Die übergroßen farbenfrohen Gemälde an den Wänden nahmen dem Raum die Schwere. Der weiße Marmorboden stand im Kontrast zu der anthrazitfarbenen Empfangstheke, dahinter saßen ein gütig wirkender älterer Herr und eine blonde junge Frau mit straff nach hinten gebundenen blonden Haaren. Sie machte einen strengen Eindruck, vielleicht lag es an der steilen Stirnfalte, die sie trotz ihrer jungen Jahre schon hatte. Beide sahen ihn an.

Hamid entschied sich für den älteren Herrn. Er stellte sich vor und fragte, ob er auf seine Frau warten dürfe, er wolle sie abholen. Der ältere Herr erklärte in ruhigem Ton, dass er seiner Frau Bescheid sagen würde und hatte schon den Hörer in der Hand. Hamid bat ihn nicht anzurufen, er wolle sie überraschen. Es würde ihm nichts ausmachen zu warten. Sie müsse jeden Augenblick kommen. Der Rezeptionist legte zögernd den Hörer wieder auf. „Bitte“, sagte er wies mit einer Handbewegung auf die Sitzgelegenheiten.

Nach einer Stunde hatte Hamid die *Financial Times*, die dort auslag, durchgelesen. Zwischendurch hatte er die Lektüre unterbrochen und dem Uhrwerk bei der Arbeit zugesehen. Unterdessen liefen viele Angestellte mit eiligen Schritten zum Ausgang. Die meisten hatten müde nachdenkliche Gesichter. Eva aber kam nicht. Schließlich bat Hamid den älteren Herrn, doch bei Eva anzurufen. Der Rezeptionist nickte ihm freundlich zu und griff zum Hörer.

„Herr Hamidzadeh, Ihre Frau ist heute nicht im Büro. Sie ist auf Geschäftsreise in Berlin.“

Hamid sah den Rezeptionisten ungläubig an. Es lag ihm auf der Zunge zu fragen, ob sie über Nacht in Berlin bliebe. Aber natürlich tat er das nicht. Er bedankte sich artig, nickte dem älteren Herrn und auch dessen junger Kollegin zu, die ihn unverwandt angestarrt hatte, und verließ geschlagen das Gebäude.

Draußen hatte ein scharfer kalter Wind eingesetzt und zum ersten Mal seit dem Arztbesuch spürte er wieder seinen Rücken. Er hatte mit allem gerechnet, damit dass sie ihn zurückweisen, nicht mit ihm reden, ihn einfach stehen lassen würde. Aber dass sie gar nicht da war, hatte er nicht erwartet. Nun wusste Hamid nicht so recht wohin. Er hätte gern mit jemanden gesprochen. Aber mittlerweile war alles so kompliziert geworden. Wenn er selbst schon nicht so recht verstand, was hier geschah, wie sollte er es dann einem anderen erklären? Eigentlich wollte er nur einen vertrauten Menschen um sich haben. Er überlegte, ob er Jochen anrufen sollte – vielleicht hätte er spontan Lust auf ein Bier. Nein, diese Aussicht verbesserte seine Stimmung nicht. Das letzte Treffen hing ihm noch nach. Er wollte mit jemandem zusammen sein, der keine Erklärungen erwartete und ihm keine Ratschläge gab, einem Menschen, bei dem er einfach nur sein durfte und akzeptiert war. Vielleicht war Timm inzwischen wieder zu Hause.

Hamid fuhr mit der U-Bahn heim. Kaum hatte er die Wohnungstür aufgeschlossen, ging er geradewegs zu Timms Zimmer. Die Tür war noch immer unverriegelt wie vorhin. Er schaltete das Licht an und betrat das Zimmer. Es wirkte aufgeräumter, als er es in Erinnerung hatte. Einige Kleidungsstücke lagen auf dem Bett und dem Sessel, eine Jacke auf dem Boden, aber im Großen und Ganzen war das Chaos nicht alarmierend. Im Grunde genommen war es gar kein Chaos, musste sich Hamid eingestehen. Er schaute sich im Zimmer um, auf der Suche nach etwas, was ihm erklären könnte, was in dem Jungen vorging. Aber da war nichts. Kein Buch, keine Zeitschrift, keine Notizen. Den Computer schaltete er nicht ein, so weit wollte er nicht gehen. Da entdeckte er auf dem Nachttisch ein Foto. Eine junge Frau lachte in die Kamera und drohte spielerisch dem Fotografen. Im Hintergrund waren grüne Hügel und ein blauer Himmel zu sehen. Hamid trat näher, nahm das Bild in die Hand und betrachtete es lange. Dann legte er Maryams Foto behutsam wieder hin, so als sei es zerbrechlich. Er verließ das Zimmer und löschte das Licht.

17

Draußen war es noch dunkel. Hamid stellte fest, dass es zwecklos war – die ganze Nacht über hatte er vergeblich versucht, etwas Schlaf zu finden. Er lag auf dem Rücken und konzentrierte sich. „Jetzt", sagte er laut und drehte sich behutsam auf die rechte Seite. Dort verharrte er einen Moment und schaltete die Nachttischlampe an. Dann bewegte er langsam seine Beine über den Bettrand, stützte sich mit dem rechten Ellenbogen ab, richtete sich mit einer Drehbewegung auf und setzte die Füße auf den Boden. Er bedankte sich beim lieben Gott, dass er es ohne größere Schmerzen geschafft hatte. Jetzt kam er nicht umhin, sich das Offensichtliche einzugestehen: Evas Bettseite war unberührt.

Ein Gefühl der Beklemmung breitete sich in seinem Bauch aus, stieg hoch zu seiner Brust und drohte ihm den Atem zu nehmen. „Geschäftsreise nach Berlin", hörte er sich murmeln und nickte zweimal. Wenn sie auf Geschäftsreise ging, kündigte sie es lange vorher an und trug das Datum in den Wandkalender in der Küche ein. Hamid überlegte, ob ihr etwas zugestoßen sein könnte, weil er nichts von ihr gehört hatte, hielt es dann aber für unwahrscheinlich. Schließlich wusste ihre Firma, dass sie verreist war. Seit fünfzehn Jahren waren sie ein Paar – war es das nun gewesen? Wann hatte ihre Liebe begonnen, brüchig zu werden? Nichts von alledem hatte er bemerkt, die Risse in der Wand hatte er übersehen, das Ächzen im Gebälk nicht wahrgenommen, das Krachen irgendwo im Haus für Lärm von draußen gehalten. Und nun fiel ihr gemeinsames Haus Stück für Stück in sich zusammen. Eva hatte gehandelt und das Weite gesucht, während er aufpassen musste, von herabstürzenden Balken nicht erschlagen zu werden. Keinesfalls wollte er nach Maryam jetzt auch noch Eva verlieren.

In der Wohnung herrschte vollkommene Stille. Hamid ging in langsamen Schritten den Flur entlang, dabei achtete er darauf, keine ruckartigen Bewegungen zu machen. Timms Zimmertür war geschlossen. Er legte sein Ohr an die Tür, konnte aber nichts hören. In der Küche machte er Tee, setzte sich dann ins Wohnzimmer. Er legte sich die Decke um die Schultern und schlürfte gedankenverloren das heiße Getränk.

Das Licht weckte ihn. Die Sonne schien, und Hamid stellte fest, dass er schließlich auf dem

Sofa den lang ersehnten Schlaf gefunden hatte. Vorsichtig stand er auf. Telefonklingeln riss ihn aus seinen Gedanken. Widerwillig nahm er den Anruf entgegen.

Jochen begrüßte ihn in allerbester Laune, was Hamid sofort auf die Nerven ging.

„Ich habe gehört, du bist krank. Was hast du denn?"

„Rückenschmerzen, nicht der Rede wert. Alles unter Kontrolle."

„Hast du es wirklich im Griff?"

„Im Würgegriff."

„Was?" Jochen lachte unsicher. „Ja, also. Anja und ich wollten euch nämlich für Samstag zum Essen einladen. Wir haben uns lange nicht mehr zu viert gesehen. Meinst du, es geht mit deinem Rücken?"

„Eva ist nicht da."

„Ach…"

„Ist in Berlin. Danke für die Einladung. Ein anderes Mal vielleicht."

„Und was macht Timm so?"

„Nichts."

Hamids Einsilbigkeit verfehlte nicht ihre Wirkung. Sein Freund schien nicht mehr zu wissen, was er sagen sollte. Hamid legte einfach auf. Auf dem halben Weg zurück in die Küche klingelte es erneut. Hamid versuchte das Telefon zu ignorieren. Aber Jochen schien nicht aufzugeben, das war typisch. Also schlich er ins Wohnzimmer, wobei er auf jede Bewegung achtete, um nicht eine erneute Schmerzattacke auszulösen.

„Was ist denn noch?“, meldete er sich kraftlos.

„Timm?“, fragte eine angenehme Frauenstimme.

Hamid wurde hellwach. „Nein, ich bin der Vater. Mit wem spreche ich bitte?“

„Oh, hier ist Maria Nikopolidou. Kann ich bitte mit Timm sprechen?“

Maria Nikopolidou.

„Hallo?“, Maria klang nun ungeduldig.

„Frau Nikopolidou, wie geht es Ihnen? Ich hoffe, Sie haben sich von Ihrem Fahrradunfall rasch erholt.“

„Danke. Das war keine große Sache. Hat Ihnen Timm davon erzählt?“

„Nicht direkt. Ich wurde rein zufällig Zeuge Ihres Unfalls.“ Um das Schweigen am anderen Ende der Leitung zu durchbrechen, fügte er schnell hinzu: „Das Markus-Krankenhaus ist ein gutes Haus, nicht wahr, die Betreuung dort ist in Ordnung.“

„Sie waren dabei? Ihr Sohn war nämlich auch plötzlich zur Stelle, nachdem ich den Unfall hatte.“ Marias Stimme klang misstrauisch.

„Ja, ich weiß.“

Maria schwieg, und auch Hamid fiel nichts mehr ein. Schließlich murmelte er: „Es freut mich, dass Sie keinen Schaden davon getragen haben. – Ja, also, ich schaue mal, wo Timm steckt. Ich bin gleich wieder da.“

„Herr Hamidzadeh, einen Moment bitte. Ich habe eine Frage, vielleicht können Sie mir weiterhelfen.“

Es entstand wieder eine Pause.

„Sehr gerne." Hamid fühlte sich geschmeichelt, fragte sich aber, wobei er ihr wohl helfen könnte.

„Die Ärztin im Krankenhaus sagte mir, mein Vater sei dort gewesen und habe sich nach mir erkundigt. Aber das kann gar nicht sein. Mein Vater lebt in Athen und war an dem Tag gar nicht in Frankfurt."

„Ich habe mit der Ärztin gesprochen."

„Aber wie kommen Sie dazu? Sie kennen mich doch gar nicht." Marias Stimme hatte einen schrillen Ton angenommen.

„Das ist richtig. Aber nachdem ich den Unfall gesehen hatte und es für mich offensichtlich war, dass Sie mit Timm befreundet sind, habe ich mir Sorgen gemacht. Also bin ich zum Krankenhaus gefahren und habe mich nach Ihnen erkundigt. Ich habe aber nicht behauptet, Ihr Vater zu sein." Und bevor Maria etwas sagen konnte, fuhr er fort: „Ich hole Timm. Einen Augenblick bitte."

Mit dem Hörer in der Hand ging er zu Timms Zimmer, klopfte an und versuchte die Tür zu öffnen. Sie war wie üblich verschlossen.

„Es tut mir leid, aber Timm ist gerade unter der Dusche. Kann er Sie zurückrufen? Oder soll ich etwas ausrichten?"

„Danke, nicht nötig. Er hat gestern sein Handy bei mir vergessen. Ich stecke es in einen Umschlag und werfe es nachher in seinen, also Ihren Briefkasten." Sie legte auf.

Aha, dachte er und lächelte. Plötzlich sah er seinen Sohn mit anderen Augen. Er war bei einer Frau gewesen, überlegte er stolz und schüttelte den Kopf.

Stille Wasser sind tief. Und: Es tut sich was. Maria ist ein schöner Name, klingt fast wie Maryam.

Den restlichen Vormittag über rief niemand mehr an. Hamid sah auf die Uhr und stellte fest, dass er fast zwei Stunden lang Zeitung gelesen hatte. Er stand auf, schaltete den Samovar aus und war im Begriff, zu einem Spaziergang aufzubrechen, als er hörte, wie sich Timms Tür öffnete. Ehe Hamid ihn erreicht hatte, war der Junge im Bad verschwunden. Hamid wartete. Als Timm endlich wieder raus kam, lief er seinem Vater regelrecht in die Arme.

„Du warst gestern Abend weg – wo warst du denn? Meinst du nicht, dass du mir wenigstens Bescheid sagen solltest, wenn du so lange wegbleibst?“

Timm rieb sich über das Gesicht. Er vermied es, Hamid in die Augen zu schauen. Dabei war Hamid ihm wohlgesonnen, ja sogar ein wenig stolz auf ihn. Noch bevor sein Sohn etwas erwidern konnte, platzte es aus ihm heraus: „Maria hat übrigens angerufen.“ Er wartete Timms Reaktion ab. Tatsächlich war die Wirkung nicht zu übersehen. Alles an dem Jungen straffte sich.

„Maria? Wann?“

Hamid streckte seinen linken Arm, schob den Ärmel seines Hemdes umständlich nach hinten und sah auf seine Armbanduhr, obwohl er es auch so hätte sagen können. „Vor etwa zwei Stunden.“

Timm griff zum Telefonhörer, der auf dem Küchentisch lag.

„Sie sagte, du brauchst nicht zurückzurufen."

„Was? Warum?"

Hamid erklärte, dass er wohl sein Handy bei ihr vergessen habe und sie es ihm in den Briefkasten werfen wolle. Timm ließ die Schultern hängen und ging zurück in sein Zimmer.

„Wer ist denn Maria?", rief Hamid noch, aber Timms Zimmertür war schon zugefallen. Hamid eilte so schnell er konnte hinterher, blieb aber vor der geschlossenen Tür stehen. Seine Hand, die schon auf der Türklinke lag, zog er zurück. Nein, es hätte jetzt keinen Zweck. Etwas an der Beziehung zwischen seinem Sohn und dieser Maria lief offenbar nicht rund. Aber Hamid spürte, dass er der letzte Mensch wäre, dem Timm erzählen würde, warum.

18

Eine Woche später ging Hamid wieder zur Arbeit, obwohl er noch krankgeschrieben war. Sein Rücken war nicht wirklich gut geworden, er hatte die Schmerzen dank der Tabletten aber besser unter Kontrolle. Außerdem ging er jeden zweiten Tag zur Massage und war insgeheim stolz auf sich, dass er sich diesen Luxus leistete. Vielleicht hätte der Arzt ihm die Massage sogar verschrieben, Hamid hatte aber keine Lust, diesem Menschen erneut zu begegnen und über seinen Stress befragt zu werden.

Hamid begab sich sofort in sein Büro und schloss die Tür. Die Kollegen würde er später begrüßen. Im Moment konnte er sich nicht vorstellen, mit irgendjemandem zu reden. Er blickte sich um. Sein Büro sah eigentlich aus wie immer und doch anders. Er hatte das Gefühl, länger als acht Tage fort gewesen zu sein. Kaum hatte er seinen Mantel ausgezogen und den Computer hochgefahren, da klopfte es leise an der Tür und Heike streckte lächelnd den Kopf herein.

„Hallo! Schön, dass du wieder da bist.“

Hamid war erleichtert, er hatte schon befürchtet, Kartmüller würde ihn überfallen. Heike schloss behutsam die Tür hinter sich, ging geradewegs auf ihn zu und umarmte ihn. Hamid wusste nicht recht, wie ihm geschah. Er erwiderte ihre Umarmung und musste zugeben, dass sie sich gut anfühlte. Heike löste sich von ihm, blieb aber nahe bei ihm stehen.

„Wie geht's dir? Was macht dein Rücken?“ Sie trat einen Schritt zurück und betrachtete ihn aufmerksam. „Jedenfalls stehst du nicht mehr so krumm.“ Sie kam wieder näher und strich ihm über den Arm. „Schön, dass du wieder da bist.“

„Dein Kuchen hat fantastisch geschmeckt. Auch Timm hat ihn gelobt, und das will was heißen.“

Heike strahlte ihn an.

„Ich wollte mich auch entschuldigen. Ich war ein bisschen durcheinander, als du an meiner Wohnungstür geklingelt hast. Schade, dass du nicht reingekommen bist.“

„Du hast ausgesehen, als stünde ein Gespenst vor dir“, lachte Heike.

Die Frau hat einen siebten Sinn, dachte Hamid.

Es entstand eine kleine Pause. Dann sprudelten beide gleichzeitig los:

„Unser Mittagessen…“

„Meine Freundin…“

Sie mussten lachen.

„Du zuerst“, sagte Hamid.

„Meine Freundin fährt doch nicht in den Iran. Jetzt

interessiert sie sich für Peru. Was wolltest du sagen?"

„Oh." Hamid suchte nach Worten. „Also, meinem Rücken geht es besser."

Sie standen nahe bei einander und schauten sich an. Als wäre er sich plötzlich der Intimität der Situation bewusst, trat er etwas zurück.

Heike aber setzte nach, und da sah Hamid, dass sie etwas in der Hand hielt. Sie überreichte ihm ein kleines Körbchen mit Weihnachtsplätzchen. Mit geröteten Wangen stand sie vor ihm und erklärte, sie seien zur Begrüßung und selbst gebacken. Hamid wollte sich gerade bedanken, als Kartmüller ohne Vorwarnung hereinplatzte. Hamid und Heike wichen instinktiv einen Schritt auseinander.

Hamid hatte gehofft, wenigstens ein paar Stunden Schonzeit zu haben. Obwohl es ihm schwerfiel, begrüßte er seinen Chef mit einem Lächeln. Heike verabschiedete sich hastig und schob sich an Kartmüller vorbei. Der erkundigte sich nach seinem Befinden, und Hamid versicherte ihm, alles sei bestens. Kartmüller war skeptisch.

„Wirklich? Mit dem Rücken sollte man nicht spaßen. Und sonst alles in Ordnung?"

Hamid ärgerte sich – was sollte diese blöde Fragerei? „Ja, alles bestens", bestätigte er.

„Na dann. Freut mich. Ich wollte dich nur begrüßen. Komm erst einmal wieder an im Institut. Am Nachmittag sollten wir uns dann zusammensetzen. Ich melde mich nachher."

Kartmüller hatte schon die Türklinke in der Hand,

da fragte Hamid:

„Sag mal Michael, was macht denn unser Forschungsprojekt?"

„Den Antrag haben wir fertiggestellt und auch schon abgeschickt." Kartmüller sagte es beiläufig und betrachtete dabei die Weltkarte an der Wand.

Hamid strich über seinen Schnurbart. „Und Adlers Änderungswünsche?"

„Die haben wir natürlich übernommen."

„Wie ich euch kenne, habt ihr meinen Namen als Mitautor gestrichen. Oder?"

Kartmüller straffte sich und sah Hamid nun direkt an. „Was erwartest du denn? Uns blieb nichts anderes übrig. Du wolltest die Änderungen ja nicht mittragen."

Ein heftiger Schmerz durchfuhr ihn, Schweiß trat auf seine Stirn. Hamid musste sich an seinem Schreibtisch festhalten. Kartmüller schien nichts zu bemerken, jedenfalls sagte er nichts.

„Ihr kriegt das doch alleine gar nicht hin. Eine Lachnummer wird das", stieß Hamid hervor.

Kartmüller ging in Kampfhaltung über, was bei ihm bedeutete, dass er sich in voller Größe vor Hamid aufbaute. Der aber beachtete seinen Chef nicht weiter. Er betete, dass die Schmerzen aufhörten. Sobald Kartmüller weg war, würde er eine Tablette nehmen. Er schloss die Augen und konzentrierte sich auf seinen Atem.

„Hamid?", Kartmüller klang besorgt.

In einem möglichst beiläufigen Ton sagte Hamid:

„Bis später. Du hast bestimmt viel zu tun.“

Als er die Augen wieder öffnete, war Kartmüller verschwunden.

19

In seinem E-Mail-Eingang fand Hamid keine einzige Nachricht mehr zu dem Forschungsantrag. Sie hatten seine Idee genommen, sie verwässert und ihm das Ergebnis nicht einmal zur Kenntnis gegeben. Er war raus.

Lustlos schob er ein aktuelles Buch, über das er eine Rezension schreiben sollte, zur Seite. Das konnte warten. Ebenso die vielen ungelesenen E-Mails. Alle wollten etwas von ihm, waren aber nicht bereit zu geben. Kartmüller war der Schlimmste von allen, ein opportunistischer Karrierist. Man sollte ihm das Handwerk legen. Aber eigentlich war ihm der Typ mittlerweile auch egal. Er war froh, ihn nicht zu sehen und auch sonst niemanden.

Von Jochen hätte er allerdings erwartet, dass er bei ihm vorbeischaute. Schließlich saß er auf der anderen Seite des Flurs. Auch das war neu. Hamid fragte sich, was er hier noch sollte und entschied, nach Hause zu gehen. Für den ersten Tag reichte es. Die Wunde war zu frisch, um klar denken zu können. Er fuhr den Computer herunter, zog seinen Mantel an. Sein Blick fiel auf Heikes Plätzchen. Sie war die Einzige, die sich wirklich für ihn interessierte, im Institut und überhaupt. Er nahm das Körbchen und wollte sich von Heike verabschieden, aber ihr Büro war leer. Hamid stand einen Moment lang enttäuscht herum, dann machte er sich auf den Weg.

In der U-Bahn waren alle Plätze besetzt. Aber er fand es angenehm zu stehen. An der Haltestelle Opernplatz stieg ein ungepflegter Mann mittleren Alters ein. Er hatte mehrere Schichten abgetragener Kleider übereinander an, seine halblangen Haare waren verfilzt ebenso wie der Bart. In der Hand hielt er mehrere vollgepackte Plastiktüten, in denen er offenbar seine ganze Habe untergebracht hatte. Es war nicht so sehr die äußere Erscheinung des Obdachlosen, die Hamid auffiel, sondern der typische Blick, aus dem Misstrauen und Bedürftigkeit sprachen wie er ihn auch auf seinen Reisen häufig bemerkt hatte. Im Vergleich zu den oft verstümmelten oder völlig verschmutzten Bettlern, denen Hamid in Afrika und Lateinamerika begegnet war, sah dieser Mann natürlich noch wohlhabend aus. Kaum fuhr die U-Bahn wieder an, schob sich der Obdachlose durch den Gang und begann zu betteln. Die Fahrgäste beobachteten jede Bewegung des Bettlers, teils mit besorgten, teils mit angewiderten Gesichtern. Sobald er sie aber ansprach, wurde ihr Blick starr, sie sahen an ihm vorbei, so als gäbe es ihn gar nicht. Der Bettler schien dieses Verhalten gewohnt zu sein – er beharrte nicht auf einer Gabe und ging einfach weiter. Als Hamid den Obdachlosen auf sich zukommen sah, glaubte er einen Atemzug lang, der gealterte Timm käme ihm entgegen. Sein Herz zog sich zusammen. Rasch holte er sein Portemonnaie hervor und gab dem Mann zwei Euro.

„Endlich mal ein Gutmensch!", hörte Hamid neben sich. Die Stimme von Kartmüller. Hamid fuhr zusammen. Er hatte überhaupt nicht bemerkt, dass sein Chef mit ihm in die Bahn eingestiegen war. Kartmüller war ihm also die ganze Zeit gefolgt! Das war typisch für diesen hinterhältigen Menschen. Angespannt drehte er sich um.

„Michael!"

Kartmüllers amüsiertes Lächeln wich einem Stirnrunzeln.

„Bitte?"

Hamid brach der Schweiß aus. Der Mann neben ihm, nicht besonders groß und etwas nachlässig gekleidet, war nicht Kartmüller.

20

Als Hamid nach Hause kam, fand er die Wohnung so leer vor, wie er sie verlassen hatte. Timms Zimmertür war geschlossen. Hamid ging noch einmal zurück zur Garderobe und vergewisserte sich, dass Timms Jacke dort hing. Er war also nicht wieder weggegangen. Erneut befiel ihn ein Gefühl der Bedrohung. Wo war Eva? Warum tat sie ihm das an? Warum rief sie nicht wenigstens an? Mechanisch machte er Tee.

Er hörte, wie eine Tür geöffnet und eine andere geschlossen wurde. Neugierig ging Hamid in den Flur und stellte fest, dass Timms Zimmertür leicht angelehnt war. Offenbar war der Junge gerade auf der Toilette. Sobald der Tee fertig war, stellte Hamid hastig zwei Gläser, Teekanne und die Zuckerdose auf ein Tablett. Sein Blick fiel auf Heikes Weihnachtsplätzchen, die er noch nicht angerührt hatte. Rasch griff er nach dem Gebäck, stellte es zum Tee auf das Tablett und begab sich in Timms Zimmer. Ratlos sah er sich um, bis er schließlich in Ermangelung einer anderen freien Abstellfläche das Tablett vorsichtig auf dem Boden platzierte. Obwohl es für seinen Rücken bestimmt Gift war, setzte sich Hamid langsam auf den Boden. Er fand zwei Kissen, die er sich in den Rücken schob, bevor er sich an die Wand lehnte. Erleichtert atmete er aus.

Wenige Minuten später betrat Timm ahnungslos sein Zimmer und wich entsetzt zurück, als er seinen Vater auf dem Boden sitzen sah.

„Hallo Timm." Hamid lächelte seinen Sohn an.

„Was machst du denn hier?"

„Ach komm, setz dich erst mal. Ich tu dir ja nichts."

Timm blickte kurz hinter sich in den Flur, als erwäge er die Flucht, blieb aber unschlüssig stehen.

„Magst du mit mir Tee trinken und Weihnachtsplätzchen essen?"

Der Junge zögerte immer noch, und er war sich plötzlich nicht mehr sicher, ob es richtig gewesen war, hier so ohne Weiteres einzudringen.

„Ich hoffe, es stört dich nicht, wenn ich dich mal besuche. Ich habe dich so lange nicht gesehen." Mit einer Geste wies Hamid auf die Plätzchen und wiederholte: „Die sind von Heike, einer Kollegin an unserem Institut."

„Kenn ich nicht."

„Schon klar. Aber ihr seid euch offenbar vor ein paar Wochen im Treppenhaus begegnet, als sie vorbeikam, um sich nach mir zu erkundigen. Da hat sie dich gesehen und gleich erkannt, dass du mein Sohn bist. Wegen unserer Ähnlichkeit, weißt du?"

„Aha."

„Willst du die ganze Zeit stehen bleiben? Komm, setz dich zu mir auf den Teppich. Immerhin ist es ein Perserteppich, es ist persischer Tee und wir zwei sind doch auch Perser – irgendwie jedenfalls – oder? Nur die Plätzchen sind deutsch und sehen sehr lecker aus." Hamid versuchte, sich in gute Laune zu reden. Beiläufig sah er sich um, ob irgendwo eins seiner Bücher über den Iran herumlag, die sein Sohn im Keller ausgegraben hatte, konnte aber keins entdecken.

Timm ging an seinem Vater vorbei und ließ sich auf den Schreibtischstuhl fallen.

Hamid nahm den Teller mit Gebäck und hielt ihn mit ausgestrecktem Arm Timm hin.

„Magst du?"

Timm löste sich von seinem Stuhl, schlurfte zu seinem Vater, nahm ein Plätzchen und murmelte etwas, das wie Danke klang. Zögerlich knabberte er an dem Gebäck.

Hamid war froh, dass ihn sein Sohn nicht zurückgewiesen hatte. Immerhin! Verstohlen beobachtete er den Jungen. Es war lange her, dass er ihn etwas hatte essen sehen. Die Mahlzeiten nahm Timm entweder heimlich in der Küche oder in seinem Zimmer ein, stets allein. Hamid spürte einen Kloß im Hals. Wenn es dem Jungen schmeckte, verengte sich sein Blick träumerisch. Auch nach mehr als achtzehn Jahren rührte ihn der Anblick.

Timm hatte aufgehört zu kauen und sah seinen Vater verärgert an. Er mag es nicht, beim Essen beobachtet zu werden, erinnerte sich Hamid.

„Die sind gut, die Plätzchen, was?“, fragte er verlegen.

Sein Sohn ging nicht darauf ein und wischte sich über den Mund.

Hamid spürte, dass Timm die Situation nicht geheuer war. Wann hatte er das letzte Mal einfach ruhig in seinem Zimmer gesessen, ohne ihn zu ermahnen, zu schimpfen und schließlich herumzubrüllen? Hamid goss für beide Tee ein und wies mit einer einladenden Geste auf das Teeglas.

Timm holte sich seinen Tee, schnappte sich zwei weitere Plätzchen und begab sich wieder zu seinem Schreibtischstuhl.

Kein Wort fiel.

Hamid stellte fest, dass er ruhiger wurde, ja, dass er sich so entspannt fühlte wie schon lange nicht mehr.

21

Eva war auf einmal wieder da, als wäre nichts gewesen. Vorher hatte sie weder angerufen noch eine E-Mail oder SMS geschickt. Hamid war gerade in einen Roman von Alejo Carpentier über den Aufstand der haitianischen Sklaven vertieft, als er hörte, wie Eva eintrat. Er tat so, als würde er weiterlesen.

„Hallo Hamid." Sie kam näher, und er nahm den vertrauen Duft ihres Parfums wahr, spürte einen zarten Kuss auf der Wange und fragte sich, ob er gerade träumte. Er hob den Kopf und betrachtete sie schweigend. Sie war wunderschön. Etwas war anders an ihr, wobei er nicht erkennen konnte, was es war. Hatte sie eine neue Frisur? Nein. Trug sie neue Kleider? Nein. In den vergangenen acht Tagen hatte er sich vorgestellt, wie es wäre, wenn sie wieder nach Hause käme, hatte sich ausgemalt, wie er sie zur Rede stellen würde, sich die genauen Worte zurechtgelegt und an ihnen gefeilt, seine Wut zelebriert. Aber jetzt war er gar nicht wütend, sondern nur traurig und wusste nicht, was er sagen sollte.

Anscheinend sind uns die Worte ausgegangen, dachte er. Eva schüttelte den Kopf. Erst an ihrer Reaktion merkte er, dass er laut gesprochen hatte.

„Okay, ich entschuldige mich“, sagte sie leise und sah ihn mit großen ernsten Augen an. „Es war nicht richtig, einfach so zu verschwinden, ohne dir Bescheid zu sagen. Ich brauchte eine Auszeit, ich wollte nachdenken. Da kamen mir diese Verhandlungen in Berlin gerade recht.“

„Du warst acht Tage lang einfach abgetaucht. Acht Tage!“

„Hamid, wir müssen reden.“

Diese Formulierung kannte er aus Romanen und Filmen. Wenn der Mann oder die Frau, meistens die Frau, sagte ‚wir müssen reden‘, dann kündigte sich immer eine Trennung an.

„Du willst mich verlassen“, stellte Hamid nüchtern fest und wunderte sich, wie beiläufig die Worte über seine Lippen gekommen waren. Ihm fiel der Romantitel des nigerianischen Schriftstellers Chinua Achebe ein: *Things fall apart.* Eigentlich war es nur folgerichtig, wenn ihm nun auch Eva den Rücken zukehrte, nachdem er mit seinem Sohn und bei der Arbeit gescheitert war. Ein Unglück zog das nächste an.

„Quatsch. Ich will dich nicht verlassen, ich will mit dir reden.“ Ihre Stimme wurde weicher. „Ich kann gut verstehen, dass du sauer bist. Es tut mir leid, ich wollte dir nicht wehtun. Aber ich konnte nicht mehr – ich war mit meinen Kräften am Ende, ich musste raus.“ Sie sah an sich herunter und zeigte auf ihr Seidentuch. Es war in zarten Erdfarben gehalten und passte ausgezeichnet zu ihrem cremefarbenen Kostüm. „Gefällt dir das Tuch? Ich habe es auf der Friedrichstraße gekauft.“

Hamid betrachtete das neue Seidentuch, dann ließ er seine Augen über Evas Gesicht gleiten und mit einem Mal erkannte er, was an ihr anders war. Es war die Art, wie sie ihn ansah. In ihrem Blick lag keine Wärme mehr, so als wäre ein Licht erloschen. Hamid fröstelte. Sie hat sich verliebt, stellte er fest. Mit einem Mal war das Gefühl der Bedrohung wieder da und schnürte ihm den Atem ab. Er erhob sich mühsam und ging zum Fenster. Als hätte er vergessen, wie man es öffnet, hantierte er umständlich an dem Hebel, rüttelte schließlich mit wachsender Wut daran und wäre beinahe nach hinten umgekippt, als das Fenster mit einem Ruck aufging. Im selben Moment spürte er einen scharfen Stich im Rücken.

„Hamid?“

Die frische Luft tat ihm gut, und er versuchte, den Schmerz wegzuatmen „Ja, ja. Alles in Ordnung.“

„Mensch Hamid! Du bist ja krank. Ist etwas passiert, während ich weg war?“

Hamid drehte sich zu ihr um. Eva war aufgestanden, offenbar unschlüssig, was sie tun sollte.

„Alles in Ordnung, Kein Problem.“

„Ja, klar. Alles in Ordnung. Der Spruch kommt mir bekannt vor. Meistens bringst du ihn an, wenn die Katastrophe schon in vollem Gange ist und du nicht die geringste Ahnung hast, wie du aus dem Schlamassel wieder rauskommst. Das ist dann meistens der Zeitpunkt, an dem ich eingeweiht werde. Hamid, das geht nicht mehr. So stelle ich mir keine Partnerschaft vor, dass du alles mit dir selbst ausmachst, agierst als wärst du allein auf der Welt. Von mir erwartest du nur Verständnis. Wenn ich mir erlaube, Kritik zu üben, siehst du es als einen Angriff auf deine Person an und fällst zurück in dein Schweigen."

„Damit wären wir also jetzt mitten in dem, was du REDEN nennst." Hamid versuchte seine Souveränität zurückzuerlangen. „Wer ist es denn? Ein Kollege?"

„Da ist niemand", sagte Eva zu dem Bücherregal.

Hamid wartete.

„Warum können wir uns nicht mehr so gut unterhalten wie früher? Wir saßen stundenlang in der Küche zusammen und haben gequatscht. Weißt du noch?" Eva hatte Tränen in den Augen.

Hamid beugte sich vor. „Ja, früher konnte ich dich einfach in den Arm nehmen, ohne jedes Mal zu denken, gleich weist sie mich zurück. Und früher hast du mir zugehört und mich nicht nach dem zweiten Satz unterbrochen, um mir ungefragt Ratschläge zu erteilen. Früher bist du mir um den Hals gefallen, wenn ich dir Blumen mitgebracht habe. Früher hast du dich für meine Arbeit interessiert."

„Sind das Vorwürfe? Machst du mir Vorwürfe?" Eva sah ihn empört an und verschränkte die Arme.

„Nein, wir reden von früher. Das ist alles."

„Vorwürfe bringen gar nichts", fuhr Eva trotzig fort, als habe sie ihn nicht gehört.

Das klingt auswendig gelernt, dachte Hamid. Man kann es in diesen psychologischen Ratgeberbüchern lesen. „Ich will nur die Dinge benennen, die mich stören."

„Das bringt gar nichts."

„Aber wenn du sagst, was dir an mir nicht gefällt, ist es in Ordnung, nicht wahr? Warum stehst du? Willst du wieder den Raum verlassen und erst nach acht Tagen wieder kommen? Dieses Mal kannst du gleich ganz wegbleiben."

„Wie soll ich mich für deine Arbeit interessieren, wenn du mir gar nichts davon erzählst?", fragte sie kleinlaut.

„Wie soll ich dir davon erzählen, wenn du gar nicht da bist?"

Eva wischte sich mit beiden Händen ihre Tränen weg, mit der Folge, dass die Wimperntusche verschmierte und ihr ein bisschen das Aussehen eines traurigen Clowns verlieh. Der Anblick rührte Hamid. Er musste daran denken, was ihm Jochen einmal über die Paartherapie, die er und Anja vor Jahren gemacht hatten, erzählt hatte. Die Therapeutin hatte die beiden gleich in der ersten Sitzung gefragt, was sie aneinander mochten.

„Du bist schön", sagte er unvermittelt.

Eva sah ihn erstaunt an, als würde sie jetzt erst erkennen, wer da sitzt. Und langsam breitete sich ein Lächeln auf ihrem Gesicht aus.

„Bleib bei mir, Eva. Lass den Kerl."

„Welchen Kerl?", fragte Eva zerstreut. „Ach,

Hamid, glaub mir. Da ist niemand."

Dieses Mal sah sie ihm in die Augen, als sie es sagte, und er war geneigt, ihr zu glauben.

„Aber wir können trotzdem nicht so weitermachen wie bisher", stellte Eva sofort klar. „Lass uns etwas Abstand gewinnen. Die Verhandlungen mit den Chinesen ziehen sich hin, und ich wurde gefragt, ob ich nicht für ein halbes Jahr in Berlin bleiben kann. Ich glaube, es wäre auch für uns beide gut, Hamid."

Der vorsichtige Optimismus, den er eben noch verspürt hatte, schwand. Erneut fragte er sich, mit wem sie in Berlin zusammen gewesen war. „Nein", Hamid schüttelte verzweifelt den Kopf.

Eva nahm sein Gesicht in ihre Hände und küsste ihn auf den Mund. Dann setzte sie sich neben ihn auf das Sofa und schmiegte sich an ihn, legte ihren Kopf auf seine Schulter. „Ich liebe dich doch, du alter Holzkopf."

„Na gut. Also sechs Monate Berlin, dann sehen wir weiter", sagte Hamid im Ton eines Verhandlungsführers.

22

Die Abenddämmerung setzte ein. Von seinem Platz aus konnte Hamid sehen, dass in Kartmüllers Eckbüro Licht brannte. Sein Entschluss stand fest. Er konnte nicht mehr so tun, als sei nichts geschehen, musste reinen Tisch machen, sofort. Das Vorzimmer war leer, Heike war bereits nach Hause gegangen.

Kartmüller schaute unter dem Licht seiner Schreibtischlampe erstaunt auf. Hamid setzte sich unaufgefordert an den großen Besprechungstisch und kam ohne Vorrede zur Sache. „Michael, ich brauche eine Auszeit. Ich muss raus und möchte meinen ganzen Jahresurlaub nehmen und darüber hinaus unbezahlten Urlaub. Mindestens drei Monate."

Kartmüller war hinter seinem Schreibtisch sitzen geblieben, seine Miene war ungewöhnlich freundlich. Jetzt betrachtete er seine Fingernägel. Schließlich hob er den Blick und schlug einen verbindlichen Ton an. „Ist es wegen des Forschungsprojekts? Ich bin sicher, dass wir da eine Lösung finden. Die Tür war immer offen für dich, das weißt du. Ich würde mich freuen, dich wieder an Bord zu wissen."

„Ach ja?" Hamid strich über seinen Schnurbart.

„Ich habe es sehr bedauert, dass du dich aus dem Projekt zurückgezogen hast. Schließlich basiert alles auf deinen Ideen. Die Ursprungsthese kam von dir."

„Wie bitte?"

„Hamid, wir haben die Ausgangsthese weiterentwickelt. So ist das in einem Team. Sonst hättest du das Forschungsprojekt auch ganz alleine durchführen können." Kartmüller lachte, als hätte er einen Witz gemacht.

Hamid bemühte sich, ruhig zu bleiben. Wenn Kartmüller von ‚Team' sprach, war er immer auf der Hut.

„Und?"

Ein scharfer Stich im Rücken ließ Hamid zusammensacken, so dass er bucklig vor seinem Chef kauerte und den Kopf vorstreckte wie eine Schildkröte.

Kartmüller stand auf und ging im Zimmer umher. Schließlich blieb er stehen, stützte sich auf dem Besprechungstisch ab und sah Hamid in die Augen. „Du kannst nicht aufhören!"

„Bitte?"

„Adler wird sich aus dem Projekt zurückziehen. Ich habe eben mit ihm telefoniert. Wenn du jetzt auch hinschmeißt, können wir das Projekt vergessen." Kartmüller setzte sich Hamid gegenüber an den Besprechungstisch.

Hamid verharrte in seiner Schildkrötenhaltung. Jede weitere Bewegung würde die Rückenschmerzen verstärken. „Warum will er sich jetzt plötzlich zurückziehen?"

Kartmüller sah ihn erstaunt an. „Kannst du dir das nicht denken?"

Offensichtlich waren zwischenzeitlich Dinge geschehen, von denen er nichts mitbekommen hatte. Jetzt bereute Hamid, dass er seit seiner Rückkehr die Kollegen gemieden und sich in seinem Büro verschanzt hatte.

Kartmüller seufzte. „Na, du warst ja krank. Nun, gegen Adler sind im Zusammenhang mit seiner Dissertation, die er vor über dreißig Jahren geschrieben hat, Plagiatsvorwürfe erhoben worden, sie haben sich innerhalb weniger Tage zu einem Berg von Anschuldigungen aufgetürmt. Offen gesagt, in Wissenschaftskreisen ist seine Reputation beschädigt. All das wird sich natürlich aufklären lassen, ich habe volles Vertrauen zu ihm. Aber solche Flecken auf der Weste… Es ehrt ihn, dass er selbst entschieden hat, sich zurückzuziehen."

Hamid hatte Adler schon immer für einen Schaumschläger gehalten. Von anderen abzuschreiben, traute er ihm ohne Weiteres zu. Er hatte noch nie einen originellen Gedanken von ihm gehört. Adlers Stärke war es, im richtigen Moment an der richtigen Stelle zu sein und stets die passenden Worte zu finden. Er hatte sich ein beeindruckendes Netzwerk geschaffen und begabte junge Mitarbeiter um sich geschart. Und er war ein brillanter Redner, hatte ein überaus professorales Auftreten. Eigentlich hätte Adler in die Politik gehen sollen.

„Du hast doch immer so große Stücke auf ihn gehalten.“

„Das tue ich auch weiterhin.“

Hamid staunte über die Wendungen des Schicksals, das selbst einen Adler vom Himmel holte.

„Und jetzt?“

„Ich dachte, dass du die Projektleitung übernehmen könntest.“

23

Hamid saß in Timms Zimmer auf einem Kissen, das er sich mitgebracht hatte und goss sich und dem Jungen dampfend heißen Tee ein. Es gelang ihm mittlerweile recht gut, den Kleiderhaufen, der den einzigen bequemen Sessel im Raum zudeckte, mehr mit dem Interesse eines Ethnologen als dem Blick eines Vaters zu betrachten. Im Kleiderschrank wäre garantiert noch Platz für all das, überlegte er. Allerdings wüsste Timm selbst bestimmt nicht mehr, welche Kleidungsstücke auf dem Haufen sauber und welche zu waschen waren. Der überquellende Papierkorb legte die Vermutung nahe, dass der Junge etwas schrieb oder zumindest Texte ausdruckte. Die auf dem Boden liegenden Papiertaschentücher, die ums Überleben kämpfende vertrocknete Pflanze am Fenster, all das regte ihn längst nicht mehr auf. Es störte ihn auch nicht, dass Timm nichts sagte. Er kam hier zur Ruhe, mehr wollte er im Moment nicht.

Seine Dämonen schienen sich wieder zurückzuziehen. Eva war heimgekehrt, und sie hatten sich ausgesprochen. Er wollte ihr glauben, dass sie ihn nicht verlassen würde. Adler war abgestürzt, und Kartmüller wollte ihn zum Projektleiter machen. Damit wäre der Weg zur lange ersehnten Professur geebnet gewesen. Jahrelang hatte er daran gearbeitet, hatte viel beachtete Auftritte auf internationalen Konferenzen gehabt, war gelobt und zitiert worden, aber der Durchbruch war ihm nicht gelungen. Jetzt, da die Professur zum Greifen nahe vor ihm lag, war er sich nicht mehr sicher, ob er all das noch wollte. Er hatte mit niemandem darüber gesprochen, er sprach überhaupt nur noch wenig, fiel ihm auf. Eigentlich wollte er nur noch seine Ruhe haben.

Kartmüller hatte es zunächst nicht fassen können, dass Hamid diese Chance nicht ergreifen wollte. Immer wieder hatte er ungläubig nachgefragt. Erst als Hamid schließlich wiederholt hatte, er brauche eine Auszeit, müsse einige Dinge in seinem Leben überdenken, sich um seinen Sohn kümmern, schien Kartmüller zu verstehen. Seine enorme Enttäuschung konnte er dennoch nicht verbergen.

Die Nachricht hatte sich schnell im Institut verbreitet. Heike war zu ihm gekommen und hatte ihn bedrängt, es sich noch einmal zu überlegen, eine solche Chance komme so schnell nicht wieder. Andere Kollegen hatten ihre Köpfe in sein Zimmer gesteckt, waren dann etwas verlegen eingetreten und hatten zunächst unverfängliche Themen vorgeschoben, um sich dann aber doch zu erkundigen, ob es stimmen würde, was sie gehört hätten. Hamid hatte den Eindruck, dass sich in ihrem Erstaunen auch eine Prise Respekt versteckte. Das machte es ihm leichter, seine Formel, er müsse einige Dinge überdenken, geduldig zu wiederholen.

„Ich lerne jetzt Persisch“, verkündete Timm.

Hamid wäre beinahe das Teeglas aus der Hand gefallen. Er hatte sich so daran gewöhnt, bei Timm zu sitzen und seinen eigenen Gedanken nachzuhängen, dass ihn die Stimme seines Sohnes regelrecht auffahren ließ.

„Du lernst Persisch?“

„Ja.“ Der Junge lächelte stolz.

„Ach – und wie machst du das?“

„Ich habe im Keller ein Lehrbuch gefunden und bringe es mir selbst bei“, entgegnete Timm lässig.

Wie vermutet, war es also der Junge gewesen, der den Karton geöffnet hatte. Hamid hatte sich, nachdem er Maryam kennengelernt hatte, für sein eingerostetes Persisch geschämt und beschlossen, heimlich daran zu arbeiten. Also hatte er ein Lehrbuch gekauft und ein paar Lektionen durchgearbeitet. Mit der Zeit hatte er aber festgestellt, dass er allein durch das tägliche Sprechen mit ihr immer sicherer wurde und das Buch gar nicht brauchte.

„Wozu willst du denn Persisch können?“, fragte Hamid in einem Ton, als wolle sein Sohn die Sprache der Eskimos lernen.

„Einfach so.“ Timm zuckte trotzig mit den Schultern.

„Hast du denn keine anderen Sorgen?“, murmelte Hamid lahm und rieb sich die Stirn. „Arbeite wenigstens an deinem Englisch, wenn du schon nicht in die Schule gehst.“

„Ach, vergiss es.“ Timm wandte sich ab und aktivierte seinen Computer.

Hamid war wieder auf sich selbst zurückgeworfen, er bewegte sich wirklich auf dünnem Eis. Hastig schob er nach: „Ach, komm, ich meine es doch gar nicht so.“

Aber sein Sohn war schon in die digitale Welt eingetaucht und nicht mehr erreichbar.

Soll er doch von mir aus Persisch lernen, dachte Hamid. Hauptsache, sie saßen zusammen und unterhielten sich. Das hatten sie so lange nicht mehr getan. Er hatte keine Kraft mehr, immer wieder von dem Jungen zu verlangen, seine Ausbildung fortzusetzen. Der direkte Weg führte offenbar nicht immer zum Ziel. Er musste erst einmal Vertrauen aufbauen. Eva hatte einmal gesagt, Schule und Ausbildung seien nicht alles. Vielleicht hatte sie Recht.

„Ich bin damals bis Lektion 4 gekommen“, schlug Hamid einen versöhnlicheren Ton an. „Danach brauchte ich das Buch nicht mehr. Ich habe ja jeden Tag deine Mutter gesehen und musste mich mit ihr auf Persisch verständigen. So kam ich viel besser in die Sprache rein. Aber ich erinnere mich noch, dass es ein ganz gutes Lehrbuch war.“ Er schaute zu seinem Sohn, konnte aber nicht erkennen, ob der zuhörte. „Seit damals habe ich kaum noch Persisch gesprochen. Aber ich nehme an, ich könnte mich noch ganz gut verständigen, wenn ich müsste."

Timm fuhr weiterhin mit der Maus über seinen Schreibtisch und blickte auf den Bildschirm. Hamid streckte den Kopf, konnte aber von seinem Platz aus nicht erkennen, was die Aufmerksamkeit seines Sohnes in Anspruch nahm. Auf gut Glück sagte er in die Stille hinein: „Weißt du was? Leg dir doch eine iranische Freundin zu."

„Ha, ha, ha", kommentierte Timm trocken und Hamid war glücklich, dass sie wieder miteinander sprachen.

„Kannst du denn schon etwas sagen?"

Der Junge rückte vom Computer ab und drehte sich zu seinem Vater.

Wieder trat Schweigen ein, und Hamid dachte an das Foto von Maryam, das er kürzlich bei Timm entdeckt hatte. Timm hatte seine Mutter nie kennengelernt. Er war etwa sechs Monate alt gewesen, als Maryam mit dem Fahrrad spät abends von einer Freundin nach Hause fuhr. Sie war allein unterwegs. Ein großer Geländewagen hielt in einer engen Seitenstraße nicht genug Abstand und erfasste Maryam mit dem rechten Kotflügel. Sie hatte keine Chance, sagte der Polizist später. Es dauerte lange, bis Hamid sich wirklich mit Maryams Tod auseinandersetzen konnte. Durch ihren Unfalltod wurde er aus seinem bisherigen Leben herausgerissen und fand sich auf einem neuen Planeten wieder. Dieser neue Planet hieß Timm.

Um das Kind kümmerte er sich, als ginge es um

sein eigenes Überleben. Bei der Arbeit nahm er zunächst zwei Monate Urlaub, um alles zu organisieren. Maryams Eltern und Geschwister, die er kaum kannte, reisten aus Iran zur Beerdigung an und gingen danach nicht mehr. Sie wollten helfen und belagerten ihn und das Baby monatelang. Auch seine Eltern wollten ihm beistehen. Alle waren plötzlich zur Stelle. Die anfängliche Erleichterung über so viel warmherzige Unterstützung wich bald dem Gefühl, nicht mehr Herr im eigenen Haus zu sein. Es raubte ihm den Atem, wenn er zu keinem Zeitpunkt mehr allein war, sich nirgends in der Wohnung zurückziehen konnte. Am Ende musste er deutliche Worte sprechen, was sein Verhältnis zu seinen Schwiegereltern nachhaltig belasten sollte. Aber als sie weg waren, spürte er nichts als Leere um sich. Nur langsam fügten sich die Dinge zu einer neuen Ordnung. Er fand eine Tagesmutter, die sich vormittags um das Baby kümmerte. Im Institut arbeitete er nur noch halbtags.

„Esme man Timm ast. Mein Name ist Timm."

Hamid versetzte es einen Stich. Wie sich der Kreis schloss.

„Barikalla, pessaram!"

„Was heißt das?" Timm setzte sich zu seinem Vater auf den Teppich.

„Bravo, mein Junge."

24

Schlussendlich hatte Kartmüller einer dreimonatigen Auszeit zugestimmt. Zwei Tage später saß Hamid im Wohnzimmer und war in die brillanten Reiseberichte von Graham Greene versunken, als er Geräusche hörte. Da Eva nicht zu Hause war, konnte es nur Timm sein. Wahrscheinlich ging der Junge zur Toilette. Hamid vertiefte sich wieder in sein Buch, als er einen Luftzug wahrnahm. Timm hatte sich zu ihm aufs Sofa gesetzt. Hamid erschrak im ersten Moment und merkte mit schlechtem Gewissen, wie sehr er sich daran gewöhnt hatte, dass Timm aus seiner Höhle nicht herauskam. Er klappte das Buch zu und legte es weg.

„Hi."

„Mensch Timm, was verschafft mir die Ehre?"

„Ich dachte, wir könnten Tee trinken."

Timm saß auf dem Sofarand und sah seinen Vater an, als fürchtete er, gleich rausgeschmissen zu werden.

Hamids Gesicht hellte sich auf. „Das ist eine ganz prima Idee. Möchtest du den Tee machen?"

Nachdem Timm das Tablett mit Teekanne, Stövchen und Tassen etwas unbeholfen abgestellt hatte, setzte er sich wieder. Hamid wartete darauf, dass sein seltener Gast das Gespräch eröffnete. Bestimmt hatte er etwas auf dem Herzen, sonst wäre er nicht gekommen. Aber Timm wirkte, als wolle er wirklich nur Tee trinken. Kaum hatte er das erste Glas ausgetrunken, goss er sich schon ein zweites ein, wie ein Kettenraucher, der sich eine Zigarette nach der anderen anzündet.

Schließlich fragte Timm: „Bist du wieder krank?"

„Nein, wie kommst du darauf?"

„Weil du nicht zur Arbeit gehst."

Jetzt war Hamid derjenige, der sich ausgiebig Tee eingoss, das Glas zum Mund führte und blies. Er brauchte diese Sekunden, um seine Gefühle zu ordnen. Er war gar nicht auf die Idee gekommen, Timm von seiner Auszeit zu erzählen, was ihm abermals ein schlechtes Gewissen bereitete. Abgesehen davon stellte er fest, dass sich der Junge durchaus für das, was um ihn herum geschah, zu interessieren schien. Hamid spürte, wie sich, noch etwas schemenhaft, aber ganz allmählich, ein Gedanke in seinem Kopf zu formen begann.

„Ich habe mir einen längeren Urlaub genehmigt." Er erzählte von dem Forschungsprojekt und der Auseinandersetzung mit seinem Chef.

„Heißt das, dass du jetzt immer zu Hause bist?"

Hamid ahnte, was Timm beunruhigte. Bisher hatte Timm die Wohnung tagsüber, wenn Eva und er bei der Arbeit waren, ganz für sich und nutzte den gewonnenen Raum.

Einer plötzlichen Eingebung folgend antwortete Hamid: „Ich glaube, ich werde eine längere Reise unternehmen. Vielleicht möchtest du mitkommen?“

„In den Iran?“

„Nein.“ Hamid überlegte. „Eher nach Südamerika, ja, nach Peru. Du weißt doch, dass ich dort ein Jahr in Cusco an der Universität gearbeitet habe. Wie wäre es, wenn wir gemeinsam dorthin reisen würden?“

„Und was soll ich da?“

„Was willst du hier?“

„Was hast du in Peru vor?“ Timm rieb sich die Augen.

„Ich will ein paar alte Freunde treffen und die Orte aufsuchen, an denen ich früher war. In Cafés sitzen, Leute beobachten, die Atmosphäre einsaugen, durch die Straßen schöner Städte laufen und durch die Täler der Anden wandern. Ich habe nichts Besonderes vor, kein Projekt, keine Arbeit. Komm doch mit. Wir sind doch schon öfter zusammen verreist. War doch eigentlich immer schön, oder?“

Der eben noch vage Gedanke nahm konkrete Formen an, einfach indem er darüber sprach.

„Machst du die Reise auch, wenn ich nicht mitkomme?“

„Ja, klar.“

„Ich muss wieder in mein Zimmer.“

„Kommst du mit?“, rief ihm Hamid hinterher.

Als Hamid ihr von seinen Plänen erzählte, brauchte Eva etwas Zeit, um sich zu sammeln. Er hatte bei ihr in Berlin angerufen und war froh gewesen, dass sie schon beim zweiten Klingeln ranging.

„Störe ich?"

„Du störst nie", antwortete sie.

Dann eröffnete er ihr, dass er mit Kartmüller vereinbart hatte, einen längeren unbezahlten Urlaub zu nehmen. Weniger an ihren Worten als an ihrer Stimme erkannte er, dass sie verletzt war. Sie warf ihm vor, wieder einmal alles nur mit sich selbst ausgemacht zu haben und sie vor vollendete Tatsachen zu stellen. Obwohl er schon oft Besserung gelobt hatte, war er allmählich selbst zu der Überzeugung gelangt, dass er nicht anders konnte. Er traf solche Entscheidungen meist aus dem Bauch heraus und immer spontan. In Krisensituationen löste sich nach einer Zeit der Ungewissheit überraschend der Nebel auf, und der richtige Weg lag vor ihm, klar und unwiderruflich.

Er musste Eva nicht erklären, warum er eine Auszeit nehmen wollte. Sie sprach einen anderen Punkt an: „Seit ich dich kenne, gibt es nur zwei Dinge, um die sich alles dreht. Das eine ist deine Arbeit, das andere dein Sohn. Vom Institut willst du Abstand nehmen, was einer Revolution gleichkommt. Was ist mit Timm? Und was wirst du tun, wenn du nicht mehr jeden Tag ins Institut gehst?"

„Ich werde nach Peru reisen, meine alte Wirkungsstätte besuchen, Freunde und ehemalige Kollegen treffen", sagte Hamid.

„Und Timm?"

„Timm kommt mit."

„Wirklich? Wie hast du das denn geschafft?" Jetzt klang Bewunderung aus Evas Stimme.

„Ach, wir haben ein paar Mal miteinander Tee getrunken."

„Du mit deinem Tee!" Sie lachte.

„Na ja, er hat nicht gleich zugestimmt. Nachdem ich ihn gefragt hatte, verkroch er sich eine Woche lang wieder in seinem Zimmer, und ich dachte, das war's also, er will nicht. Dann aber kam er eines Abends zu mir und meinte nur okay, er käme mit. Es klang nicht total begeistert, aber immerhin. Vielleicht will er einfach mal raus aus allem. Vielleicht geht es ihm wie mir."

„Hamid, ich glaube, du tust das Richtige."

„Wenn du das sagst, kommt das einem Ritterschlag gleich."

„Ich werde dich sehr vermissen."

„Asi es la vida."

„Si, señor." Ihre Stimme klang traurig.

TIMM

25

Timm stellte sich an das Geländer mit dem Rücken zum Pazifik. Er hob den Arm und lächelte sein Handy an. Für ein Selfie war die Position eigentlich ideal, im Vordergrund sah man sein Gesicht und dahinter die geschwungene Küste, Palmen und das Meer. Bloß der graue Himmel störte. Verärgert steckte er sein Handy wieder ein. Sein Vater hatte ihm zwar vorher davon erzählt, aber er konnte sich noch immer nicht an den grauen Himmel in Lima gewöhnen. Er kapierte natürlich, dass es mit dem kalten Humboldtstrom zu tun hatte, aber in seiner Vorstellung gehörte ein durchgängig bewölkter Himmel, der an London erinnerte, nicht zu einem Ort so nahe am Äquator.

Mehrere Welten schienen hier nebeneinander zu existieren, begegneten sich fortlaufend, ohne aufeinanderzuprallen. Am Malecón von Miraflores oder in San Isidro flanierten die Schönen und Reichen, eine Boutique reihte sich an die andere, in schicken Restaurants wurde gepflegt gegessen – und nur wenige Straßenzüge entfernt fand man vollgestopfte Billigläden, einfach gekleidete Menschen, die sich auf überfüllten Bürgersteigen aneinander vorbeischoben und ohne Murren die Abgase der stinkenden Collectivos einatmeten, in denen sich die ärmeren Limeños quetschten, um wer weiß wohin befördert zu werden. Vom Taxi aus begegnete Timm den gleichgültigen Blicken der Fahrgäste in diesen alten klapprigen Minibussen und fühlte sich wie ein junger Prinz, der auf einer Sänfte durch eine mittelalterliche Stadt getragen wird, vorbei an Handwerkern, Marktfrauen, Bettlern und Gauklern. Er schaute in diesen Abgrund der Armut, wandte sich aber wieder ab, denn in das Gefühl der Sicherheit, das er in dem bequemen Taxi empfand, schlich sich eine Spur Angst.

Aber Vater hatte alles im Griff, fand für alles eine Erklärung und wurde nicht müde, ihm Vorträge über Peru, das Reisen in solche Länder und situationskonforme Verhaltensweisen, wie er es nannte, zu halten. Meist gingen ihm diese Monologe auf die Nerven, dann schaltete er innerlich ab und wartete auf ein äußeres Ereignis, das dem Wortschwall ein Ende setzte, etwa wenn sie bei ihrem Gang durch die Stadt an eine dicht befahrene Straßenkreuzung gelangten, die es mit voller Konzentration zu überqueren galt, um nicht Opfer des Verkehrsdschungels zu werden, in dem das Recht des Stärkeren galt. Hin und wieder unterbrach auch das Klingeln von Hamids Handy seine Endlosvorträge, mit der Folge, dass der Alte für die nächsten fünf bis zehn Minuten auf die Gesprächspartner einredete, lachte, selten zuhörte. Sein Vater schien in diesem Land Gott und die Welt zu kennen, jedenfalls telefonierte er in den ersten Tagen andauernd mit irgendwelchen Leuten, meistens auf Spanisch. Und nachdem das Gespräch beendet war, ging er nahtlos dazu über, ihm die Lebensgeschichte des Menschen, mit dem er soeben telefoniert hatte, zu erzählen.

Seit ihrer Abreise waren die Nachdenklichkeit und Niedergeschlagenheit, die sein Vater in letzter Zeit ausgestrahlt hatte, wie weggeblasen. Er klagte auch nicht mehr über Rückenschmerzen. Trotz des vielen Gequatsches konnte er ihn hier besser ertragen als in Frankfurt. Bisher hielt sich der alte Herr an die Vereinbarung, die sie daheim getroffen hatten. Timm hatte der Reise nur unter der Bedingung zugestimmt, dass sein Vater nicht wieder von der Schule reden, ihn mit Fragen nach seiner Lebensperspektive verschonen und darauf verzichten würde, ihm ein Leben als Penner vorauszusagen. Hamid hatte sich das alles ruhig angehört, genickt und gesagt: „In Ordnung, kein Wort darüber."

Die Vorstellung, einfach abzuhauen, schien plötzlich die Rettung zu sein, auf die Timm schon gar nicht mehr gehofft hatte. Er war am Ende seiner Kräfte angelangt, schlief keine Nacht mehr, tagsüber zog er sich wie ein verwundetes Tier in eine Ecke zurück. Seine Gedanken kreisten nur noch um Maria. Immer wieder klickte er wie ferngesteuert ihre Fotos auf Facebook an, verlor sich darin. Die letzte Begegnung mit ihr hatte ihn endgültig ins Aus befördert. Seitdem fühlte er sich wie im freien Fall. Er erinnerte sich unablässig an ihre scharfen Worte, das verschlossene, abweisende Gesicht und wusste nicht, wohin mit sich selbst. Wie einen lästigen Köter hatte sie ihn behandelt, es hatte nur noch gefehlt, dass sie nach ihm trat. Und dennoch sehnte er sich nach ihr. Dass ist völlig aussichtslos, sagte ihm sein Verstand, wenn ich von ihr nicht loskomme, klappe ich irgendwann zusammen. Aber wie ein Junkie konnte er es nicht lassen, zog sich immer wieder eine Dosis Maria rein. Und dann kam sein Vater mit diesem abgedrehten Vorschlag, gemeinsam zu verreisen. Erst hatte er gedacht, es wäre wie die Pest mit der Cholera zu vertauschen. Aber dann spürte er, wie ihm der Gedanke an Maria die Kehle zuschnürte, jeden Tag ein bisschen mehr. Es war nur eine Frage der Zeit, wann er ersticken würde. Alles andere war besser als das.

Sie saßen im Café Haiti und beobachteten in stiller Vertrautheit die anderen Gäste und die lässig vorbei schlendernden Passanten. Vater wiederholte zum x-ten Mal, wie sehr er dieses Café liebe. Früher sei er oft hier gewesen. Timm fand es anfangs altmodisch, der Haufen älterer Männer, die dort den halben Vormittag Zeitung lesend und plaudernd die Zeit totschlugen, erinnerte ihn an ein Altenheim. Es beeindruckte ihn auch nicht, dass schon der berühmte Schriftsteller Vargas Llosa vor Jahrzehnten das Café Haiti regelmäßig besucht und es auch in seinen Romanen erwähnt hatte, wie ihm sein Vater erzählte. Timm hatte noch nie etwas von diesem Typen gehört und auch nicht vor, ihn kennenzulernen. Nach einer Weile aber konnte auch er sich dem Zauber dieses aus der Zeit gefallenen Lokals nicht verschließen und fühlte sich immer wohler. Timm konnte es mit diesem Straßencafé-Vater gut aushalten, er wünschte, Hamid wäre immer so. Um den Moment der Verbundenheit festzuhalten, fragte er: „Wie hast du eigentlich Mutter kennengelernt?"

Sein Vater lächelte verwundert. „Habe ich dir das nie erzählt?"

„Doch."

„Nun", Hamids Lächeln verfestigte sich zu einem wissenden Grinsen. Er strich über seinen Schnurbart, wie er es immer tat, bevor er zu einer längeren Geschichte ausholte. Er erzählte für sein Leben gern von früher.

Sie hatten sich an einem Silvesterabend vor fast zwanzig Jahren kennengelernt. Sein Vater war schon seit Stunden mit ein paar Freunden im Musikpalast gewesen, als er weiter hinten einen älteren Kollegen an einem Tisch mit drei Frauen und einem Mann entdeckte. Er beschloss, erst einmal abzuwarten und so zu tun, als hätte er Horst Bartelt nicht bemerkt. Timm konnte sich noch gut an ihn erinnern, in seiner Kindheit hatten sein Vater und er die Bartelts gelegentlich besucht. Horst war ein Urvieh, laut und herzlich. Den Iran liebte er über alles, er hatte das Land oft bereist, dort seine Frau kennengelernt und sprach sogar ein paar Brocken Persisch, was er Hamid bei jeder Gelegenheit zu beweisen versuchte, egal ob es gerade passte oder nicht.

„Agha-je Hamidzadeh." Horst brüllte quer durch den Raum und winkte fröhlich.

Sein Vater gab sich einen Ruck und ging hinüber. Eine Geste der Höflichkeit, dachte er. In zwei Minuten wäre er wieder bei seinen Leuten.

„Salam Agha-je Hamidzadeh. Hale Shoma tschetore?"

„Hallo Horst. Danke, mir geht's gut. Ich bin mit ein paar Freunden hier."

Bartelt schien das nicht zu interessieren. Er wandte sich nach rechts und stellte Hamid seiner Frau vor, die ihm sitzend die Hand reichte und ihn wissen ließ, sie habe viel Gutes über ihn gehört. Dann machte er ihn mit einem ziemlich großen blonden Mann und einer Iranerin bekannt, ein Ehepaar, wie Hamid aufgrund des gemeinsamen Namens der beiden vermutete. Schließlich wies er auf die junge Frau, die Hamid gleich aufgefallen war.

„Und hier, mein lieber Hamid, haben wir einen Gast aus dem Iran. Die junge Dame ist die Nichte meiner Frau. Sie ist heute Morgen aus Teheran eingetroffen."

Die junge Frau lächelte ihn einfach nur an, sagte nichts und gab ihm auch nicht die Hand. „Setz dich", Bartelt klopfte ihm auf die Schultern. Hamid nahm auf dem freien Stuhl neben der jungen Iranerin Platz.

„Herr Hamidzadeh ist unser Lateinamerikaexperte

im Institut", erklärte Bartelt. „Die Indianer haben es ihm besonders angetan. Über die weiß er alles", lachte er.

Das hätte er nicht sagen sollen, denn Hamid konnte es schon damals nicht leiden, wenn Kollegen von Indianern sprachen. Timm stellte sich vor, wie sein Vater seinen Schnurbart glatt gestrichen hatte, bevor er den Holzköpfen klarmachte, dass er über die soziale Lage der indigenen Bevölkerung Lateinamerikas forsche.

Bartelts Freund, dieser blonde Hüne, nickte interessiert. „Entschuldigen Sie meine Neugier, aber wie kommen Sie als Iraner dazu, sich mit Lateinamerika zu befassen?"

Mit dieser Frage hatte der Mann natürlich voll geloost.

„Mit was sollten sich denn Iraner Ihrer Meinung nach beschäftigen?" Hamid grinste herausfordernd.

Bartelt schien die aufkommende Spannung zu spüren und fing an, vom brasilianischen Fußball zu erzählen und hörte nicht mehr auf, bis ein Kellner an den Tisch trat, um Bestellungen aufzunehmen. Hamid schaute beiläufig zur Nichte von Frau Bartelt und fand sie umwerfend schön. Ihre Blicke begegneten sich und beide lächelten verlegen.

„Sprechen Sie Deutsch?", fragte Hamid auf Persisch.

Nur sehr wenig, sie habe in Teheran am Goethe-Institut einen Deutschkurs absolviert. Aber im wirklichen Leben sprächen die Leute natürlich so schnell, dass sie kaum etwas verstehen würde.

Sie erzählte, dass sie im Iran ihren Universitätsabschluss in Biologie gemacht hatte und nun in Frankfurt darauf aufbauen wolle.

„Sie leben bestimmt schon lange in Deutschland, meine Tante sagte, sie seien ein Kollege ihres Mannes. Sie sind also Sozialwissenschaftler?“

Hamid fing gerade an, davon zu erzählen, dass seine Eltern schon Anfang der sechziger Jahre nach Deutschland gekommen waren und er in Frankfurt geboren wurde, als Bartelt mit dröhnender Stimme eine Anekdote zum Besten gab und damit jedes andere Wort am Tisch im Keim erstickte. Die beiden lächelten sich verschwörerisch zu und lehnten sich zurück. Als Horst in schallendes Gelächter ausbrach, wusste Hamid, dass die Geschichte zu Ende erzählt war. Er beugte sich zu ihr und fragte:

„Wie heißen Sie?“ Seine Freunde, mit denen er den ganzen Abend zusammen gewesen war, hatte er da schon längst vergessen.

„Maryam.“

Timm lächelte zufrieden. „Und wie ging‘s dann weiter?“

Ein paar Tage später rief sein Vater sie an. Er wusste ja, dass sie bei Familie Bartelt wohnte. Sie verabredeten sich im Riverside, einem Musiklokal am Main, das es heute nicht mehr gibt. Hamid war wahnsinnig aufgeregt, weil er noch nie zuvor mit einer iranischen Frau ausgegangen war. Er musste die ganze Zeit über

Persisch sprechen, und wusste nicht, was aus ihrer Sicht schicklich war und was nicht. Vor allem war er nervös, weil sie so atemberaubend aussah. Aber wie sich bald zeigte, hatte er sich viel zu viele Gedanken gemacht. Denn das Reden übernahm hauptsächlich sie. Ihm fiel auf, dass sie gar nicht dem Bild entsprach, das er sich bis dahin von Iranerinnen gemacht hatte. Sie trug schöne, modische Kleider und hatte Make-up aufgetragen, ihre Fingernägel waren rot lackiert. Als er ihr das sagte, lachte sie und erzählte ihm von dem Flug von Teheran nach Frankfurt. Kaum habe sich das Flugzeug in der Luft befunden, hätten die Iranerinnen ihre Kopftücher, Schleier und Mäntel abgelegt, sodass schicke, die Figur betonende Kleider der auch in Europa üblichen Marken sichtbar wurden.

Tatsächlich aber zerbrach sich sein Vater die ganze Zeit über etwas anderes den Kopf. Er fragte sich, wie er sich ihr nähern könnte, denn er hatte keine Ahnung, wie man das bei einer Iranerin anstellen müsse. Er wollte sie auf keinen Fall erschrecken oder sich in ihren Augen daneben benehmen. Was er schließlich sagte, klang in seinen eigenen Ohren, als befände er sich auf einer diplomatischen Mission, vielleicht lag es aber auch an seinem eingestaubten Persisch: „Würden Sie mir erlauben, dass ich du zu Ihnen sage, ich meine, erlauben Sie, dass wir zueinander du sagen?"

Sie amüsierte sich köstlich über sein Persisch und strich ihm über den Arm. Ihre Berührung machte ihm Mut.

„Bloß weil ich aus dem Iran gekommen bin, muss du nicht denken, dass ich von einem anderen Stern bin", sagte sie.

Timm hörte gebannt zu und versuchte, sich seine Mutter vorzustellen. Manchmal googelte er ihren Namen, einfach so. Es gab tatsächlich Frauen, die Maryam Hamidzadeh hießen. Aber natürlich war keine davon seine Mutter. Und keine war so schön. Seine Mutter hätte Schauspielerin werden können, so super hatte sie ausgesehen. Aber sie hatte sich für Biologie entschieden. Timm hatte ihre Fotos aus dem Familienalbum abfotografiert und auf seinem Handy gespeichert. Manchmal schaute er sie sich an. Auch auf Facebook gab es Frauen, die so hießen. Eine von ihnen schien etwa in seinem Alter zu sein und sah ganz nett aus. Er hatte ihr eine Freundschaftsanfrage geschickt, aber sie hatte nicht reagiert. Manchmal malte er sich aus, was gewesen wäre, wenn seine Mutter nicht gestorben wäre. Sie hätte mit ihm Farsi gesprochen, ihm vom Iran erzählt, sie wären dorthin gereist. Seinen Vater konnte er, was den Iran betraf, vergessen. Der wollte ja deutscher sein als die Deutschen, völlig gaga. Nein, echt: Es musste ein cooles Gefühl sein, in einem Land zu sein, in dem alle Leute aussahen, wie man selbst.

Hier in Peru fiel er allerdings auch kaum auf, stellte er fest. Wenn er sich so umsah, konnte er durchaus als Peruaner durchgehen, solange er den Mund nicht aufmachte. Merkwürdig, plötzlich hier zu sein, sagte er sich zum wiederholten Mal, wer weiß, wozu das gut ist. In Gedanken zog er auf einer imaginären Landkarte Linien zwischen den drei Städten Teheran, Frankfurt und Lima, denn mit einem Mal war er überzeugt, dass auch Peru eine wichtige Rolle in seinem Leben spielen könnte. Zufrieden lehnte er sich zurück und fühlte sich ein klein wenig wie ein Weltbürger.

26

Zwei Tage später bestiegen sie den Überlandbus nach Arequipa, ihre erste Station auf der Fahrt in den Süden Perus, wie Hamid erklärte. Kaum waren sie aus dem wolkenverhangenen Lima herausgefahren, erwartete sie blauer Himmel und strahlender Sonnenschein. Die Sitze waren ziemlich bequem, und sein Vater schlief gleich ein, was Timm ganz recht war. Seit ihrer Abreise hatte es kaum einen Moment gegeben, in dem er mal allein sein konnte. Es ermüdete ihn, dass sein Vater ständig um ihn herum war. Manchmal sehnte er sich nach der Stille seines Zimmers in Frankfurt.

Draußen zog eine fremde Welt an ihm vorbei. Er drückte seine Nase an das Busfenster. Es war erstaunlich, wie karg die Landschaft entlang der Küste war. Und auch die Orte, durch die sie von Zeit zu Zeit fuhren, wirkten ärmlich und ohne jeglichen Reiz. Seit sie Lima verlassen hatten, fielen ihm die halbfertigen Rohbauten auf. In den unverputzten Gebäuden mit notdürftig improvisierten Türen und Fenstern schienen ganze Familien zu leben. Vielleicht war ihnen das Geld ausgegangen. Verrostete Eisenstäbe, die wie Stacheln aus dem Beton ragten, zeugten davon, dass ursprünglich einmal ein weiteres Stockwerk geplant gewesen war. Zwischen den Stäben wehte zum Trocknen aufgehängte Wäsche. Die Leute hier sind echt locker, dachte Timm.

Zunächst unmerklich, dann immer deutlicher veränderte sich die Natur. Der Bus fuhr Kurve um Kurve die Anden hoch, und Timm beobachtete fasziniert, wie die Vegetation zunächst den Boden eroberte und allmählich immer kräftiger wurde. In Arequipa kamen sie weit nach Mitternacht an und waren froh, noch ein Taxi zu bekommen, das sie ins Hotel brachte. Ein verschlafener Nachtportier mit zerzausten Haaren begrüßte sie.

Am nächsten und übernächsten Tag durchstreiften sie Arequipa, und Hamid zeigte ihm eine Sehenswürdigkeit nach der anderen. Schon nach der dritten Kirche hatte Timm die Nase voll. Für ihn wäre es völlig in Ordnung gewesen, einfach auf dem großen Hauptplatz, der Plaza de Armas, auf einer Parkbank in der Sonne zu sitzen, vor ihm die mächtige weiße Kathedrale und um ihn herum die vielen Leute, die Zeitung lasen, sich angeregt unterhielten oder einfach nur vor sich hinschauten. Sie alle schienen unbegrenzt Zeit zu haben. Aber Hamid führte sich auf wie ein Reiseführer, der nach der Anzahl der besuchten Attraktionen bezahlt wurde. Als sie nach zwei Tagen schließlich wieder im Bus saßen, um nach Cusco weiterzufahren, atmete Timm auf. Sein Vater schlief wieder wie auf Kommando ein, und er genoss die Ruhe.

Am Busbahnhof in Cusco wurden sie lautstark von einem älteren blonden Mann in einem fleckigen Pullover, unter dem sein dicker Bauch hervorquoll, begrüßt. In seinem Bart hing etwas Gelbes, das aussah wie die Reste seines Frühstückseis. Seine Nase war gerötet und die schütteren Haare wirkten, als wären sie mit Pomade an seinem Schädel festgeklebt. Der Mann umarmte seinen Vater lachend und klopfte ihm freundschaftlich auf die Schulter.

„Hamid, willkommen in Cusco! Schön, dich zu sehen nach all den Jahren. Wie lange ist das her? Mindestens zwanzig Jahre, oder?"

„Nicht ganz", schmunzelte Vater und löste sich von dem Mann. Höchste Zeit, dachte Timm, der Typ muss doch stinken wie die Pest.

„Mensch, Hartmut. Du hast dich gar nicht verändert. An dir ist wohl die Zeit vorbeigegangen. Geht's dir gut?"

„Ich kann nicht klagen", lachte der Typ. „Nein, im Ernst. Ich bin sehr zufrieden."

„Was machst du denn jetzt?"

„Ich habe einen gut gehenden Haushaltswarenladen in bester Lage. Und seit zwei Jahren bin ich deutscher Honorarkonsul."

„Gratuliere. Dann hat es sich ja für dich gelohnt, in

Cusco zu bleiben."

„Absolut", lachte der Mann, drehte sich unvermittelt zu Timm und gab ihm die Hand. „Ich bin Hartmut. Und du musst Timm sein. Schön, dass du mitgekommen bist." Obwohl er ihm nicht allzu nahe kam, konnte Timm die Alkoholfahne des Mannes riechen und wich etwas zurück.

Hartmut führte sie zu einem schwarz glänzenden Geländewagen und erklärte gut gelaunt, er fahre sie jetzt zu ihrer Unterkunft, wo sie sich frisch machen könnten, und hole sie später zum Mittagessen wieder ab. Timm öffnete die hintere Autotür, um auf dem Rücksitz Platz zu nehmen. Er zog am Sicherheitsgurt und ließ ihn einschnappen. Die schwarzen Ledersitze wirkten edel und das Armaturenbrett sah aus wie das Cockpit eines Flugzeugs. In einem solchen Geländewagen war er noch nie mitgefahren. Als Hartmut das Auto startete, erfüllte ohrenbetäubende Salsamusik das Wageninnere. Cool, dachte Timm. Hartmut schaltete das Radio sofort aus und fuhr los.

Hamid rief nach hinten „Schnall dich bitte an."

Gleich sagt er mir, was ich denken und fühlen soll, dachte Timm entnervt.

„Timm, achte mal auf die Menschen auf der Straße und vergleiche sie mit den Leuten in Lima. Was fällt dir auf?"

Hartmut warf ihm im Rückspiegel einen kurzen Blick zu.

„Hat dein Wagen Allradantrieb?", fragte Timm, obwohl es ihm eigentlich egal war.

Das Hotel, das Hamid reserviert hatte, kannte Hartmut nicht und behauptete, in der Gegend gäbe es überhaupt keins. Nachdem sie eine Weile durch enge Straßen gefahren waren, entdeckten sie schließlich ein unscheinbares Hotelschild.

„Das ist kein gutes Viertel", sagte Hartmut beim Aussteigen in einem herablassenden Ton, der Timm aufhorchen ließ. „Wie bist du denn ausgerechnet darauf gekommen, Hamid?"

Timm sah sich in der Straße um. Wie ein wohlhabendes Viertel sah das wirklich nicht aus. Die Häuser und Läden wirkten ärmlich, die Passanten waren einfach gekleidet. Er stellte sich vor, dass Touristen hier nachts oder vielleicht auch schon am Tag überfallen und ausgeraubt würden. Vorsorglich sicherte er mit einem Griff in seine Hosentasche sein Portemonnaie.

Hamid reagierte ziemlich gereizt. „Das Hotel hat gute Bewertungen. Sag mir bitte mal, was schlecht an diesem Viertel sein soll. Die Leute hier arbeiten von früh bis spät, kommen kaum über die Runden und ziehen trotzdem ihre Kinder ordentlich an und schicken sie zur Schule. Hier wohnen wir mittendrin. Genau das finde ich gut. Die sterilen Hotelpaläste hasse ich."

Timm nickte, was sein Vater sagte, klang ganz vernünftig.

„Hamid, immer noch der alte Sozialist." Hartmut lachte nur.

An dem Hotel war wirklich nichts auszusetzen, das sah Timm auch so. Es war im spanischen Kolonialstil gebaut und entsprechend eingerichtet. Sie saßen in dem von Arkaden umsäumten Innenhof, von dem die Zimmer abgingen, und tranken Mate de Coca. Das sei gut, um sich an die Höhe zu gewöhnen, erklärte ihm sein Vater. Cusco liege schließlich 3.500 Meter über dem Meeresspiegel. Das Zeug war gewöhnungsbedürftig, fand Timm beim ersten Schluck. Aber schon die zweite Tasse schmeckte ihm ganz gut. Er musste an Hartmut denken. Der Typ sah selbst wie ein Penner aus, fuhr aber ein dickes Auto und hielt sich offensichtlich für was Besseres.

„War Hartmut wirklich ein Freund von dir?", fragte er.

„Nicht wirklich. Weißt du, wenn du im Ausland lebst, verbringst du viel Zeit mit Leuten, mit denen du in Deutschland wahrscheinlich keinen Kontakt hättest. Es gab nicht viele Deutsche damals in Cusco, sodass die wenigen oft zusammensaßen."

„Ich frage mich", sagte Timm, „wer von so einem Penner einen Kühlschrank oder eine Waschmaschine kauft. Du hast doch selbst gesagt, dass die Peruaner, auch wenn sie wenig Geld haben, immer auf ihre Kleidung achten."

Hartmut habe natürlich Angestellte, die ordentlich gekleidet seien, erklärte ihm Hamid. Aber letzten

Endes sei in Peru die Hautfarbe entscheidend. „Rasse sticht Klasse."

„Wirklich?"

„Ein Weißer kann sich erlauben, so herumzulaufen und wird trotzdem bei Behörden oder Banken ernster genommen, hat eher Zugang zu wichtigen Clubs als ein Indigener. Aber inzwischen hat sich schon einiges verändert. Heute studieren sehr viel mehr Indigene als noch vor einer Generation. Nicht nur in Peru, auch in anderen Ländern Lateinamerikas organisieren sie sich und treten für ihre Rechte ein."

„Aha."

„Das schaffen sie nur durch Leistung."

„Hmmm."

„Angehörige von Minderheiten müssen sich immer anstrengen, alles, was sie machen, besonders gut zu machen. In der Schule, an der Uni, im Beruf zu den Besten zu gehören. Nur so schaffen sie den Aufstieg."

Timm ahnte, was jetzt kommen würde und dachte nur, nicht schon wieder. Seit seiner Kindheit hatte sein Vater ihm diesen Satz eingehämmert. Gute Schulleistungen waren Hamid nicht gut genug. Sein Sohn sollte der Beste sein, zumindest in den Hauptfächern. Dabei war Timm schon froh gewesen, wenn er nicht schlechter war als die meisten anderen. Er strengte sich wirklich an, saß in den ersten Jahren auf dem Gymnasium manchmal nachmittags stundenlang an seinen Hausaufgaben. Wenn Hamid abends nach Hause kam, ließ er sich noch vor dem Abendessen die Hefte zeigen. Oft musste Timm sich dann noch einmal hinsetzen und Korrekturen vornehmen. Wenn Hamid auf Dienstreise war, atmete Timm jedes Mal auf. Eva war viel geduldiger, vor allem ließ sie ihn in Ruhe, wenn sie merkte, dass er erschöpft war.

Zwei Stunden später wurden sie von Hartmut abgeholt. In einer belebten Straße hielt er unvermittelt an, bat sie auszusteigen und führte sie zu einem riesigen Haushaltswarenladen, in dem kein einziger Kunde zu sehen war. Stolz zeigte er ihnen sein Geschäft und sein Büro, in dem er als Honorarkonsul seines Amtes waltete. Timm hatte seit dem frühen Morgen außer ein paar Keksen nichts gegessen und fragte sich, wie Hartmut die Einladung zum Mittagessen gemeint hatte. Er war froh, als sie schließlich wieder ins Auto stiegen.

Hartmut wohnte in einem ruhigen Villenviertel. Sein Haus entsprach seinem Geländewagen und seinem Geschäft, es war überdimensioniert. Hartmut führte sie durch das Gebäude, und Timm zählte etwa zehn Zimmer und fünf Bäder. In einem riesigen Salon mit Blick auf einen Garten setzten sie sich an einen gedeckten Tisch, auf dem verschiedene Getränke standen. Hartmut griff nach einer braunen Flasche und fragte Hamid: „Ein Cusqueña, so wie in alten Zeiten?"

Hamid lachte. „Ein Cusqueña? Ja, warum nicht."

Timm sah, wie sich sein Vater etwas eingoss, das wie Bier aussah. „Ist das Bier? Seit wann trinkst du so was?"

„Das habe ich früher getrunken, als ich hier lebte. Es erinnert mich an alte Zeiten.“

Hartmut stellte ungefragt auch Timm eine Flasche Bier hin.

Timm hob abwehrend die Hand. „Nein danke. Gibt es auch Wasser?“

„Mein Sohn trinkt keinen Alkohol und raucht nicht“, erklärte Hamid stolz.

Du eigentlich auch nicht, dachte Timm irritiert.

Hartmut schaute den jungen Mann mitleidig an.

Eine kleine dunkelhäutige Frau, offenbar die Hausangestellte, kam mit einem Tablett herein und servierte ihnen eine Kürbissuppe. Timm fand die Suppe und auch den anschließenden Hauptgang, der ihn an einen deutschen Rinderbraten erinnerte, köstlich. Er war froh, dass die beiden Alten miteinander ins Gespräch vertieft waren und ihn in Ruhe ließen. Was Hartmut erzählte, fand er dennoch spannend. Als Honorarkonsul hatte er hin und wieder auch mit deutschen Touristen zu tun, die bestohlen worden waren und denen er helfen musste. Viele passten auch einfach nicht auf und verloren ihre Reisepapiere. Letztes Jahr aber, berichtete er, sei ein Deutscher unter nie aufgeklärten Umständen zu Tode gekommen. Klar war nur, dass er Opfer eines Gewaltverbrechens geworden war. In einem der armen Außenbezirke der Stadt hatten ihn Anwohner im Morgengrauen mit dem Gesicht nach unten in einem Straßengraben gefunden. Er lebte noch, war aber so schwer geschlagen worden, dass er nicht mehr sprechen konnte. Zwei Tage später war er tot.

„Die Polizei sagte, er habe etwas mit Drogen zu tun gehabt. Aber ich hatte nie den Eindruck, dass sie wirklich eine Ahnung hatten, wer der Täter war. Ich bezweifle, dass sie überhaupt richtig ermittelt haben. Die Informationen, die ich bekam, waren spärlich und voller Widersprüche. Schließlich kam ein BKA-Mann rüber, der in der deutschen Botschaft in Bogotá stationiert ist. Aber auch der konnte nichts Genaueres erfahren. Und dann hatte ich die Angehörigen des Verstorbenen hier und musste ihnen ihre vielen Fragen beantworten. Ich sage euch, das war der unangenehmste Teil dieser Geschichte."

„Nicht selten steckt die Polizei selbst mit den Verbrechern unter einer Decke, zumal wenn es um Drogen geht", meinte Hamid und nahm einen Schluck Bier.

„Die Kriminalität hat in den letzten Jahren noch zugenommen", erklärte Hartmut. „Die Kriminalität ist die größte Sorge der Peruaner, hat ein Meinungsforschungsinstitut herausgefunden. An zweiter Stelle steht die Korruption. Auch die greift immer mehr um sich. Gut, korrupt waren die Typen schon immer, aber so was wie jetzt habe ich in den letzten zwanzig Jahren nicht erlebt. Jeder, der irgendetwas zu sagen hat, hält die Hand auf."

Nach dem Essen wurde Kaffee serviert. Hartmut stand auf und holte eine Flasche Cognac und hielt sie fragend in die Höhe. Timm war froh, dass sein Vater den Kopf schüttelte.

„Unser junger Asket trinkt wohl auch keinen Cognac“, sagte Hartmut in neutralem Ton. Timm brauchte ein paar Sekunden, um zu merken, dass er gemeint war.

„Nein, danke. Kann ich bitte anstatt Kaffee einen Mate de Coca haben?“

„Maruja, un mate por favor“, brüllte Hartmut zur Küche hin und genehmigte sich selbst einen ordentlichen Schuss Cognac.

27

Beim Frühstück erfuhr Timm von seinem Vater, dass sie zum Mittagessen mit Manuel, einem früheren Kollegen an der Universität von Cusco, verabredet seien. Vorher wollte ihm Hamid das ehemalige Kloster Santo Domingo zeigen. Timm hatte keine Lust, schon wieder alte Steine anzusehen. In Arequipa hatte er genug Kirchen und Klöster gesehen, sein Bedarf an Besichtigungen war vorerst gedeckt.

„Ich glaube, ich bleibe heute Vormittag besser im Hotel. Ich habe etwas Kopfschmerzen, wahrscheinlich kommt es von der Höhe."

„Ach, komm. Etwas durch die Altstadt zu laufen, schadet nichts. Das lenkt dich ab. Das Kloster musst du dir unbedingt ansehen. Es hat eine einzigartige Geschichte. Dort, wo es steht, befand sich vor der Eroberung Cuscos durch die Spanier der allerheiligste Tempel der Inka. Der Boden und die Wände waren mit purem Gold verkleidet. Die Spanier zerstörten den Tempel und errichteten auf seinen Fundamenten ein Kloster. Das Gold schmolzen sie ein und schickten es nach Spanien."

„Aber mir geht es nicht gut", jammerte Timm und überlegte, ob er auch Übelkeit vortäuschen sollte. Durchfall käme auch in Frage.

„Okay, verschieben wir es eben. Dann gehe ich jetzt mal kurz weg. Brauchst du eine Aspirin?"

Timm konnte kaum glauben, dass sein Vater schon beim ersten Versuch nachgab. Das war noch nie vorgekommen. Vielleicht wollte Hamid ihn gar nicht dabei haben.

„Nein, nein. Geht schon."

Hamid hatte es plötzlich eilig. „Gut. Ich bleibe nicht lange. Bis gleich." Er stand vom Frühstückstisch auf. Und ohne noch einmal aufs Zimmer zu gehen, verließ er auf geradem Weg das Hotel.

Timm war froh, endlich allein zu sein. Er nahm sein Handy und rief Facebook auf. Das Gerät suchte und suchte, es kam keine Verbindung zustande. Timm probierte es mit einem anderen Suchbegriff und gab „Maria Nikopolidou" ein. Es war zwecklos, er kam nicht ins Internet. Verärgert steckte er das Handy wieder ein. Es gab zwar einen Computerraum im Hotel, aber er hatte keine Lust, die vier Wände um ihn herum zu verlassen. Also ließ er sich aufs Bett fallen, verschränkte die Arme hinter dem Kopf und schaute an die Decke. Der Alte war seit ihrer Abreise aus Frankfurt pausenlos in Aktion und zeigte keinerlei Ermüdungserscheinungen. Als Timm vom stundenlangen Laufen durch Lima oder Arequipa schon völlig erledigt gewesen war, hatte Hamid erst richtig aufgedreht. Wahrscheinlich wollte er hier in Cusco jeden Tag irgendwelche alten Freunde treffen. Nicht mit mir, dachte Timm und nahm sich vor, auch die Besichtigung alter Gemäuer auf ein Minimum zu begrenzen. Außerdem war es ihm etwas peinlich, immer neben seinem alten Herrn herumzulaufen, als hätte er sonst niemanden. Andere Typen in seinem Alter waren mit ihren Freundinnen unterwegs. Andererseits konnte er seinen Vater schlecht verleugnen, jeder Versuch würde kläglich scheitern.

Die Geschichte am Busbahnhof in Arequipa fiel ihm ein. Sie hatten in der großen Abfahrthalle gestanden und auf ihren Bus nach Cusco gewartet, umzingelt von Rucksacktouristinnen. Sein Vater hielt ihm einen seiner unerträglich langen Vorträge über Peru. Timm hörte schon längst nicht mehr zu. Er spürte die Blicke der Mädchen und schwitzte. Dabei wollte er so gerne cool wirken. Schließlich sagte er in den Endlosvortrag seines Vaters hinein „Ich muss aufs Klo“ und verschwand. Als er zurückkehrte, traute er seinen Augen nicht. Hamid redete immer noch, diesmal vor einem neuen Publikum. Die Mädchen hingen an seinen Lippen. Timm trat zögernd heran und hörte, wie sein Vater etwas über Curanderos erzählte. „Hey, dein Vater ist echt hip“, begrüßten sie ihn auf Deutsch. „Klar“, sagte er und zuckte die Schultern. Später im Bus hatte er gegoogelt und gelernt, dass Curanderos traditionelle Heiler und Schamanen sind.

Nachdem Hamid drei Stunden später immer noch nicht aufgetaucht war, ging Timm davon aus, dass das Mittagessen mit diesem Manuel ausfallen würde. Ihm war es eigentlich recht, obwohl ihn der Hunger quälte. Allerdings passte es nicht zu seinem Vater, so lange wegzubleiben, ohne Bescheid zu geben. Er hatte sich gerade entschieden, die Minibar zu plündern, als der Alte ins Zimmer stürmte und rief: „Los, wir müssen uns beeilen!" Genervt warf Timm den Kühlschrank wieder zu und zog sich Schuhe und Jacke an.

Im Taxi saßen sie nebeneinander auf der Rückbank. Auf dem Beifahrersitz hockte ein kleiner Junge, als würde er zum Inventar gehören. Ab und zu quengelte der Kleine, woraufhin der Fahrer versuchte, ihn mit leisen Worten zu besänftigen. Auf dem Armaturenbrett war ein Bild der Jungfrau Maria befestigt, und als sie an der Kathedrale vorbeifuhren, bekreuzigte sich der Fahrer. Hamid, der sonst fast alles kommentierte, schenkte all dem keine Beachtung. Er schwelgte in Erinnerungen, Manuel und er seien ein wunderbares Team gewesen. Seit damals habe er mit niemanden mehr so gut zusammengearbeitet wie mit Manuel. Die Ergebnisse ihres Forschungsprojekts über die traditionelle Selbstorganisation und Arbeitsteilung der ländlichen Bevölkerung im Süden Perus hätten sie in einem Buch dargestellt, das in Deutschland und Peru veröffentlicht und später in mehrere andere Sprachen übersetzt wurde. Timm roch die leichte Alkoholfahne seines Vaters und wandte angewidert den Kopf ab.

Das Taxi hielt in einer schmalen Straße, in der sich niedrige, weiß getünchte Häuser aneinanderdrängten. Hinter den mit schwarzen Gittern gesicherten Fenstern konnte man in die Wohnzimmer schauen. Hamid schwang sich aus dem Auto, bezahlte den Fahrer, ging auf eines der Häuser zu und verschwand durch ein großes offenes Holztor. Timm beeilte sich, seinen Vater nicht aus den Augen zu verlieren. Sie stiegen ein paar Treppenstufen hoch und befanden sich auf einer ausgedehnten Terrasse. Der Duft von gegrilltem Fleisch umwehte sie sogleich, und Timm lief das Wasser im Mund zusammen. Das Restaurant war an Einfachheit kaum zu überbieten, angefangen vom schlichten Zementboden bis hin zu den ziemlich wacklig aussehenden Tischen und den nicht stabiler wirkenden Stühlen mit glänzendem Plastikbezug. In Deutschland würden diese Möbel als Sperrmüll auf der Straße landen, und noch nicht einmal Hartz-IV-Empfänger würden sich für sie interessieren. Es waren nur wenige Touristen zu sehen. Die allermeisten Gäste waren Peruaner, Familien mit Kind und Kegel.

Sein Vater ging geradewegs auf einen dunkelhäutigen, kräftigen Mann mit markantem Gesicht zu, der allein an einem der Tische saß und rauchte. Als der sie kommen sah, stand er auf und umarmte Hamid, wobei er ihm auf die Schulter klopfte wie einem Pferd. Mit einem angedeuteten Lächeln und freundlichen Augen begrüßte er Timm per Handschlag. Kaum saßen sie, erschien schon ein Kellner mit einem kleinen Notizblock. Der hagere Mann in seiner verschlissenen, aber ordentlich gebügelten Kellneruniform könnte gut eine Pause vertragen, dachte Timm. Nach kurzem Wortwechsel zwischen Manuel und dem Kellner wies dieser auf eine in zerknitterte Plastikfolie gezwängte Speisekarte, die bis dahin unbeachtet herumgelegen hatte. Wie zuvor schon auf der Reise fielen Timm die vielen Kinder auf. Er wunderte sich, wie ruhig sie waren. Wie kleine Erwachsene saßen sie auf ihren Stühlen und aßen mit Messer und Gabel, während sich die Älteren laut unterhielten. In Deutschland wäre es umgekehrt, da würden die Kinder einen Höllenlärm machen und ihre Eltern so tun als sei nichts. Timm schätzte, in einem Frankfurter Lokal würde ein Drittel dieser Kinder ausreichen, um den Betrieb lahmzulegen.

Das Restaurant war ziemlich cool. Auch Hamids Freund war ihm auf Anhieb sympathisch. Der Mann passte in dieses Umfeld. So wie Manuel stellte er sich die alten Inkas vor. Der strahlte innere Ruhe und Würde aus, was vielleicht daran lag, dass er kerzengerade dasaß, nie lächelte und wenig sprach. Wenn er aber etwas sagte, klang es ziemlich bedeutsam, selbst wenn es auf Englisch war. Als er erklärte, in diesem Restaurant gäbe es den besten Rocoto Relleno in Cusco, klang es, als würde er die Weltformel aufsagen. Die meiste Zeit redeten die beiden aber Spanisch miteinander. Timm störte es nicht. Er machte mit seinem

Handy ein paar Fotos von den zwei Freunden und sog die Atmosphäre des Restaurants in sich auf. Das Essen war das Beste, was er seit ihrer Ankunft in Peru kennengelernt hatte.

28

Hamid schlief noch, als Timm am Morgen seines neunzehnten Geburtstags aufstand und sich aus dem Frühstücksraum einen Kaffee holte. Er setzte sich in den von Arkaden umsäumten Patio, von dem die einzelnen Zimmer abgingen, an einen der runden Glastische. Nach der kalten Nacht war die Sonne wohltuend, er schloss die Augen und genoss die Wärme. Die Bettdecken waren eigentlich in Ordnung; „Die sind aus Alpakawolle", hatte Hamid zufrieden festgestellt und darüber gestreichelt. Aber die Decken befanden sich nicht, wie er es gewohnt war, in Bettbezügen, sondern waren auf straff gespannten weißen Laken unter der Matratze festgesteckt. Nachdem er sich nachts ein paar Mal hin- und hergewälzt hatte, war alles verrutscht und das Durcheinander aus Laken und Decke kaum noch zu entwirren gewesen. Die Kälte war ihm die Beine hoch gekrochen und hatte ihm den Schlaf geraubt.

Nach dem Frühstück erklärte Hamid, dass er bei

einem der Straßenhändler Zeitungen kaufen wollte. Seit sie ihre Füße auf peruanischen Boden gesetzt hatten, verging kein Tag, an dem er nicht zwei peruanische Zeitungen las – die konservative *El Comercio* und die linksliberale *La República*. „Die beiden Zeitungen bilden die politischen Strömungen im Land ganz gut ab, die habe ich schon damals immer gelesen", hatte er gleich am ersten Tag in Lima verkündet. Was Zeitungen anging, hatte sein Vater auch in Frankfurt diese Marotte, täglich mindestens zwei zu studieren. Daneben las er jede Menge Bücher. Timm kannte seinen Vater hauptsächlich lesend, sobald Hamid aber auf Menschen traf, war es, als würde all sein akkumuliertes Wissen, das seinen Kopf zu sprengen drohte, endlich einen Weg nach draußen finden. Wenn der Alte jemandem die Welt erklären konnte, strahlte er ein Glück aus, dem sich auch Timm nicht ganz entziehen konnte.

Hamid fragte ihn nicht, ob er mitgehen wollte und hatte es unerklärlicherweise eilig. Auch Timm konnte es nicht abwarten, in den Computerraum zu gehen. Er rief Facebook auf. Gespannt fuhr er mit der Maus die Facebook-Seite herunter, um zu schauen, was Maria gepostet hatte. Wenigstens auf diese Weise bekam er noch mit, was sie beschäftigte.

Als er ihr zum ersten Mal begegnet war, hatte er gedacht, sie sei eine neue Schülerin und sich gewundert, mit welcher Selbstsicherheit sie, nachdem schon alle auf ihren Plätzen saßen und auf den Unterrichtsbeginn warteten, die Tür aufgerissen hatte und direkt nach vorne gegangen war. Sie legte einige Papiere auf das Lehrerpult, beugte sich darüber und blätterte in einem Heft. Dann richtete sie sich auf und sah direkt Timm an. Später erklärte sie ihm, dass sie an ihrem ersten Unterrichtstag so aufgeregt gewesen war, dass sie einen Fixpunkt gebraucht habe. Warum das ausgerechnet er war, verriet sie ihm nie. Mit diesem ersten Blick aber riss sie ihn in einen Sog, aus dem er sich bis heute nicht zu befreien wusste. Timm konnte sich nicht erinnern, jemals eine so schöne Frau gesehen zu haben. Sie heiße Maria Nikopolidou, sei Referendarin und leite den Deutschkurs, stellte sie sich vor. Was sie dann noch sagte, drang nur nebelhaft zu ihm durch.

Von dem Tag an hatte Timm sich am Deutschunterricht beteiligt, als hinge sein Leben davon ab. Eifrig las er zu Hause Büchner und Heine, die sie im Unterricht durchnahmen, und brillierte damit in der Schule. Ständig meldete er sich und sorgte so dafür, dass Maria ihre schönen Augen möglichst oft auf ihn richtete, so wie am ersten Tag. Sie lobte ihn häufig, was für ihn Ansporn war, noch besser zu werden. Bald war er sicher, ihr Lieblingsschüler zu sein und genoss diesen Status.

Eines Tages lud ihn Maria zu sich nach Hause ein, um ihm Literatur für ein Referat zu geben. Sie tranken zusammen Tee und unterhielten sich den ganzen Nachmittag. Von da an besuchte er sie öfter. Maria erzählte ihm, dass ihre Eltern vor dreißig Jahren als

Gastarbeiter aus Griechenland nach Deutschland gekommen waren und interessierte sich für Timms Familiengeschichte, für seine iranischen Wurzeln. So entstand eine Vertrautheit zwischen ihnen, die allmählich in scheinbar zufällige, dann bewusste Berührungen überging. Wenn sie zusammen auf dem Sofa saßen und sich über ein Buch oder einen Text beugten, spürte Timm ihren duftenden Körper und war glücklich.

Eines Nachmittags machte Timm einen unfreiwilligen Witz und beide brachen in Lachen aus. Prustend hielten sie sich die Bäuche, stießen mit den Köpfen zusammen, mussten noch mehr lachen, sahen sich in die Augen, wurden mit einem Mal ernst und ehe Timm begriff, was geschah, spürte er Marias weiche Lippen auf seinem Mund. Doch Maria löste sich abrupt von Timm und erklärte ihm mit hochrotem Kopf, dass sie das nicht könne, nicht dürfe. Timm sei ihr Schüler, sie komme in Teufels Küche. Und überhaupt sei da der Altersunterschied. Sie stand vom Sofa auf, setzte sich abseits und strich ihre Kleidung glatt. Timm war wie vor den Kopf gestoßen. Schließlich bat sie ihn zu gehen.

In der Schule grüßte sie ihn weiterhin freundlich, ging ihm aber ansonsten aus dem Weg. Im Deutschunterricht schwieg Timm von da an. Er sprach auch sonst in der Schule mit niemandem mehr. Anfangs kamen einige besorgt auf ihn zu, fragten, ob alles okay sei. Er ließ sie alle abblitzen. Ein-, zweimal luden ihn Mädchen zu einer Party ein. Er sagte „mal sehen“ und ging nicht hin. In den Pausen stand er abseits und hörte mit Stöpseln in den Ohren Musik. Nach dem Unterricht trödelte er so lange, bis alle gegangen waren, und verließ als letzter den Raum. Manchmal ertappte er den einen oder anderen dabei, wie er ihn heimlich beäugte. Für sie war er ein armes Schwein, bestenfalls ein Sonderling. Schaute er zurück, wichen sie seinem Blick aus. Die Lehrer begegneten ihm mit unverhohlener Missbilligung, aber keiner sprach ihn an. Irgendwann war es ihm zu viel, diese Figuren überhaupt noch zu sehen. Er blieb zu Hause und verbarrikadierte sich in seinem Zimmer. Je mehr er sich zurückzog, desto mächtiger wurde die Sehnsucht nach Maria. Er durchsuchte das Internet nach Hinweisen auf sie, schrieb ihr in Gedanken unzählige E-Mails, verwarf Formulierungen, fügte neue hinzu und stellte sich ihre Antworten vor. In seinen Tagträumen durchlebte er von Neuem alle Szenen mit ihr, und wie einer dieser Wahlforscher im Fernsehen analysierte er jedes Lächeln, jedes Wort, jede Berührung von ihr seit ihrer ersten Begegnung, um daraus einen Trend abzuleiten. Mit sich selbst schloss er Wetten ab, ob er noch Chancen hätte. Schließlich beschloss, er es noch einmal zu versuchen.

Es war ein Mittwoch gewesen, und er hatte gedacht, dass er Maria mit Croissants zum Frühstück überraschen könnte. Mittwoch war ihr freier Tag. Als er aus der Bäckerei trat, entdeckte er auf der gegenüberliegenden Straßenseite seinen Vater. Das konnte Zufall sein oder auch nicht. An der Apotheke, an der er kurze Zeit später vorbei kam, blieb er kurz stehen und machte mit seinem Handy ein Selfie. Im Hintergrund war sein Vater gut zu erkennen. Das war's also, dachte Timm und war ratlos. An der Kreuzung schaltete die Fußgängerampel auf Rot und im nächsten Moment fuhren schon die Autos dicht hintereinander los, es war zwecklos, über die Straße zu rennen. Notgedrungen blieb er stehen. Er spürte die Gegenwart seines Vaters, konnte ihn fast riechen. Angespannt wartete er darauf, dass Hamid neben ihm auftauchte und ihn zur Rede stellte. Aber nichts geschah. Die Ampel sprang wieder um, die Autos hielten an, und Timm setzte seinen Weg fort. Okay, er will also wissen, wohin ich gehe. Er könnte natürlich einfach losrennen, Hamid wäre wohl kaum in der Lage, ihn einzuholen. Nein, solange er den Alten im Glauben ließ, unentdeckt zu sein, war er im Vorteil. Fest stand, dass er so wenig wie möglich von sich preisgeben wollte. Mit Wut im Bauch beschloss er, auf den Besuch bei Maria zu verzichten.

Seit Wochen hatte er sich auf diesen Tag vorbereitet, war verschiedene Szenarien durchgegangen und hatte sich für jedes davon die passenden Worte zurechtgelegt. Der Tag war gelaufen, aber wenigstens sehen wollte er sie. Also setzte er sich auf eine Parkbank und wartete darauf, dass sie aus dem Haus käme. Hamids Blicke bohrten sich in seinen Rücken, er aber versuchte, nur an Maria zu denken. Er schaute zu ihren Fenstern im dritten Stock hinauf. Vielleicht stand sie zufällig hinter den Vorhängen und sah zu ihm herab. Sofort straffte er sich und schlug locker die Beine übereinander. Das Warten machte ihm nichts aus, er wartete ja schon seit Monaten auf Maria, was waren da schon ein paar zusätzliche Stunden?

Als sie schließlich aus dem Haus trat, schoss ihm die Hitze ins Gesicht. Ihre Haare waren etwas anders geschnitten, das fiel ihm sofort auf. Es machte sie noch schöner. Einen Herzschlag lang hatte er den Eindruck, sie schaue in seine Richtung, dann aber ging sie zu ihrem Fahrrad, stieg auf und fuhr langsam davon. Er hatte Maria kaum zu Gesicht bekommen. Enttäuscht löste er sich aus seiner Erstarrung und machte sich auf den Heimweg. Überrascht stellte er fest, dass es ihm egal war, ob ihm sein Vater hinterherlief. Wo die Myliusstraße auf die Feldbergstraße zulief, sah er plötzlich Maria auf der kleinen Kreuzung liegen, neben ihrem Fahrrad. Sofort rannte er zu ihr.

„Maria, was ist passiert? Bist du verletzt? Tut dir etwas weh?“ Er kniete sich dicht neben sie.

„Was machst du denn hier? Lass mich. Es geht schon.“ Maria versuchte ihn wegzuschieben.

Timm wich zurück. Außer Blut an den Knien konnte er keine Verletzungen erkennen, es sah nicht sehr dramatisch aus. Obwohl…

„Warum trägst du keinen Fahrradhelm?“

„Scheiß Mercedes.“

Timm sah sich um. Ein schwarzer Mercedes stand da, und ein schon etwas älterer Mann in dunklem Anzug und Krawatte kniete vor seinem Auto und untersuchte es nach Kratzern oder Beulen. Nachdem er offenbar keinen Schaden feststellen konnte, begab sich der Fahrer zu der noch leicht benommen wirkenden Maria und übergab ihr seine Visitenkarte. Er sei in Eile, teilte er ihr knapp mit und hastete zurück zu seinem Fahrzeug.

„Moment mal, Mister!“, sagte Timm, zog sein Handy hervor und verständigte mit lauter Stimme die Polizei. Der Mercedesfahrer warf ihm einen finsteren Blick zu, setzte sich in sein Auto und telefonierte.

„Du hast doch nicht etwa die Polizei gerufen?“, fuhr Maria ihn an.

„Der Typ ist schuld.“

„Wieso bist du überhaupt hier?“

Fünf Minuten später trafen ein Polizeiwagen und kurz darauf ein Krankenwagen ein. Dem Sanitäter erklärte Timm, er sei Marias Bruder und bestand darauf, mit ihr im Krankenwagen mitzufahren. Im Krankenhaus wartete er und passte schließlich die zuständige Ärztin ab, die ihm erklärte, Maria habe Glück gehabt. Außer einer leichten Gehirnerschütterung und einiger Schürfwunden sei alles in Ordnung. Sie würden sie sicherheitshalber über Nacht dabehalten, um sie weiter zu beobachten. Er könne unbesorgt nach Hause gehen, sie schlafe jetzt. Niemand stellte infrage, dass er ihr Angehöriger war. Als er am nächsten Morgen ins Krankenhaus kam, war sie bereits entlassen worden.

In der inzwischen stechenden Andensonne wurde es Timm bald zu heiß und er setzte sich in den Schatten, stöpselte die Kopfhörer ein, döste unter den Klängen des persischen Dastan Ensembles ein. „The Endless Ocean“ hieß das Stück, der Titel passte nicht ganz zu seiner Vorstellung von Iran. Bestimmt waren die unendlichen Weiten der iranischen Wüstenlandschaft gemeint. In der Nacht hatte er durch den Kampf mit der widerspenstigen Bettdecke schlecht geschlafen. Als er die Augen wieder öffnete und auf sein Handy schaute, war es 11.30 Uhr. Der Hof lag ruhig vor ihm, ein Hotelangestellter richtete gerade eines der Zimmer im Parterre her.

Der Alte ist bestimmt schon wieder im Zimmer, überlegte Timm. Als er vor der Tür stand, fiel ihm ein, dass sein Vater wie üblich den Zimmerschlüssel bei sich hatte. Also blieb ihm nichts anderes übrig als zu klopfen. Er wartete etwas, klopfte erneut, rief den Namen seines Vaters, vergebens. Auf dem Weg zurück in den Innenhof sagte er sich, dass Hamid wahrscheinlich beim Zeitungskauf einem seiner unzähligen alten Freunde über den Weg gelaufen war und darüber die Zeit vergessen hatte.

29

Drei Stunden später war Hamid immer noch nicht zurück. Da stimmte was nicht. Timm lief erneut im Hotel herum, klopfte an die Tür ihres Zimmers und ging schließlich zur Rezeption. Zum ersten Mal seit Beginn ihrer Reise richtete Timm selbst ein Wort an das Hotelpersonal. An der Rezeption stand eine adrette junge Frau in der üblichen Hoteluniform, hellblauer Rock, weiße Bluse mit dem dezenten blau-grünen Logo des Hotels. Als sie Timm auf sich zukommen sah, schenkte sie ihm lächelnd ihre ganze Aufmerksamkeit. Sie war nicht älter als er selbst, beherrschte aber die antrainierte professionelle Freundlichkeit bereits nahezu perfekt. Auf Englisch erkundigte er sich, ob sie im Laufe des Vormittags seinen Vater gesehen habe. Und ob er einen zweiten Zimmerschlüssel haben könne, dabei lächelte er gequält. Nein, sie habe seinen Vater leider nicht gesehen, antwortete die Rezeptionistin und reichte ihm den Schlüssel.

Es war nicht Hamids Art, so lange wegzubleiben, ohne ihm Bescheid zu sagen. Timm wählte Hamids Mobilnummer. Als die Mailbox ansprang, beendete er den Anruf. Er entschloss sich, zum Café Allyu weiter unten an der Straße zu gehen. Hamid mochte dieses einfache Café, weil dort hauptsächlich Peruaner saßen und kaum Touristen, so wie in den meisten anderen Lokalen im historischen Zentrum. Vorgestern hatten sie dort eine Kleinigkeit gegessen. Auch Hartmut besuchte gerne dieses Café, wie er neulich erklärt hatte. Timm stellte sich vor, wie die beiden Alten dort saßen und sich an gemeinsame Zeiten erinnerten.

Als Timm aus dem Hotelgebäude trat, war er wie jedes Mal erstaunt über die vielen Menschen auf den Bürgersteigen. In der engen Straße kamen die Autos in beiden Richtungen nur schrittweise vorwärts. Es stank nach Abgasen. Aus einem der Läden drang eine ohrenbetäubende Musik, als wäre eine Riesenparty im Gange, aber Timm konnte nichts erkennen. Weiter hinten sei der Markt, hatte ihm Hamid erklärt, deshalb seien so viele Leute hier unterwegs.

Es war schwer, an den Passanten vorbeizugehen, ohne jemanden zu berühren oder selbst berührt zu werden. Die Leute hier hatten offenbar keinerlei Probleme damit. Timm steckte beide Hände tief in seine Hosentaschen, damit das bisschen Bargeld, das er dabei hatte, und vor allem sein Handy nicht geklaut würden, und machte sich auf den Weg zum

Café. Die Vorübergehenden behielt er trotzdem scharf im Blick, um einen Taschendieb rechtzeitig erkennen zu können. Niemand hatte es offenbar eilig, Timm schob sich ungeduldig an den langsam dahin treibenden Menschen vorbei. Aus der Menge der schwarzköpfigen Peruaner ragten ab und zu Touristen heraus, die in raschen Schritten, sichtlich angespannt versuchten vorwärtszukommen.

An einer Straßenecke bot ein magerer Greis tief gebeugt Wassermelonenscheiben auf einem großen Teller an. Auf dem Bürgersteig hockten Straßenverkäuferinnen in ihren typischen weiten bunten Röcken und mit Hüten auf ihren Köpfen und verkauften Obst, Gemüse oder einfach nur kleine Haushaltsgegenstände aus Plastik. Neben einer dieser Frauen saß ein kleines Mädchen auf dem Boden und machte mitten in dem Gedränge, dem Lärm und Abgasgestank seine Hausaufgaben. Timm musste aufpassen, nicht über das Kind zu stolpern.

Er war froh, als er endlich das Café Allyu erreicht hatte. Aber Hamid war nicht dort. Entmutigt ließ er sich an einem freien Tisch nieder, schnappte sich die Speisekarte und versuchte zu verstehen, was es zu essen gab. Vielleicht tauchte sein Vater ja doch noch hier auf.

30

Viel Auswahl gab es nicht, also bestellte er ein Sandwich mit Käse und Schinken, dazu eine Cola. Während er auf das Essen wartete, checkte er sein Handy. Es war kein Anruf von seinem Vater eingegangen, auch keine Kurznachricht. Er wählte Hamids Nummer. Nach dem dritten Klingeln wurde der Anruf entgegengenommen. Eine weibliche Stimme sagte streng „Diga“, sonst nichts.

„Hello? Do you speak English? May I talk to Hamid?“

Die Verbindung wurde abgebrochen.

Timm wählte erneut Hamids Nummer, jetzt meldete sich die Mailbox. Tausend Fragen stürmten auf ihn ein – er hat sein Handy liegenlassen oder verloren, er ist überfallen und ausgeraubt worden, er hatte einen Unfall – und verdichteten sich urplötzlich zu einem einzigen Gedanken: Sein Vater war mit einer Frau zusammen. Aber das Bild verschwamm sofort wieder. Das war völlig undenkbar. Die einzige Frau, mit der er seinen Vater erlebt hatte, war Eva. Immer nur Eva.

Klar, sie hatten in letzter Zeit ziemlich viel Stress miteinander gehabt. Er hatte es von seinem Zimmer aus gehört, nicht jedes Wort, aber die Tonlage, die immer schärfer wurde, die knallenden Türen. Das änderte aber nichts an Hamids Charakter. Niemals würde er jemanden betrügen oder irgendwelche Schweinereien begehen. Nein, der ganze Mann bestand nur aus Moral, selbst den Papst stellte er in den Schatten. So jedenfalls hatte Timm bislang gedacht. Aber wie gut kannte er seinen Vater eigentlich?

Als sich Timm auf diese Reise eingelassen hatte, war seine größte Befürchtung gewesen, dass Hamid wieder von Schule und Ausbildung anfangen und ihn in die Ecke treiben würde. Er hätte sich noch weniger wehren können als zu Hause. Hier hatte er kein eigenes Zimmer, in das er sich einschließen konnte, hier war er ihm ausgeliefert. Über andere Gefahren hatte er sich keinerlei Gedanken gemacht. Überlandbusse stürzten in den Anden hin und wieder in einer der vielen engen Kurven in den Abgrund, man konnte schreckliche Krankheiten erleiden oder von Banditen ausgeraubt werden. Über all das hatte er sich keine Sorgen gemacht. Jetzt wurde ihm klar, dass er in kindlichem Urvertrauen selbstverständlich davon ausgegangen war, dass ihm nichts geschehen konnte, weil ja sein Vater bei ihm war. Dass dieser Anker plötzlich weg sein könnte, war sogar in seinen schlimmsten Albträumen nicht vorgekommen.

Er verscheuchte die düsteren Gedanken und beschloss, nach dem Essen zu Hartmuts Laden zu gehen. Dazu musste er nur etwas weiter die Hauptstraße runterlaufen. Mit Hamid war er schon mehrmals die Avenida Sol entlanggegangen.

Kaum hatte Timm den Laden betreten, der ihm dieses Mal noch größer und schicker vorkam, als bei seinem ersten Besuch, kam eine schlanke, schon etwas ältere, sehr gepflegte Verkäuferin auf ihn zu und sprach ihn freundlich an. Timm verstand kein Wort, vermutlich hielt sie ihn für einen Touristen, der nach einer Adresse, einer Wechselstube oder sonst irgendetwas fragen wollte und sich dies auf der Straße nicht traute. Dass ein Tourist Haushaltswaren oder Elektrogeräte kaufen wollte, war eher unwahrscheinlich.

„Hi, my name is Timm Hamidzadeh. May I talk to Hartmut, please? He is a friend of my father."

„El señor no está. El viajó esta mañana a Lima y no regresará antes del día viernes."

„Pardon?"

„Él está en Lima." Die Verkäuferin sprach betont langsam und deutlich und hob lächelnd beide Arme mit den Handflächen nach oben, um zu zeigen, dass sie leider nichts für ihn tun konnte.

„Thank you."

„De nada."

Zurück im Hotel belagerte eine chinesische Reisegruppe die Rezeption, überall stand ihr Gepäck herum. Entnervt ging Timm durch den Hof ins Zimmer. Von Hamid keine Spur. Was wohl Maria sagen würde, wenn sie ihn jetzt sähe? Die Sehnsucht nach ihr trieb ihn in den Computerraum. Er rief Facebook auf und schaute nach Neuigkeiten von Maria. Sie hatte ein neues Profilbild von sich eingestellt, das er sensationell fand.

Ihr letztes Treffen hatte eigentlich ganz hoffnungsvoll begonnen. Am Ende hatte sie ihn aber rausgeschmissen. Timm hatte an einen Baum gegenüber ihrem Haus gelehnt und auf sie gewartet. Er spürte, wie sich die Unruhe durch seinen Magen fraß. Er konnte kaum still stehen, fürchtete aber, Maria zu verpassen, wenn er herumlief. Schließlich holte er das Kabel mit den Ohrhörern aus seiner Hosentasche und schloss es an sein Handy. Aber die schnellen Rhythmen peitschten durch sein Gehirn und machten ihn noch nervöser. Er riss die Stöpsel wieder raus. In diesem Moment setzten die Magenkrämpfe ein. Schweiß trat auf seine Stirn, er krümmte sich. Verzweifelt durchsuchte er seine Hosentaschen, aber es war nicht da, das Medikament. Er hatte es wohl zu Hause gelassen. Er lehnte sich an den Baum, schloss die Augen und versuchte der Panik Herr zu werden.

Von weit weg hörte er seinen Namen.

„Timm, was ist mit dir? Timm!“

Er öffnete die Augen und sah Marias Gesicht dicht vor sich. Sie strich ihm über den Kopf und fragte immer wieder, ob alles in Ordnung sei.

So hatte er sich ihr Wiedersehen nicht vorgestellt. Aber es war wundervoll, ihre Hand auf seinem Kopf zu spüren. Die Krämpfe waren mit einem Mal weg.

„Geht es besser?“, fragte Maria besorgt und zog ihre Hand zurück.

Wie schön es war, in ihrer Nähe zu sein.

„Was machst du hier? Hast du wieder mal auf mich gewartet?“

„Nein, ich mache hier eine Verkehrszählung“, murmelte Timm und merkte im selben Moment, dass sein Witz nicht gut ankam.

„Du bist krank“, stellte Maria fest. Sie ging einen Schritt zurück und betrachtete ihn. Seufzend bat sie ihn, mit hinauf in ihre Wohnung zu kommen.

„Ist es immer noch der Magen?“, fragte sie besorgt, wartete die Antwort aber gar nicht ab und verschwand in der Küche. Nach einer Weile kam sie mit einer Tasse Kamillentee zurück. Und als Timm sich suchend umblickte, schob sie eine kleine Dose mit Kandis zu ihm herüber. Timm entspannte sich wie seit Langem nicht mehr. Für den Augenblick hatte er alles, was er wollte. Er saß bei Maria auf dem Sofa, und sie war nett zu ihm.

Er fand, dass das ein guter Neubeginn war und wollte sie fragen, ob sie nicht einfach Freunde bleiben könnten, sich von Zeit zu Zeit treffen und einfach unterhalten. Hauptsache, er dürfte in ihrer Nähe sein, mit ihr sprechen, sich ihr anvertrauen, dachte er. Niemand verstand ihn so gut wie Maria.

„Dein Vater lief vorhin hier unten vorbei. Er ging etwas gekrümmt, ein bisschen wie ein alter Mann. Was hat er denn?“

Woher sie seinen Vater kenne, wollte Timm wissen.

„Ich habe ihn neulich in der Schule gesehen, als er mit Frau Erbel sprach. Ihr seht Euch sehr ähnlich. Was sagen denn deine Eltern zu deinem Schulverweis?"

„Mein Vater hat gar nichts begriffen. Er hat keine Ahnung von mir und mischt sich trotzdem dauernd in mein Leben ein. Wie ein Geisterfahrer taucht er plötzlich bei der Erbel auf und behauptet, ich sei gar nicht krank, woraufhin sie mich für einen Betrüger hält und dafür sorgt, dass ich von der Schule fliege. Dann tut es ihm Leid und er sucht einen Anwalt auf und will alles wieder rückgängig machen. Als alles nichts hilft, fängt er an, Ausbildungsplätze für mich zu suchen, redet mit Betrieben, ohne sich im Geringsten darum zu kümmern, was ich eigentlich will. Und er spioniert mir nach, um zu sehen, wohin ich gehe und was ich mache. Er ist so von sich überzeugt, dass er niemals auf die Idee käme, ich könnte etwas merken."

Maria sah ihn besorgt an.

„Ich kann es ihm nie recht machen. Ich bin eine Enttäuschung. Für ihn zählen nur Intellektuelle. Er hat es mir früh übel genommen, dass ich mich nicht so für Bücher interessiert habe. Seit ich klein war, kam er dauernd mit einem neuen Kinderbuch an und erwartete, dass ich in Begeisterungsstürme ausbreche. Dabei wünschte ich mir Autos, die wollte ich gerne sammeln. Aber das galt nichts bei ihm. Am schlimmsten war, dass er mich nicht nur mit Büchern bedrängte, sondern auch noch mit mir darüber sprechen wollte. Ich hatte das Gefühl, nie das Richtige zu sagen. Dann regte er sich auf und bezeichnete mich als Schwachkopf. Irgendwann gab er auf."

„Aber du liest doch ganz gern. Hast du ihm von unserem Deutschunterricht erzählt? Von deinem Referat?"

Timm schüttelte den Kopf.

„Erzählst du ihm überhaupt etwas von dir?"

Timm zuckte die Schultern. „Er glaubt ohnehin schon alles über mich zu wissen und liegt meistens völlig daneben. Als ich jünger war, erklärte er mir in epischer Breite Dinge, die ich längst wusste. Keine Chance, ihn zu unterbrechen und ihm das zu sagen. Nachdem er alles bis ins Detail erklärt hatte, sagte er mir, was ich nun machen solle, was ich zu dieser oder jener Person sagen solle, wie ich mich zu verhalten habe – egal um was es ging, ob es ein Referat in der Schule war, ein Geburtstagsgeschenk für einen Freund oder das Fußballtraining. Wenn ich etwas entgegnete, ließ er das nicht gelten. Aber das war noch nicht alles: Hinterher ließ er sich immer genau berichten, wie es gelaufen war. Und wenn dann deutlich wurde, dass ich seinen Rat nicht befolgt hatte, prophezeite er, dass alles schiefgehen würde."

„Und ist immer alles schiefgegangen?"

„Ich bin von der Schule geflogen."

Timm lehnte sich zurück. Es tat so gut, mit Maria zu reden. Es war, als sei eine Schleuse in ihm geöffnet worden. Er lächelte sie verliebt an. Maria runzelte die Stirn.

„Was machst du denn jetzt den ganzen Tag?“

Timm verlor sich in ihren Augen. Sie wich seinem Blick aus.

„Dein Kamillentee wird kalt.“

„Trägst du die Haare kürzer als sonst? Das ist mir neulich schon aufgefallen.“

„Hör zu, Timm“, sagte sie in kühlem Ton, „das alles tut mir sehr Leid. Aber ich kann dir nicht weiterhelfen. Ich bin nicht…“

„Steht dir sehr gut. Finde ich.“

„Schluss damit. Bitte komm nicht mehr hierher. Es hat keinen Zweck.“

Auf diese harte Landung war Timm nicht vorbereitet. „Maria, bitte…“

„Also noch mal: Ich will dich nicht mehr sehen. Ich fühle mich regelrecht verfolgt von dir. Meinst du, ich habe nicht gemerkt, wie du oft unten gestanden hast? Sogar die Nachbarn haben es schon registriert. Auch an dem Tag, an dem ich den Unfall hatte, hast du vor meinem Haus Wache geschoben. Deswegen warst du auch gleich zur Stelle, als ich gestürzt war und hast dich aufgedrängt. Hör zu, ich will das nicht, es ist mir zu viel. Also lass mich bitte in Ruhe.“

Sie schaute auf die Uhr und erhob sich ungeduldig. Sie müsse noch etwas arbeiten und später habe sie eine Verabredung.

„Mit wem denn?“, fragte Timm kleinlaut.

„Geh jetzt und komm nicht wieder!“ Maria stürzte zur Wohnungstür, riss sie auf und wartete, bis er an ihr vorbeigegangen war.

In der Hoffnung auf eine letzte versöhnliche Geste verharrte er vor ihr. Maria aber beachtete ihn schon gar nicht mehr, drehte sich auf dem Absatz um und verschwand in ihrer Wohnung. Die Tür fiel krachend ins Schloss und Timm stand verloren im Treppenhaus. Seither hatte er sie nicht mehr gesehen.

Timm verließ das Internet und stand auf. Der Innenhof lag jetzt im Schatten, es war zu kühl, um sich dort hinzusetzen. Der letzte sonnige Fleck schwand zusehends. Ein Hotelbediensteter mit einem Kofferwagen verteilte das Gepäck der Reisegruppe auf die einzelnen Zimmer. Hinter ihm erschienen nach und nach die dazugehörigen Chinesen.

An der Rezeption hatte nun ein großer, kräftiger Mann Dienst. Auch er schien froh zu sein, dass sich die Reisegruppe verzogen hatte. Er hörte sich geduldig an, was Timm auf dem Herzen hatte. Nein, er habe seinen Vater nicht gesehen. Der mitleidige Blick des Mannes traf Timm unvorbereitet und verstärkte seine Beklommenheit. Er merkte jetzt erst, wie er schief, mit hängenden Schultern dastand und beeilte sich, den Rückzug anzutreten.

Er warf sich auf sein Bett und vergrub sein Gesicht im Kissen. Er hätte sich auf diese Reise nicht einlassen sollen. Der Alte verschwand einfach und ließ ihn in diesem Scheißland allein. Er boxte in das

Kissen, bis sein Arm schmerzte, dann drehte er sich auf den Rücken und starrte an die Decke, ging alle Möglichkeiten, die das Wegbleiben seines Vaters erklären konnten, im Geiste durch. Als er damit fertig war, fing er wieder von vorne an, bis er nicht mehr wusste, was er denken sollte. Erschöpft griff er zur Fernbedienung und zappte durch die Fernsehprogramme. Bei einem Krimi mit englischen Untertiteln blieb er hängen. Danach schaute er einen anderen Film und danach noch einen weiteren.

Die Kälte weckte ihn, alles war dunkel, nur der Fernsehbildschirm warf ein bläuliches Licht ins Zimmer. Er schaltete die Nachttischlampe an. Das Bett neben ihm war immer noch unberührt. Er sah auf sein Handy, es war 3 Uhr nachts, und es war kein Anruf von Hamid eingegangen. Jetzt war er sicher, dass seinem Vater etwas passiert sein musste. Er hatte ihn oft verflucht, gehasst, geliebt, war ihm aus dem Weg gegangen, aber verdammt noch mal, seit er denken konnte, war Hamid da gewesen, war da gewesen, für ihn.

31

Der Mann, der schon gestern an der Rezeption tätig war, übergab ihm einen Zettel und meinte, den habe jemand für ihn abgegeben. Timm schaute lange auf das Stück Papier und verstand überhaupt nichts. Er konnte noch nicht einmal sagen, ob das Gekritzel Spanisch oder Englisch war und hielt es dem Rezeptionisten hin. „Is this Spanish? Could you please translate it for me?“

Wie am Tag zuvor sah ihn der Mann mitleidig an. Halb verschämt, halb verärgert wandte sich Timm ab. „The note is written in Farsi“, stellte der Mann fest und erklärte, es handele sich um eine Nachricht, wo sich sein Vater befinde. Timm wunderte sich, dass dieser Peruaner Persisch verstand, da holte dieser schon einen Stadtplan hervor und zeichnete darauf ein X in einem Kreis und erklärte, hier befinde sich ihr Hotel. Anschließend markierte er eine andere Stelle auf dem Plan mit einem Y in einem Kreis und sagte, dort halte sich sein Vater auf. Aber Timm müsse in zehn Minuten dort sein, sonst sei es zu spät.

Verzweifelt sah Timm auf sein Handy, schnappte sich den Stadtplan und stürzte aus dem Hotel.

Auf der Straße herrschte dichtes Gedränge. Ein nicht enden wollender Strom von Menschen kam Timm entgegen und drohte ihn umzureißen. Panik lag in der Luft. Es schien, als würden die Leute vor etwas weglaufen, nein, es war ganz sicher so. Etwas musste im Stadtzentrum passiert sein. Timm wurde immer wieder zurückgedrängt, an Vorwärtskommen war gar nicht zu denken. Da riss ihm einer der vorbeihetzenden Menschen den Stadtplan aus der Hand. Verzweifelt wandte sich Timm um, dabei stürzte er zu Boden, die Leute rannten über ihn hinweg, jemand trat ihm in den Bauch, er bekam keine Luft mehr, rief um Hilfe.

Schweißgebadet und um Atem ringend schlug Timm die Augen auf. Er war froh, immer noch in dem vertrauten Hotelzimmer zu sein. Es dauerte, bis sich sein Puls normalisierte, und auch danach blieb er noch eine ganze Weile im Bett liegen.

In der Nacht hatte er Eva angerufen. Sie hatte ziemlich aufgeregt reagiert, ihm aber auch nicht weiterhelfen können. Sie meinte, er müsse mit Hamids Freunden in Cusco Kontakt aufnehmen. Timm war schon selbst auf diese Idee gekommen, deswegen war er ja auch in Hartmuts Laden gewesen. Von den peruanischen Freunden seines Vaters hatte er bisher ja nur Hartmut und Manuel kennengelernt und von letzterem kannte er noch nicht einmal den

Nachnamen. Telefonnummern hatte er auch nicht. Schließlich hatte Eva gemeint, sie würde einen Flug buchen und so rasch wie möglich nach Cusco kommen. Diese Vorstellung behagte ihm nicht.

Mit Eva war er nie richtig warm geworden, obwohl sie eigentlich immer gut zu ihm gewesen war. Hamid hatte ihm früher oft gesagt, Eva wäre für ihn wie eine richtige Mutter. Timm hatte nicht gewusst, wie eine richtige Mutter war. Er hatte dann die Mütter seiner Freunde beobachtet, wenn er bei ihnen zu Besuch war, und konnte keinen wesentlichen Unterschied feststellen. Eva hatte gekocht, Kuchen gebacken, ihm bei den Hausaufgaben geholfen und war immer nett zu seinen Freunden gewesen, die ihn besuchten. Sie hatte ihn auch gelegentlich in den Arm genommen, aber es war nicht dasselbe wie bei seinem Vater. Hamid hatte, wenn er nicht gerade auf einer seiner Dienstreisen war, ihn jeden Abend ins Bett gebracht und ihm vorgelesen. Wenn er nachts Albträume oder Bauchweh gehabt hatte, hatte Eva ihm Kamillentee gemacht, Hamid aber hatte ihn zu sich gesetzt, eine Decke über sie beide gebreitet und ihm Geschichten erzählt, bis er eingeschlafen war. Aber das war lange her.

Das Ungeheuer in seinem Magen war wieder erwacht. Seit sie auf Reisen waren, hatte er kaum noch Magenschmerzen gehabt. Jetzt setzten sie wieder mit Macht ein. Timm quälte sich aus dem Bett, schleppte sich zu seinem Koffer und schluckte eine

Tablette. Dann stellte er sich unter die Dusche. Das heiße Wasser beruhigte ihn, und ganz allmählich begann die Tablette zu wirken. Die Sonne schien ins Zimmer und vertrieb den letzten Rest nächtlicher Kälte. In Unterhose und T-Shirt kniete er sich hin und durchwühlte Hamids Koffer und Rucksack in der Hoffnung, einen Hinweis darauf zu finden, wohin er möglicherweise gegangen sein könnte, wie seine peruanischen Freunde hießen oder wie sie zu erreichen waren. Nichts. Er schaute auf sein Handy und stellte entmutigt fest, dass keine Anrufe in Abwesenheit eingegangen waren. Erneut wählte er Hamids Nummer, doch es meldete sich wieder nur die Mailbox.

An der Rezeption hatte die junge Frau wieder Dienst, wie Timm erleichtert feststellte. Als er auf sie zuging, wurde ihr sonst so heiteres Gesicht ernst. Besorgt fragte sie ihn, ob sein Vater zurückgekehrt sei. Timm erklärte ihr die Lage, wobei er sich bemühte, wie jemand zu wirken, der sein Schicksal nicht einfach akzeptiert, wie einer, der kämpft. Dabei half es ihm, seine Handflächen auf den Empfangstresen zu legen, dadurch nahm er ohne viel Mühe eine gerade Haltung an. Wenn sie etwas für ihn tun könne, solle er nicht zögern, sie anzusprechen, bot ihm die Rezeptionistin an. Timm bedankte sich und fragte sie, ob sie die Polizei anrufen und sich erkundigen könnte, ob sein Vater möglicherweise Opfer eines Unfalls oder eines Überfalls geworden sei. Sie bat um einen Moment Geduld, nahm den Telefonhörer und wählte eine Nummer, sprach eine Weile auf Spanisch. Timm hörte aufmerksam zu, aber das einzige, was er tatsächlich verstand, war der Name Hamidzadeh. Nachdem sie wieder aufgelegt hatte, sagte sie, Señor Edwin sei in etwa einer Stunde da, er würde dann bei der Polizei anrufen.

Verwirrt fragte Timm: „Ist Señor Edwin von der Polizei? Ist er der zuständige Beamte?"

Nein, nein. Señor Edwin sei ihr Chef und wolle selbst bei der Polizei anrufen. Er sei gleich da.

Timm beschloss, sich auf das Sofa im Empfangsbereich zu setzten und zu warten. Manchmal wunderte er sich, dass es ihn unversehens in die Anden verschlagen hatte. Ein Jahr lang hatte er sein Zimmer kaum verlassen und jetzt fand er sich am anderen Ende der Welt wieder. Hamids Besuche in seinem Zimmer hatten das Ende seines Eremitendaseins eingeleitet. Sein Vater hatte sich ihm auf leisen Sohlen genähert. Eines Tages war er unaufgefordert mit einem Tablett, auf dem er seine Teeutensilien angeordnet hatte, herein gekommen, und hatte sich auf den Boden gesetzt. Stundenlang saß er da und schlürfte seinen Tee. Er sagte nichts, fragte nichts, machte keine Vorwürfe. Beim ersten Mal zog sich bei Timm alles zusammen. Das war immerhin sein Zimmer und niemand hatte das Recht so einfach hineinzumarschieren und es zu besetzen. Er hatte erwartet, dass der Vater ihn wieder beschuldigen und belehren würde. Aber der sagte nichts. Timm hatte zunächst einen üblen Trick vermutet, um ihn aus der Reserve zu locken, etwas in ihm auszulösen. Nicht mit mir, hatte Timm gedacht. Aber es blieb dabei, sein Vater sagte nichts, saß nur da. Das war schon ziemlich merkwürdig, aber solange er ihn in Ruhe ließ, war es okay.

Die Besuche wiederholten sich. Sie verliefen immer nach dem gleichen Muster, und von Mal zu Mal ließ Timms Anspannung etwas mehr nach. Schließlich musste er sich eingestehen, dass er sich freute, wenn sein Vater mit seinem Teetablett ankam. Diesen ruhigen, entspannten Vater kannte er von früher, als er klein war, aber das war im Laufe der Jahre verloren gegangen und hatte einem übellaunigen, reizbaren und überarbeiteten Mann mittleren Alters Platz gemacht. Irgendwann fing Hamid schließlich an zu reden. Er erzählte von sich, wobei etwas anders war als sonst. Er sprach über seine Arbeit, ein Forschungsprojekt, das ihm enorm wichtig war, und allmählich begriff Timm, dass der Vater nicht wie sonst von seinen Erfolgen erzählte, sondern zum ersten Mal auch von einer Niederlage. Und trotzdem wirkte er dabei, als sei er mit sich im Reinen. Timm hörte nur zu und war froh, dass mehr von ihm auch gar nicht erwartet wurde.

Es dauerte mehr als eine Stunde. Als Señor Edwin endlich eintraf, war Timm sofort klar, dass er es war. Timm schätze ihn auf Mitte dreißig, trotzdem hatte er schon eine Halbglatze, trug sportliche, aber teure Markenkleidung und hatte eine schwarze Hornbrille auf, die seinem Aussehen Seriosität verlieh. Aber das war es nicht, es war sein Gang, die Art, wie er durch die Hotellobby schritt, die deutlich machte, dass ihm der ganze Laden und mehr gehörte. Edwin sprach kurz mit seiner Mitarbeiterin am Empfang, dann ging er zu Timm, reichte ihm die Hand und begrüßte ihn. Er setzte sich neben ihn auf das Sofa und hörte sich mit väterlicher Geduld seine Geschichte an. Edwin versprach ihm, sich sogleich darum zu kümmern und verschwand durch eine Tür hinter dem Empfang.

Timm sank in das Sofa zurück und schloss die Augen, aber die Unruhe gemischt mit bleierner Müdigkeit blieb. Um nicht Gefahr zu laufen, an Ort und Stelle einzuschlafen, sprang er auf, ging zur Fensterfront und sah dem Treiben auf der Straße zu. Der Himmel verdüsterte sich, offenbar fing allmählich die Regenzeit an, die Hamid erwähnt hatte.

Hamid hatte mal gesagt, auf die Polizei in Peru sei kein Verlass. Sie sei zwar nicht so schlimm wie in Mexiko und Mittelamerika, aber auch hier sei sie korrupt und teilweise selbst an Verbrechen beteiligt. Wenn das stimmte, dann war der andere Teil vielleicht in Ordnung, überlegte Timm. Wen, wenn nicht die Polizei, sollte er fragen? Hartmut war in Lima, und er hatte keine Ahnung, wie er den anderen Freund seines Vaters, Manuel, finden sollte. Timm suchte auf seinem Handy die Fotos von Hamid und Manuel, die er ein paar Tage zuvor in dem traditionellen Restaurant aufgenommen hatte.

„Señor Timm?“

Er drehte sich um. Edwin war wieder da und erklärte ihm mit ernster Miene, der Polizei lägen leider keine Informationen vor. Weder bei den registrierten Autounfällen noch bei den sonstigen Delikten der letzten vierundzwanzig Stunden sei der Name Hamidzadeh aufgetaucht.

32

Timm sah Señor Edwin hinterher, wie der zurück in sein Büro eilte, wo offenbar dringendere Geschäfte auf ihn warteten. Die Polizei wusste also nichts, aber da war noch etwas, das geklärt werden musste. Timm kaute, wie immer wenn er nachdenken musste, auf seinen Fingernägeln herum. Hamid hatte jedes Mal geschimpft, wenn er es gesehen hatte. Er nahm den Finger aus dem Mund, und da fiel es ihm ein. An der Rezeption fragte er die junge Frau, ob er bitte noch einmal mit Señor Edwin sprechen könne. Mit neutralem Gesicht nahm die Rezeptionistin seinen Wunsch entgegen und holte ihren Chef. Edwin fragte Timm etwas ungeduldig, was er noch auf dem Herzen habe.

Ob es möglich wäre, in den Krankenhäusern der Stadt anzurufen? Es wäre doch denkbar, dass seinem Vater etwas zugestoßen sei und er in einem Krankenhaus läge. Edwin nickte energisch. Er habe vollkommen Recht, bescheinigte er Timm, leider habe er gleich einen wichtigen Termin, aber Señorita Julia helfe ihm gerne weiter. Er drückte väterlich Timms Schulter und begab sich zurück in sein Büro. Kurz darauf tauchte er erneut auf und eilte mit dem Handy in der Hand durch die Lobby dem Ausgang entgegen. Sein Gesichtsausdruck ließ keinen Zweifel an der Bedeutung seiner Person aufkommen.

Ehe sich Timm versehen hatte, stürmte eine Familie mit zwei kleinen Jungen durch den Hoteleingang und beanspruchte Julias volle Aufmerksamkeit. Die beiden kleinen Kerle gingen unverzüglich dazu über, die Lobby auseinanderzunehmen und machten dabei einen Krach, als wäre eine ganze Kindergartengruppe eingefallen. Die Eltern, zwei übergewichtige Amerikaner, standen an der Rezeption und taten so, als hätten sie mit all dem nichts zu tun. Julia nahm die Reisepässe der neuen Gäste entgegen und schien ebenfalls die Ruhe selbst zu sein. Timm aber drohte der Kopf zu platzen. Um sicherzugehen, dass er sein Anliegen vorbringen konnte, sobald die neuen Gäste abgefertigt waren, stellte er sich direkt neben sie und erntete dafür einen irritierten Blick von Julia. Der Familienvater fuhr seinen auf dem Empfangstresen ruhenden Ellenbogen weiter aus, um sein Territorium zu behaupten. Timm blieb trotzdem stehen, die Hände in den Hosentaschen.

Nachdem die Familie abgefertigt war, stützte sich Timm auf den Empfangstresen und wies die Rezeptionistin an, die Krankenhäuser der Stadt nacheinander anzurufen und zu fragen, ob sie einen Patienten namens Hamid Hamidzadeh aufgenommen haben. Um seinem Wunsch Autorität zu verleihen, schob er nach, dass Señor Edwin ihm gesagt habe, er solle sich an sie wenden. Als Julia etwas zurückwich und sich eine Strähne aus dem Gesicht strich, spürte Timm, dass etwas nicht stimmte. Er setzte neu an, lächelte und verpackte sein Anliegen nun als Bitte. Julia erklärte, sie würde ihm gerne helfen, habe aber in zehn Minuten Dienstschluss, Timm solle sich doch an ihren Kollegen wenden, der gleich die neue Schicht antrete. Als habe er auf sein Stichwort gewartet, erschien der Rezeptionist vom Vorabend auf der Bildfläche. Mit diesem Mann aber wollte Timm so wenig wie möglich zu tun haben. Er bedankte sich bei Julia und verließ die Lobby.

Der Computerraum war zum Glück frei. Timm gab die Stichworte „Universidad“ und „Cusco“ ein und stellte erstaunt fest, dass es mehrere Universitäten in der Stadt gab. Er sah sich die Webseiten der Hochschulen nacheinander an. Für ihn waren nur die Sozialwissenschaften relevant. Manuel hatte mit seinem Vater damals Feldforschungen über die Organisation und Strukturen der kleinbäuerlichen Gemeinschaften im Hochland durchgeführt, also musste er Sozialwissenschaftler sein. Wie Timm schnell herausfand, war die Universidad Antonio Abad die einzige Hochschule in Cusco, an der es eine sozialwissenschaftliche Fakultät gab. Da er den Nachnamen von Manuel nicht kannte, gab er nun ein: „Universidad Antonio Abad del Cusco“ und „Manuel“. Zwei dürre Suchergebnisse wurden gemeldet, die ihm aber nicht weiterhalfen. Also sah er die Website der Universität ganz genau durch. Bei der Liste der Dekane der einzelnen Fakultäten erzielte er einen Volltreffer. Der Dekan der „Facultad de Ciencas Sociales“ hieß Manuel Latorre Chahuaylla, das musste er sein. Als nächstes gab Timm den Namen in Verbindung mit der Universität ein und rief entsprechende Bilder auf. Aber die Suchmaschine hatte keine Fotos dieses Menschen anzubieten. Timm druckte die Adresse der Universität und den Namen des Dekans aus und verließ das Hotel.

Der Taxifahrer hielt vor dem Haupteingang der Universität, und Timm gab dem Mann fünf Soles. Hamid hatte ihm erklärt, man dürfe die Taxifahrer nicht fragen, was die Fahrt koste, da sie dann überhöhte Preise nennen würden. Am besten sei es, ihnen einfach fünf Soles zu geben, denn so viel koste zurzeit eine Fahrt. Tatsächlich steckte der Fahrer ohne ein weiteres Wort das Geld ein, und Timm stieg erleichtert aus.

Im Universitätsgebäude sprach Timm eine Gruppe von Studenten an, die zusammenstanden und sich angeregt unterhielten. Er erkundigte sich auf Englisch nach dem Büro des Dekans der Sozialwissenschaften. Das befände sich in einem anderen Gebäude, wurde ihm erklärt und dann folgte eine lange Wegbeschreibung, von der sich Timm nur die erste Hälfte merken konnte. Er musste weitere Male nach dem Weg fragen, bis er schließlich vor einer Tür stand und anklopfte. Als nach dem zweiten Anklopfen immer noch niemand reagierte, drückte er die Türklinke nach unten und stellte fest, dass abgeschlossen war. Studenten kamen und gingen. Eine Studentin, die vorbeilief, fragte er, wann das Büro des Dekans wieder öffnen würde, doch sie wusste es nicht. Mit hängendem Kopf schlich Timm dem Ausgang des Gebäudes entgegen und versuchte sich darüber klar zu werden, was als Nächstes zu tun sei. Hamid hatte immer gepredigt, die Körperhaltung beeinflusse den Gemütszustand. Deswegen sei es wichtig, sich aufrecht zu halten, da dann auch die Gedanken besser flössen. Timm hob den Kopf und versuchte, den Rücken durchzudrücken, da wäre er beinahe mit einem älteren Herrn zusammengestoßen, der im Laufen einen kleinen Stapel Bücher, den er auf dem Arm trug, durchsah.

„Perdon“, murmelte der Mann, der einen etwas altmodischen grauen Anzug trug, zerstreut, ohne aufzusehen und wich Timm aus.

Timm aber blieb stehen und konnte sein Glück nicht fassen.

„Manuel!“

Der Mann blieb abrupt stehen und wandte sich um. „Si?“

Er hatte etwa die gleiche Größe, die gleiche dunkle Hautfarbe und die gleichen vollen Haare, aber es war nicht Manuel.

Timm schüttelte den Kopf und murmelte „Sorry“.

Der ältere Herr betrachtete den jungen Mann vor sich mit strengem Blick, als warte er auf eine Erklärung.

„I am looking for Dr. Manuel“, Timm holte den Zettel aus seiner Hosentasche, faltete ihn auf und setzte neu an: „I am looking for Dr. Manuel Latorre Chahuaylla.“

„That's me“.

„Oh.“

Nun verlangte Dr. Latorre eine Erklärung und forderte Timm auf, mit ihm zu kommen. Er schloss die Tür, an der Timm wenige Minuten zuvor geklopft hatte, auf und bat ihn einzutreten. Sie gingen durch ein kleines verlassenes Vorzimmer in ein Büro, das offenbar schon bessere Tage gesehen hatte. Die Möbel – Schreibtisch, Schreibtischstuhl und ein runder Besprechungstisch mit vier Stühlen – erinnerten Timm an die Spielfilme aus den sechziger Jahren, die Hamid so liebte. Obwohl das Fenster offen war, hing noch kalter Zigarettenrauch in der Luft.

Dr. Latorre forderte Timm auf, sich an den Besprechungstisch zu setzen. Er selbst nahm hinter seinen Schreibtisch Platz, zündete sich eine Zigarette an und forderte Timm auf, ihm zu erklären, warum er ihn suche.

Nachdem Timm alles über das Verschwinden seines Vaters erzählt hatte, holte er sein Handy hervor und rief das Foto auf, das er von Manuel und Hamid gemacht hatte. Dann ging er zu Latorre und erklärte, diesen Freund und früheren Kollegen seines Vaters, dessen Vorname Manuel sei und dessen Nachname er nicht kenne, suche er. Er hoffe, dass Manuel ihm bei der Suche nach seinem Vater helfen könne.

Latorre warf einen Blick auf das Foto und stellte beiläufig fest, das sei Dr. Manuel Quizpe, Professor für Agrarökonomie. Anstatt das Handy dem neben ihm stehenden Timm zurückzugeben, setzte er seine Lesebrille auf und betrachtete weiterhin das Bild.

„Das ist Ihr Vater?“, fragte Latorre.

„Ja, kennen Sie ihn“?

„Ja, natürlich. Wie geht es ihm? Ehm, ich meine...“ Seufzend gab er Timm das Handy zurück. „Ich rufe Dr. Quizpe an. Nehmen Sie doch bitte Platz.“

Timm setzte sich und tippte ‚Manuel Kispe‘ in sein Handy, damit er den Namen nicht wieder vergaß. Während er schrieb, erhielt er eine Kurznachricht. „Alle Flüge nach Lima ausgebucht. Bin auf Warteliste für Samstag. Konnte dich telefonisch nicht erreichen. Habe mit der Dt. Botschaft in Lima telefoniert. Näheres mündlich. Gibt es Neuigkeiten? Bitte melde dich umgehend. Liebe Grüße, Eva.“

Wenn ich Manuel finde, braucht sie nicht zu kommen, dachte Timm.

„In welchem Hotel sind Sie untergebracht?“, fragte Latorre.

„Cruz Verde.“

Latorre sprach noch ein paar Worte und legte

auf. Nun stand er auf und setze sich zu Timm an den Besprechungstisch. Manuel mache heute eine Feldexkursion mit seinen Studenten und komme erst am Abend nach Cusco zurück, erklärte er. Er habe seinem Sekretariat eine Nachricht hinterlassen und Manuel würde sich sicher bei ihm im Hotel melden. Dann übergab er Timm einen Zettel mit dessen Mobilnummer.

Latorre zündete sich eine neue Zigarette an. „Mein Schwager ist Oberst der Policia Nacional del Perú. Ich werde ihn gleich anrufen."

Timm wollte sagen, dass der Mann vom Hotel schon vergeblich mit der Polizei telefoniert hatte, konnte sich aber noch rechtzeitig bremsen. Er presste die Lippen aufeinander, damit kein falsches Wort heraus kam.

Kurze Zeit später verabschiedete er sich von Dr. Latorre und ging entschlossen zum Ausgang. In den weitläufigen Gängen brannte Licht, draußen hatte die Abenddämmerung eingesetzt. Die Glasscheiben des Eingangsbereichs spiegelten einen straffen jungen Mann, der mit energischen Schritten näherkam. Das bin ich, dachte er.

33

Nachdem Timm das Omelett gegessen hatte, verspürte er immer noch Hunger und bestellte ein Sandwich. Ganz satt war er immer noch nicht. Er hatte kurz nachgerechnet und festgestellt, dass die dreißig Soles, die er noch hatte, gerade ausreichten, um seine Rechnung zu begleichen. Noch nicht einmal ein Trinkgeld konnte er geben. Wenn ihn die Kellner nicht bedrängten, wollte er so lange wie irgend möglich hier bleiben, um nicht ins Hotel zurück zu müssen. Er stellte sich vor, dass sich dort die Zimmerdecke senken und die Wände auf ihn zukommen und ihn erdrücken würden. Mit dem Rücken zum Tresen konnte Timm durch die Fensterfront dem Treiben der Passanten zusehen. Es war später Nachmittag, offenbar kehrten viele Leute von der Arbeit zurück.

Auch das Café hatte sich zusehends gefüllt. Jetzt waren alle Tische besetzt. Er war der Einzige, der alleine war. Die Stimmen der vielen Gäste verschmolzen mit der Musik, auf die hier offenbar kein Lokal verzichten wollte, zu einem beachtlichen Geräuschpegel, der Timm einlullte und seine quälenden Gedanken in den Hintergrund treten ließ. Schräg gegenüber saß ein Liebespaar, vielleicht Studenten. Der junge Mann erzählte Geschichten und brachte seine Freundin ständig zum Lachen. Drei etwas ältere Frauen unterhielten sich am Tisch daneben, wobei meistens alle drei gleichzeitig sprachen.

Als Timm wieder nach draußen sah, lief gerade Hamid eilig am Café vorbei. Timm sprang auf, hastete an den anderen Cafébesuchern vorbei, stürzte auf die Straße. Eben sah er noch Hamid weiter unten auf der Straße laufen, als ihn jemand fest am Arm packte. Timm wollte sich losreißen und seinem Vater hinterher, der Druck um seinen Arm verstärkte sich jedoch und hielt ihn zurück. Wütend drehte er sich um und blickte in das ebenso wütende Gesicht eines stämmigen, schon etwas älteren Kellners, der ihn nun anbrüllte. Resigniert holte Timm sein gesamtes Geld aus seiner Hosentasche und gab es dem Mann, ein resigniertes „I am sorry“ murmelnd. Der Kellner warf einen düsteren Blick auf das Geld und gab kopfschüttelnd Timms Arm frei.

Bei dem Gedränge auf der Straße war an Rennen überhaupt nicht zu denken. Timm bahnte sich daher, fortwährend um Entschuldigung bittend, mit beiden Armen den Weg frei. Die Passanten wichen klaglos zur Seite und ließen ihn vorbei. Er streckte den Hals über den Strom der Fußgänger. Schwarze Köpfe wogten vor seinen Augen auf und ab wie Bojen in unruhiger See. Seinen Vater aber schien der Menschenfluss geschluckt zu haben, er konnte ihn nirgends mehr entdecken. So sehr er auch überlegte, er hatte nicht die geringste Ahnung, wo Hamid hingegangen sein könnte. Das Hotel ebenso wie das Café Allyu lagen in der Gegenrichtung, das war aber schon alles, was Timm an Ortskenntnis aufbieten konnte. Da er nicht wusste, was er sonst tun sollte, eilte er wie besessen weiter, immer weiter. Da, plötzlich kam ihm etwas bekannt vor. Die schmale Straße stieß auf einen breiten Boulevard. Die Avenida Sol! Hartmuts Laden war ganz in der Nähe. Er atmete auf. Ja, klar, dorthin wollte sein Vater bestimmt!

Hartmuts Geschäft war geschlossen. Timm konnte es nicht fassen, er rüttelte an der Tür, klopfte, rief Hartmuts Namen. Nichts. Eine Weile stand er da, ohne etwas zu tun, vielleicht in der Hoffnung, dass aus den Tiefen des Ladens doch noch jemand auftauchen würde. Dann fing er an, mit beiden Fäusten gegen die Tür zu trommeln und zu brüllen: „Baba, Baba, Baba", immer wieder, wie von Sinnen. Da drang von weit her ein Geräusch zu ihm durch, schrill und ausdauernd. Timm verstummte, ließ die Hände sinken und versuchte zu verstehen, was passiert war. Jemand hinter ihm kreischte. Dann wurde er heftig von der Tür weggerissen. Vor ihm stand Hartmuts Mitarbeiterin, die er gestern schon im Laden gesprochen hatte. Sie schrie ihm immer noch etwas entgegen. Er verstand kein Wort. Hinter ihnen hatte sich eine Menschentraube gebildet, die schweigend beobachtete, was da vor sich ging. Nur zwei Jugendliche feixten und amüsierten sich offenbar über diesen Verrückten.

Die Verkäuferin hörte mit einem Mal auf zu schreien, sah Timm in die Augen und sagte nur: „Es usted. Por Dios, qué pasó? Por qué hacen tanto ruido?“

„I am sorry. Excuse me. I am still looking for my father. He…“

Die Verkäuferin ließ ihn nicht weiterreden, nahm ihn am Arm und drehte ihn zum Eingang. Dann schloss sie den Laden auf und schob ihn durch die Tür. Sie sperrte wieder ab und führte ihn durch den ganzen Laden nach hinten in einen Raum, in dem ein großer Schreibtisch, ein Aktenschrank und eine Couchgarnitur standen. Sie wies ihn an, sich zu setzen. Timm sah sich um. Offenbar handelte es sich um Hartmuts Büro. An der Wand waren eine große Deutschlandkarte, eingerahmte Fotos, die an ein Reisebüro erinnerten und die Alpen, das Brandenburger Tor und den Kölner Dom zeigten. Die Frau verschwand, ohne ein Wort zu sagen aus dem Raum. Timm verstand nicht, was er hier machte. Es war offensichtlich, dass weder sein Vater noch Hartmut im Laden waren, denn außer diesem Büro gab es vermutlich nur noch das Lager und wahrscheinlich eine Küche. Oder war die Frau vielleicht doch weggegangen, um seinen Vater zu holen? Doch sie kam zurück und stellte ihm ein Glas Wasser hin. Timm trank es in einem Zug aus. Als er das Glas wieder absetzte, bemerkte er, wie sie ihn anlächelte. Langsam beruhigte er sich.

„Mi nombre es Miriam. No te preocupes. Ahora voy a llamar al Señor Hartmut."

Miriam klingt wie Maryam, dachte Timm. Das andere hatte er nicht verstanden, hatte aber auch nicht mehr die Energie nachzufragen. Die spanisch-englische Konversation war bisher nicht sehr ergiebig gewesen. Miriam setzte sich hinter den Schreibtisch, als wäre es ihr eigenes Büro, nahm das Telefon und wählte eine Nummer, sprach auf Spanisch und hielt dann Timm den Hörer hin. Er fing an, die Frau zu mögen.

„Mensch Timm, was ist denn los um Gottes Willen. Miriam erzählte mir gerade, dass du ganz außer dir bist. Ist euch etwas passiert? Wo ist denn Hamid?"

Jetzt, da sich Timm endlich jemandem in seiner Muttersprache anvertrauen konnte, brachte er alles durcheinander, wie ein Jongleur, der zu viele Bälle in der Luft hat und dem ständig einer herunterfällt. Er erzählte, merkte, dass er eine Einzelheit ausgelassen hatte, fing von vorne an, unterbrach sich wieder und setzte von Neuem an.

„Bist du ganz sicher, dass er es war, der am Café Allyu vorbeigelaufen ist?"

„Absolut."

„Wie sah er aus"?

„Ich glaube so wie immer. Es war ja nur ein kurzer Moment."

Hartmut sagte eine Weile nichts.

Er glaubt mir nicht, dachte Timm und wurde nun selbst unsicher.

„Hör zu, Timm, ich fliege morgen aus Lima zurück und komme am Mittag zu dir ins Hotel."

„Danke." Timm merkte, wie seine Stimme brüchig wurde, er fixierte die Deutschlandkarte an der Wand, damit der Damm in seinem Inneren nicht brach. Gut, dass er mit dem Rücken zu Miriam stand.

„Da muss irgendetwas vorgefallen sein. Es gibt bestimmt eine Erklärung dafür. Mach dir keine Sorgen, Timm. Ich kümmere mich darum. Morgen sehen wir uns. Also bis morgen."

Miriam schrieb etwas auf einen Zettel, den sie Timm gab. „Ese es el número de teléfono del Señor Hartmut."

Dann stand sie auf, was auch für Timm das Zeichen war, sich zu verabschieden. Schade, dachte er, er wäre gerne einfach bei ihr geblieben.

Vor der Ladentür sagte Miriam noch etwas auf Spanisch, erinnerte sich dann aber wohl, dass der Junge nichts verstand, winkte freundlich lächelnd ab und nahm ihn zum Abschied sanft in den Arm.

Miriam, dachte Timm.

34

Es war schon dunkel, als Timm ins Hotel zurückkehrte. Der Rezeptionist grüßte ihn schon von Weitem fröhlich. „Señor Timm“, rief er und winkte ihn herbei. Er hatte keine Lust, mit diesem Menschen, der ihn immer so mitleidig ansah, zu sprechen. Außerdem war er hundemüde, wollte sich nur noch ins Bett verkriechen, in der Hoffnung, bald einzuschlafen, die quälenden Gedanken endlich loszuwerden und ohne Albträume zu erwachen. Wie in Trance ging Timm an der Rezeption vorbei und tat so, als höre er den Mann nicht. Irgendwo klingelte ein Telefon, zum wiederholten Male.

„Seems to be your mobile!“

Timm wandte seinen Kopf zur Seite und erblickte den dicken Amerikaner, der am Vormittag mit seiner Familie in das Hotel eingefallen war. Er lehnte lässig am Empfangstresen, als wäre er in einer Bar. Timm schaute sich nach dem Rest dieser schrecklichen Truppe um.

„Your mobile“, wiederholte der Amerikaner langsam als sei Timm schwer von Begriff.

Timm holte sein Handy aus der Hosentasche. Eva. Er starrte einen Moment auf das Display, dann drückte er den Anruf weg. Nicht jetzt, dachte er.

Da rief jemand laut seinen Namen.

Was wollen denn alle plötzlich von mir, dachte Timm und drehte sich widerwillig um. Manuel kam ihm in schnellen Schritten entgegen, packte ihn an den Schultern.

„What happened? I've just come back from a field trip and received the message from Dr. Latorre."

Sie setzten sich auf das Sofa und Timm erzählte mit leiser Stimme. Er wollte nicht, dass der Amerikaner, der sie nicht aus den Augen ließ, etwas mitbekam.

„Well", sagte Manuel, als Timm geendet hatte und zündete sich erst einmal in aller Ruhe eine Zigarette an. Er blies den Rauch aus und berichtete auf Englisch, er habe eben mit Dr. Latorre telefoniert.

„Latorre hat seinen Schwager, der eine hohe Position bei der Polizei hat, eingeschaltet. Den örtlichen Polizeistationen in Cusco liegt kein Hinweis auf deinen Vater vor. Wir werden nun die Krankenhäuser absuchen."

„Aber ich habe meinen Vater doch vor dem Café Allyu gesehen!"

„Ach, ja. Das hatte ich vergessen." Manuel lehnte sich zurück und schien zu überlegen. „Trotzdem, wir sollten die Krankenhäuser abklappern. Vielleicht war es gar nicht dein Vater. Du könntest dich geirrt haben. Du sagtest ja selbst, du hättest ihn nur einen Moment lang gesehen."

„Ich habe ihn gesehen", sagte Timm etwas lahm, so als wolle er nicht kampflos aufgeben. Inzwischen wusste er selbst nicht mehr, was richtig und was falsch war. Der Typ redete wie sein Vater.

„Schau, Timm. Wir müssen systematisch vorgehen und nach dem Ausschlussverfahren alle möglichen Aufenthaltsorte und alle infrage kommenden Informationsquellen Schritt für Schritt durchgehen."

„Vielleicht ist er bei dieser Frau."

„Welcher Frau?"

„Na, die Frau, die an sein Handy gegangen ist."

„Aber wer soll das sein?"

Timm griff nach seinem Handy, wählte Hamids Nummer und hielt es Manuel hin.

„Moment", Manuel hob seine Hand. „Wie hat sie reagiert, als du mit ihr telefoniert hast?"

„Als ich gefragt habe, wer sie ist, hat sie aufgelegt."

Manuel nahm das Gerät, führte es an sein Ohr und wartete. Plötzlich hob er den Kopf und sprach in schnellem Spanisch. Entgegen Timms Erwartung legte er nicht gleich wieder auf. Im Gegenteil, er schien die Frau oder wer immer rangegangen war, in ein Gespräch zu verwickeln. Ein-, zweimal lachte Manuel sogar. Dann verabschiedete er sich.

„Ich habe nichts vom Handy deines Vaters gesagt, sondern so getan, als habe ich mich verwählt und etwas mit ihr geplaudert. Als ich gefragt habe, ob es möglich wäre, sie kennenzulernen, war sie sofort bereit und hat mir eine Bar in einem Hotel genannt. Ich habe angekündigt, dass ich einen jungen Freund mitbringe."

„Was?" Timm brach der Schweiß aus. Er stand auf. „Ich komme nicht mit."

„Nein, es nicht, was du denkst. Wenn ich gesagt hätte, dass das Handy, mit dem sie telefoniert, Hamid gehört, hätte sie wieder aufgelegt. Vielleicht hat sie es ihm gestohlen oder er es bei ihr liegen lassen, wer weiß. Ich denke, wir können am meisten erfahren, wenn wir uns dorthin begeben. Hast du ein Foto von deinem Vater auf deinem Handy?"

„Aber da muss ich doch nicht mit."

„Du wolltest doch selbst, dass wir der Sache mit der Frau nachgehen. Wir überprüfen diese Möglichkeit, danach fahren wir die Krankenhäuser ab."

Dieser Manuel war nicht so harmlos, wie er gedacht hatte, überlegte Timm. Und fragte sich, ob es nicht besser gewesen wäre, wenn er ihn nicht aufgestöbert hätte.

Sie kamen kaum vorwärts, in den engen Straßen staute sich der Verkehr. Ging es etwas voran, tauchte unvermittelt ein Fußgänger auf der Fahrbahn auf und rannte über die Straße, sodass Manuel mehrmals scharf bremsen musste. Zum Glück schwieg Manuel. Timm wollte nicht in diesem Auto sitzen und in die schmutzigen Ecken der Stadt fahren. Er hätte nicht gedacht, dass sein Vater mit Prostituierten verkehrte. Nie im Leben.

Manuel fuhr langsamer und schaute sich um. Vor dem hell beleuchteten Gebäude waren alle Parkplätze belegt. Er fuhr ein Stück weiter und stellte das Auto um die Ecke ab. Die Gegend war nicht arm, bemerke Timm. Sie waren eigentlich auch nicht weit gefahren. Als sie auf das Gebäude zugingen, stellte er fest, dass es ein Hotel der gehobenen Kategorie war. Manuel aber führte ihn zu einem separaten Eingang. Es war eine ziemlich schicke Diskothek, die allerdings noch leer war. Es war wohl noch zu früh, um tanzen zu gehen. An der Bar standen einige Männer und nur wenige Frauen, fast nur Touristen, und unterhielten sich. Manuel schob seinen Hintern auf einen Barhocker, lehnte sich vor und bestellte einen Whiskey mit Eis, ganz so, als wäre er schon öfter hier gewesen. Timm blieb neben ihm stehen. Er wollte nur eine Cola ohne Eis. Er sah sich um und versuchte sich vorzustellen, dass sein Vater hier gewesen war. Das Hotel war deutlich teurer als ihre eigene Unterkunft. Und diese Diskothek war nicht die dunkle Spelunke, die er erwartet hatte. Das war ein angesagter Club und unterschied sich nicht von denen in Frankfurt. Er entspannte sich.

Manuel trank einen Schluck von seinem Whiskey, beugte sich nochmals vor und erkundigte sich beim Barmann nach etwas. Dieser wies auf eine Sitzgruppe weiter links. Timm sah in die Richtung und bemerkte jetzt erst die schwarzen Ledersitze. In einer Ecke saß ein großer hellhäutiger Mann mit zwei jungen Peruanerinnen. Der blonde Mann hätte der Vater oder Großvater der beiden Frauen sein können. Er erzählte offenbar Anekdoten aus seinem Leben. Die beiden Frauen schienen seine Gesellschaft zu genießen, jedenfalls lauschten sie ihm mit großen Augen und kicherten immer wieder. Eine der beiden hatte ein ziemlich kurzes Kleid an, das nicht billig aussah. Sie hatte ihre schlanken, braunen Beine übereinander geschlagen, und Timm registrierte, dass der Mann sich schwer vom Anblick dieser Beine losreißen konnte. Die andere trug eine hautenge Jeans und ein ebenso enges schwarzes Top. Sie hatte lange schwarze Haare, die sie immer wieder mit einer anmutigen Geste aus dem Gesicht strich. Timm fand sie hübscher als die andere.

Manuel und Timm beobachteten die Szene eine Weile schweigend.

„Komm", sagte Manuel schließlich, nahm sein Glas und trat zu den dreien.

Timm griff nach seiner Cola und folgte ihm. Er war neugierig geworden. „Disculpa. Señorita Sonia?" Manuel beugte sich lächelnd herab und sah die jungen Frauen fragend an. Die Schwarzhaarige lächelte und erhob sich. „El Señor Manuel, no cierto?"

Sie beachtete den Touristen nicht mehr und führte Manuel und Timm zu einer anderen Sitzgruppe.

Manuel fragte Sonia etwas, dann drehte er sich um und winkte dem Barmann, der sogleich erschien und die Bestellung aufnahm. Nun konzentrierte sich Manuel ganz auf die junge Frau und erzählte eine längere Geschichte, über die er selbst lachen musste. Sonia schüttelte amüsiert den Kopf, ihre langen Haare flogen hin und her. Timm verstand kein Wort. Der Kellner brachte einen Pisco Sour und stellte ihn vor Sonia hin. Sie beugte sich vor und nippte an ihrem Glas, dabei lächelte sie Timm mit unschuldiger Miene an. Timm lächelte zurück. Sie schienen gleichaltrig zu sein.

„Gib mir mal bitte dein Handy mit Hamids Foto."

Timm rief das Foto seines Vaters auf und reichte das Gerät Manuel, der es Sonia zeigte und sie etwas fragte.

Sonia beachtete das Bild gar nicht, ließ sich nach hinten fallen und verschränkte die Arme. Ihr eben noch lächelnder Mund verschloss sich und aller Zauber fiel von ihr ab. Jetzt glich sie nur noch einer genervten jungen Frau. Manuel hat es vermasselt, dachte Timm. Sonias unruhige Augen hielten nach etwas Ausschau. Er drehte sich um und entdeckte an der Bar zwei kräftig gebaute Männer in schwarzen Polohemden und schwarzen Jeans, die aussahen, als seien sie vom Sicherheitsdienst. Manuel redete derweil beschwörend auf die junge Frau ein und hielt das Handy nun direkt vor ihr Gesicht. Dann sagte er etwas in scharfem Ton. Unwirsch schob Sonia seine Hand weg und schüttelte empört den Kopf. Mit schriller Stimme entgegnete sie etwas. Einige Gäste drehten ihre Köpfe in ihre Richtung. Timm verfolgte den Streit, verstand nichts, konnte es allenfalls ahnen. Klar war nur, dass Manuel auf diese Weise nicht weiterkam.

„Señor!“ Die beiden Sicherheitsleute standen hinter Manuel und Timm. Der ältere der beiden gab Sonia mit dem Kinn ein Zeichen, woraufhin sie aufstand und sich zögerlich entfernte. Nun beugte sich der Sicherheitsmann zu Manuel herab und fragte ihn etwas in höflichem Ton. Er schien der Chef zu sein. Sein kahl rasierter Kopf sah aus, als hätte jemand viel Zeit damit verbracht, ihn zu polieren. Timm verstand die spanischen Worte nicht und sah von dem Glatzkopf zu Manuel. Es entspann sich ein Wortwechsel zwischen den beiden, der merklich an Schärfe zunahm. Manuel schien von der körperlichen Präsenz der beiden Männer unbeeindruckt und griff mit einer Geste nach seinem Whiskeyglas, als fühle er sich in der Bar überaus wohl. Dies schien nicht den Vorstellungen des Kahlkopfs zu entsprechen, denn im nächsten Augenblick zischte er Manuel etwas ins Ohr, woraufhin Manuel sein Glas ruhig abstellte und sich langsam erhob. „Let's go“, sagte er zu Timm.

Im Auto zündete sich Manuel als Erstes eine Zigarette an, drehte sein Autofenster herunter, blies den Rauch hinaus und sagte nichts. Timm rutschte auf seinem Sitz herum und fragte: „Was haben die Männer denn gesagt?“

Er schien Manuel aus seinen Gedanken aufgeschreckt zu haben. Der entschuldigte sich, griff nach der Schachtel und bot auch Timm eine Zigarette an. Timm schüttelte den Kopf und erklärte, dass er nicht rauche.

„Sie wollten wissen, für wen wir arbeiten."

„Haben sie gedacht, wir wären Polizisten?"

„Ach was, zur Polizei und der Stadtverwaltung haben solche Läden gute Beziehungen, das sind ihre Geschäftspartner. Sie drücken beide Augen zu und kassieren dafür ihren Anteil."

„Bei was drücken sie die Augen zu?"

„Da muss ich etwas ausholen."

„Ich will doch eine Zigarette."

Manuel bot ihm schweigend eine an und hielt ihm die Flamme seines Feuerzeugs hin. Timm sog kraftvoll den Rauch ein und musste im nächsten Augenblick derart husten, dass er kaum Luft bekam. Manuel sah ihn mit unbewegtem Gesicht an wie ein alter Indianerhäuptling und klopfte ihm auf den Rücken. Timm rauchte die erste Zigarette seines Lebens.

„Die kleinen Gauner, Taschendiebe, Einbrecher, alle, die auf eigene Rechnung arbeiten, müssen die Polizei fürchten. Auch einzelne Mörder und Vergewaltiger. Wo aber das Organisierte Verbrechen die Hände im Spiel hat, kannst du davon ausgehen, dass Polizisten in der einen oder anderen Weise beteiligt sind, ihren Anteil bekommen und wegschauen. Und zwar vom kleinen Polizisten auf dem Revier bis hin zum Oberst oder General. Die organisierte Kriminalität hat in den letzten Jahren in diesem Land enorm zugenommen. Das liegt daran, dass heutzutage viel Geld im Umlauf ist. Da ist zum einen die dank hoher Rohstoffpreise jahrelang prosperierende Wirtschaft. Und zum anderen das Drogengeschäft, der Handel mit Edelhölzern aus dem Regenwald oder der illegalen Goldabbau. Na ja, und ein gutes Geschäft, das bandenmäßig organisiert ist, ist auch die Prostitution. In einem Touristenzentrum wie Cusco blüht sie natürlich ganz besonders. Gelegentlich leisten Reisebüros gewisse Vermittlungsdienste."

„Was hat das alles damit zu tun, dass wir rausgeschmissen wurden?"

„Nun, das Verschwinden von Menschen ist in dem Milieu nichts Ungewöhnliches. Es wird grundsätzlich nicht geschätzt, wenn Fremde Fragen stellen. Das muss überhaupt nicht bedeuten, dass dein Vater in etwas verwickelt ist."

Muss nicht, aber kann, dachte Timm und warf die Zigarette aus dem Autofenster. Der Typ war offenbar nicht nur Professor für Landwirtschaft, sondern auch für die Unterwelt.

„Was hast du denn zu dem Mädchen gesagt? Warum hat sie sich so aufgeregt?"

„Nachdem sie behauptet hatte, Hamid nicht zu kennen, habe ich ihr gesagt, das könne nicht stimmen, denn sie hätte schließlich sein Handy."

„Und was hat sie geantwortet?"

„Sie hat sich aufgeregt. Sie sei keine Diebin und so weiter."

Was soll sie sonst auch sagen?, dachte Timm. Vielleicht wäre es das Beste gewesen, einfach ein paar Stunden in der Bar hocken zu bleiben. Womöglich wäre sein Vater aufgetaucht. Aber das ging jetzt nicht mehr. Er war zum Umfallen müde und konnte sich doch nicht vorstellen, zu schlafen. Vor allem wollte er um keinen Preis wieder in das Hotelzimmer, fürchtete sich vor dem Alleinsein. Aber zum Reden war er auch nicht mehr in der Lage. Als Manuel den Blinker setzte, um von der Avenida Sol in die Calle Marquez einzubiegen, bat er ihn anzuhalten, er würde den Rest des Weges zum Hotel zu Fuß gehen.

„Bleib sitzen. Wir fahren jetzt die Krankenhäuser ab. Eins nach dem anderen. Bis wir ihn finden."

Der Professor sagte dies so entschieden, als sei jeder andere Gedanke ausgeschlossen. Ohne sich weiter um seinen jungen Beifahrer zu kümmern, lenkte er den Wagen mit ruhiger Hand durch die Straßen. Wahrscheinlich hat der Typ recht, dachte Timm und spürte zugleich, dass es keine Sekunde mehr in dem Auto aushielt. An der Plaza San Francisco nutzte er die rote Ampelphase, bedankte sich hastig und stieg aus.

35

Beim Eintreten bemerkte Timm als Erstes, dass im Zimmer Licht brannte. Als Zweites nahm er den scharfen Geruch wahr. Dann sah er jemanden zusammengekauert auf dem Bett liegen und wich erschrocken einen Schritt zurück. Timm brauchte einige Sekunden, bis er verstand, dass es tatsächlich sein Vater war. Er beugte sich über ihn. Hamid schlief in seinen Kleidern. Selbst die Lederjacke hatte er nicht ausgezogen. Zu mehr als die lehmverschmierten Schuhe abzuwerfen, hatte seine Kraft offenbar nicht gereicht. Noch nicht einmal die Schnürsenkel waren geöffnet. Er roch, als hätte er sich seit Tagen nicht gewaschen. Er war unrasiert. Und am Hinterkopf hatte er einen schmutzigen Verband.

Timm vergewisserte sich, dass Hamid atmete. Er widerstand dem Impuls, ihn zu wecken und blieb vor dem Bett stehen. Das Bild des schlafenden Vaters verschwamm. Tränen standen in seinen Augen, und da ihn niemand sehen konnte, ließ er ihnen freien

Lauf. Es war ihm egal, was sein Vater vielleicht getan hatte, ob er sich mit Nutten herumtrieb, Hauptsache er war wieder da. Er ging ins Bad und wusch sich das Gesicht. Dann machte er die Nachttischlampe an, löschte das Deckenlicht, deckte den Vater vorsichtig zu, setzte sich auf sein eigenes Bett und betrachtete diesen Mann, von dem er so vieles nicht wusste.

Seit sich Timm erinnern konnte, rasierte und duschte sich Hamid jeden Morgen und er achtete sehr auf seine Kleidung. Warum stank er jetzt so? Ausgerechnet sein Vater, der ihn immer gewarnt hatte, dass er noch als Penner enden werde, sah jetzt selbst aus wie einer.

Hamid entfuhr ein Klagelaut, nicht sehr laut, aber es klang so verzweifelt, dass es Timm eiskalt den Rücken runterlief. Hamid drehte sich ruckartig um, lag nun auf dem Rücken und fing leise an zu schnarchen.

Sein Handy klingelte. Schon wieder Eva. Timm nahm den Anruf an und flüsterte: „Hallo Eva, einen Moment bitte.“ Dann schlich er aus dem Zimmer, zog die Tür leise hinter sich zu und ging in den Innenhof, der verlassen da lag, von einigen wenigen Lampen notdürftig beleuchtet. Timm stellte den Kragen hoch und zog die Jacke zu, um die nächtliche Kälte abzuwehren. Er hoffte, dass das Gespräch nicht zu lange dauern würde. Bevor Eva etwas sagen konnte, berichtete er ihr, dass Hamid wieder aufgetaucht war.

„Ist alles in Ordnung mit ihm?“

„Ja, alles in Ordnung.“

„Und wo ist er gewesen?“

„Das weiß ich nicht.“

„Was soll das heißen, du weißt es nicht? Was sagt er denn? Ich will mit ihm sprechen. Gib ihn mir!“

„Das geht jetzt nicht, er schläft.“

„Dann weck ihn!“

„Weißt du, wie spät es hier ist? Nein, das wäre nicht gut. Er ist ziemlich fertig.“

„Was soll das heißen, ziemlich fertig. Ist er verletzt?“

„Nein, nein. Es ist alles in Ordnung. Ich meine nur, er war sehr müde.“

„Was hat er denn gesagt, wo er gewesen ist? Muss ich dir jedes Wort aus der Nase ziehen?“

„Er hat schon geschlafen, als ich ins Hotel kam.“

„Bist du sicher, dass mit ihm alles in Ordnung ist?“

„Absolut. Alles bestens. Du brauchst nicht extra hierher zu kommen. Er ist ja wieder da.“

„Ich rufe morgen früh eurer Zeit noch einmal an. Dann will ich mit deinem Vater sprechen. Mein Flug ist übrigens bestätigt.“

Er hätte den Anruf wegdrücken sollen. Timm trat gegen einen der Stühle, die im Hof um die Tische standen. Krachend fiel er auf den Steinboden.

36

Als Timm die Augen öffnete, stand sein Vater vor ihm. Hamid sah jetzt fast wieder normal aus, er hatte sich rasiert und offensichtlich geduscht, trug eine saubere Jeans und ein frisches Hemd. Er hatte allerdings Ringe unter den Augen und war auffällig blass.

„Entschuldige, ich habe dich geweckt."

Hamid beugte sich herab und umarmte seinen Sohn. So blieben die beiden eine Weile aneinander geschmiegt, dann riss sich Hamid los und ging eilig ins Bad. Über die Schulter rief er Timm zu, er solle aufstehen, damit sie frühstücken gehen könnten. Es sei schon spät. Solange er noch Befehle geben kann, wird es nicht so schlimm um ihn stehen, dachte Timm schmunzelnd und sprang aus dem Bett.

Hamid lief an der Rezeption vorüber und einen Gang entlang, den Timm bisher noch gar nicht beachtet hatte. Am Ende des Ganges war eine Tür, weiter ging es nicht.

„Wo willst du denn hin, Baba?“
„Frühstücken.“
„Dann müssen wir in den Frühstücksraum.“
„Ja, natürlich, was denn sonst?“
„Der Frühstücksraum ist aber dahinten.“
Energisch kehrte Hamid um, lief erneut an der Rezeption vorbei, blieb stehen, sah sich um, bis er den Frühstücksraum entdeckte.

Sie waren die Letzten, es war schon kurz nach zehn, und die anderen Gäste waren bereits gegangen. Nachdem sie sich vom Buffet Orangensaft, Müsli und Croissants geholt und sich gesetzt hatten, sah Timm seinen Vater erwartungsvoll an. Sein Frühstück beachtete er nicht. Er würde jetzt erfahren, warum Hamid verschwunden war, was er die ganze Zeit gemacht hatte, wo er gewesen war. Ihm fiel ein, dass es möglicherweise Dinge gab, die Hamid lieber für sich behalten würde, und er beschloss, von sich aus Sonia nicht zu erwähnen. Sein Vater konnte ja unmöglich die ganze Zeit nur mit diesem Mädchen zusammen gewesen sein.

Hamid schlang sein Müsli herunter, als müsse er möglichst viel vertilgen, bevor jemand auf die Idee käme, ihn rauszuschmeißen. Wie ein Penner, dachte Timm und schämte sich sofort für den Vergleich. Zum Glück war niemand außer ihnen im Raum. Timm versuchte, sich auf sein eigenes Frühstück zu konzentrieren. Aber noch bevor er nach seinem Löffel gegriffen hatte, stellte Hamid seine leere Müslischüssel scheppernd zur Seite. Als nächstes trank er den Orangensaft in einem Zug leer. Dann verschwand das Croissant mit zwei Bissen in seinen Magen. Timm sah seinem Vater mit offenem Mund zu.

„Schmeckt's?"

„Entschuldige." Hamid stand auf und holte sich jetzt drei Brötchen, Käse, Marmelade und ein Omelett mit Speck.

Er lächelte seinen Sohn an, als er sich wieder setzte. Ihm ist offenbar nicht zum Reden zumute, dachte Timm. Oder er muss erst seinen immensen Hunger stillen, bevor er etwas sagen kann. Gespräche fing üblicherweise immer sein Vater an, entweder er erklärte etwas, erzählte eine Geschichte oder fragte Timm aus.

Timm sah auf seine Müslischüssel. Als er noch recht klein war, hatte Hamid jeden Morgen Müsli zu einem Berg aufgehäuft und die Milch sorgfältig darum herum gegossen. Dann hatte er ihm erklärt, die kleine Insel sei Lummerland, und Timm hatte sich vorgestellt, wie er als Jim Knopf mit Hamid alias Lukas, dem Lokomotivführer, über die Insel fuhr. Und den größten Spaß hatte er daran, mit dem Löffel mitten in den Müsliberg hineinzustoßen und zu schauen, wie der eben noch friedlich daliegende Milchsee die Haferflocken, Nüsse und Rosinen überflutete. Timm schob die Schüssel von sich.

„Wo warst du denn die ganze Zeit?"

Hamid sah erstaunt von seinem Omelett auf, ganz so, als entdecke jetzt erst, dass ihm sein Sohn gegenüber saß. „Wie bitte?“

Timms Magen krampfte sich zusammen und ließ ihn in seinen Stuhl zurückfallen. Er versuchte es noch einmal, vielleicht hatte er die Frage falsch gestellt. „Vor zwei Tagen bist du spurlos verschwunden. Du wolltest Zeitungen kaufen und bist nicht wiedergekommen. Wo warst du die ganze Zeit? Ich habe mir große Sorgen gemacht und dich überall gesucht.“

Die steile Furche auf Hamids Stirn zog sich zusammen, ein untrügliches Zeichen dafür, dass er angestrengt nachdachte. „Überall und nirgends. Ehrlich gesagt – ich weiß es nicht.“

Timm wusste nicht, welche Antwort er erwartet hatte, jedenfalls nicht diese. Er forschte im Gesicht seines Vaters nach einem Leuchten der Augen, einem Schmunzeln, aber da war nichts.

Timms Handy klingelte. Er schaute unschlüssig auf das Display und ließ es klingeln.

„Willst du nicht rangehen?“

Er drückte auf das grüne Feld. Eva fragte atemlos, wie es Hamid ginge und wollte ihn sprechen. Timm stand auf und entfernte sich einige Schritte. Es ginge ihm gut, erklärte er leise.

„Schläft er noch?“

„Nein, er ist gerade unter der Dusche.“

„Warum flüsterst du dann?“

„Das ist die Verbindung.“

„Sage ihm bitte, er soll mich gleich anrufen, wenn er aus der Dusche raus ist.“

Sie legte auf, ohne sich zu verabschieden.

Timm setzte sich wieder hin.

„Mit wem hast du denn telefoniert?“

„Das war Eva. Ich hatte sie über dein Verschwinden informiert. Wir haben in den letzten Tagen ein paar Mal telefoniert. Gestern Nacht rief sie wieder an. Da habe ich ihr gesagt, dass du wieder da bist. Sie ist sehr besorgt und will unbedingt mit dir reden.“

„Ja, natürlich. Warum hast du sie mir nicht gegeben?“

„Ich wusste nicht, ob du mit ihr sprechen willst.“

„Warum sollte ich denn nicht mit ihr sprechen wollen?“

Timm konnte nicht anders, als die Coolness seines Vaters zu bewundern.

37

Kaum waren sie wieder in ihrem Zimmer, ging Hamid zielsicher zu seinem Nachttisch, hob den Bücherstapel hoch, sah ihn durch und stellte alles wieder hin. Dann schaute er im Raum umher, als suche er etwas. Schließlich kniete er sich hin, um unter das Bett zu schauen. Timm, der das Geschehen beobachtete, sah wie sein Vater hinter dem Bett verschwand, kurz darauf leise wimmernd wieder auftauchte und seinen Kopf mit beiden Händen hielt. Offenbar mit großer Mühe richtete er sich auf und legte sich auf sein noch immer durchwühltes Bett, dem Arm über die Augen gelegt.

Timm ging schnell zu ihm. „Was ist denn, Baba?"

„Ach nichts."

Er musterte seinen Vater. Hamid war eigentlich immer gesund, jedenfalls nie ernsthaft krank gewesen. Na ja, so genau konnte man es nicht wissen, denn er gab eigentlich fast nie zu, wenn ihm etwas fehlte. Für diesen Mann, der immer alles unter Kontrolle behalten wollte, gab es nichts Schlimmeres, als einer

Krankheit ausgeliefert zu sein. Timm erinnerte sich an die Rückenschmerzen, die Hamid in den Wochen vor der Reise gequält hatten. Sie mussten schlimm gewesen sein, sonst hätte er sie gar nicht erwähnt. Als er damals Timm in seinem Zimmer aufgesucht hatte, hatte jede Bewegung seines Vaters gewirkt, als befände er sich unter Wasser. Wie in Zeitlupe hatte er sich hinabgebeugt und das Teetablett abgesetzt, dann sich selbst vorsichtig auf dem Sitzkissen platziert. Damals hatte er Schmerzmittel genommen.

Timm sprang auf, ging zum Koffer, der ordentlich auf der dafür vorgesehenen Abstellfläche neben dem Schreibtisch stand, klappte ihn auf, schob ein paar Kleider beiseite, bis er die etwas verblichene rote Medizintasche freigelegt hatte. Angeblich verreiste Hamid nie ohne diese kleine Plastiktasche, von der er behauptete, er besitze sie schon seit mehr als zwanzig Jahren. Egal was Timm in den gemeinsamen Urlauben zugestoßen war, ob er sich die Knie aufgeschlagen, ihn Insekten gestochen hatten oder ihn sein Bauchweh mal wieder plagte, immer hatte Hamid die richtige Salbe, das passende Pflaster oder die geeignete Tablette daraus hervor gezaubert. Nun öffnete Timm zum ersten Mal selbst den Reißverschluss der Tasche und wühlte in den Medikamenten, bis er hatte, was er suchte. Mit einer Aspirintablette in der Hand ging er zur Minibar, holte die halbvolle Flasche Mineralwasser heraus und reichte beides seinem Vater.

Hamid richtete sich auf und nahm mit einem dankbaren Brummen alles entgegen.

„Was hast du denn gesucht?“

„Mein Telefon. Ich will Eva anrufen.“

„Glaubst du denn, es ist hier im Zimmer?“

„Wo soll es denn sonst sein?“

„Keine Ahnung.“

Timm musste an Sonia denken. Er stellte sich vor, wie sie mit seinem Vater in dieser Bar gesessen, aufreizend an ihrem Getränk genippt und hingerissen seinen Geschichten zugehört hatte, während er seine Augen nicht von ihrem Dekolleté lassen konnte. Dann waren sie zusammen auf ein Zimmer gegangen. Nein, er verscheuchte den Gedanken.

„Willst du mein Handy haben, um Eva anzurufen?“

Timm überlegte, dass es wohl am sinnvollsten war, wenn sein Vater möglichst bald mit Eva sprach und sie beruhigte. Schließlich musste sie auch ihren Flug stornieren. Trotz allem, was geschehen war, imponierte ihm, dass sein Vater so offensiv mit der Sache umging.

Da klingelte Timms Telefon und er sagte ohne auf das Display zu schauen: „Da ist sie ja schon.“ Hamid seufzte zufrieden und drehte sich mühsam zu ihm. „Hallo Eva“, sagte Timm.

„It‘s me. Manuel.“

Manuel ließ ihn gar nicht erst zu Wort kommen und erzählte ihm, er habe in der Nacht und den ganzen Vormittag verschiedene Krankenhäuser abgefahren.

„Und weißt du was? In der Ambulanz des Hospital Regional war er tatsächlich als Patient registriert. Er war vorgestern dort gewesen, aber nur kurz. Ich habe sogar mit dem Arzt gesprochen, der an dem

Tag Dienst hatte. Es kommt nicht jeden Tag vor, dass ein Gringo dort auftaucht, die meisten gehen, wenn überhaupt, lieber in eine der Privatkliniken. Deswegen erinnerte er sich an ihn. Ich verstehe nicht, warum Hamid dieses Krankenhaus aufgesucht hat. Jedenfalls hatte dein Vater eine kleine Wunde am Kopf, die dann versorgt wurde. Danach hat man ihn wieder nach Hause geschickt."

Hamid starrte seinen Sohn an, als würde er ihm am liebsten das Telefon aus der Hand reißen. „Gib sie mir!"

„Wait a minute. My father wants to talk to you."

„Your father?"

Er hielt Hamid sein Telefon hin und sagte: „Manuel will dich sprechen."

Timm platzte der Kopf. Er verstand gar nichts mehr. Mit halbem Ohr hörte er, wie sein Vater auf Spanisch etwas ins Telefon sagte.

38

Plötzlich waren sie alle da, und Timm fühlte sich in die Rolle des Statisten zurückversetzt. Kurze Zeit hatte er die Hauptrolle innegehabt und gerade angefangen, sich an sie zu gewöhnen. Man hatte ihm zugehört und direkt mit ihm gesprochen. Jetzt aber beachtete ihn keiner mehr. Sie saßen im Innenhof des Hotels an einem der runden Glastische unter einem Sonnenschirm, und alle Augen waren auf Hamid gerichtet. Und da sie Spanisch sprachen, verstand Timm ohnehin kaum etwas, was aber auch nicht wirklich schlimm war, denn der Hauptdarsteller war sichtlich angeschlagen und redete kaum. Auch bei dem Telefongespräch mit Manuel hatte Hamid nur einsilbige Antworten gegeben, vielleicht war dies auch der Grund, warum der Freund unverzüglich ins Hotel gekommen war. Und kurz darauf war Hartmut mit Miriam, die offenbar mehr war als nur eine Angestellte, eingetroffen.

Timm hatte immer noch keine Ahnung, was mit seinem Vater geschehen war. Gegenüber Eva war der Alte auch nicht viel mitteilsamer gewesen. Kaum hatte er das kurze Gespräch mit Manuel beendet, klingelte es erneut, und Hamid nahm den Anruf sogleich entgegen. Evas aufgeregte Stimme war so laut gewesen, dass selbst Timm sie, wenn auch verzerrt, hören konnte, ohne zu verstehen, was sie sagte. Zufrieden hatte er festgestellt, dass sein Vater versuchte, die Wogen zu glätten. Sie müsse sich keine Sorgen machen, ihm gehe es gut. Nein, es sei nur eine kleine Platzwunde, er sei offensichtlich hingefallen. Nein, so sei es nicht gemeint, er sei einfach hingefallen. Ja, er könne sich natürlich sehr gut vorstellen, dass Timm und sie sich sehr große Sorgen gemacht hätten. Er habe sich verlaufen und das Hotel nicht mehr gefunden. Ja, das sei seltsam. Nein, sein Handy habe er nicht dabei gehabt. Offensichtlich waren Hamid die vielen Fragen unangenehm gewesen, denn er beendete das Gespräch sehr bald. Trotz seiner knappen Antworten war sein Ton gegenüber Eva warm. Zum Schluss hatte Hamid ihr erklärt, dass er sie sehr liebe und froh sei, wieder bei Timm zu sein.

Nun saß er blass und mit schweißnasser Stirn da, und Timm war sich nicht sicher, ob er sich wirklich freute, seine Freunde wiederzusehen. Hartmut hatte gleich die Gesprächsführung übernommen und holte auf Spanisch zu einer längeren Erzählung aus. Timm hatte zunächst den Eindruck, Hartmut rechtfertige sich dafür, dass er von Lima aus nicht viel hatte tun können, um Hamid zu finden. Dann aber fiel ihm auf, dass Hartmuts Stimme ganz und gar nicht nach Rechtfertigung klang, sondern eher wie die eines Politikers, der eilig zum Ort einer Überschwemmung oder einer anderen Naturkatastrophe geeilt war und sich nun der Öffentlichkeit gegenüber tief betroffen und zugleich fest entschlossen zeigte, den Opfern alle erdenkliche Hilfe zukommen zu lassen. Offenbar versuchte er seine Rolle als Honorarkonsul auszufüllen, wahrscheinlich hatte er Erfahrung damit. Timm nahm sich vor, seinen Vater nachher zu fragen, was Hartmut erzählt hatte. Manuel jedenfalls ignorierte Hartmut vollständig, sein Blick war allein auf Hamid gerichtet. Ab und zu unterbrach er Hartmut, ohne ihn anzusehen und stellte Hamid in ruhigem Ton eine Frage, die dieser zögerlich und langsam beantwortete. Hartmut wartete dann wie ein geduldiger Autofahrer, den ein Linksabbieger an einer Kreuzung aufhält, bis Manuels Frage beantwortet war, dann fuhr er fort.

Miriam hatte seit der Begrüßung noch gar nichts gesagt und schaute von Hartmut zu Hamid. Ihre Gegenwart empfand Timm als das einzig Angenehme an dieser Runde. Ab und zu warf er ihr einen verstohlenen Blick zu. Wenn seine Mutter noch leben würde, wäre sie etwa so alt wie Miriam, rechnete er nach.

Hamid fasste sich nun an den Kopf. Timm bemerkte den zunehmenden Schweißfilm auf seiner Stirn. Er war wieder so blass, alle Sonnenbräune war wie weggewischt. Und so still hatte er seinen Vater noch nie erlebt, wenn er mit Leuten zusammen war. Hamid trank den letzten Schluck seines Mineralwassers. Als er das Glas absetzte, warf er Timm einen kurzen Blick zu. Niemand schien zu bemerken, wie erschöpft sein Vater war, dachte Timm. Hartmuts endloses Gerede schien Hamid sehr anzustrengen. Zu seiner eigenen Verwunderung stand Timm plötzlich auf und sagte mitten in Hartmuts Redefluss hinein: „Thank you for your visit. My father needs some rest now."

Hartmut redete weiter, Manuel sah erstaunt auf, niemand erhob sich. Timm sah einen Moment lang ratlos in die Runde, dann setzte er sich wieder. Er kam sich vor wie ein Schüler, der unaufgefordert die falsche Antwort auf eine nicht gestellte Frage des Lehrers gegeben hat. Da schob Hamid seinen Stuhl krachend nach hinten und stand auf. Erst drückte er Hartmuts Schulter, dann reichte er Manuel die Hand und schließlich ging er zu Miriam und hielt seine Wange zum Abschied kurz an ihre.

Zurück im Zimmer ließ sich Hamid auf sein Bett fallen und schloss die Augen. Timm stellte sich ans Fenster und schaute auf die Autos, die in der engen Straße fast zum Stillstand gekommen waren, und auf den nicht abreißenden Strom von Passanten. Durch die Fensterscheiben drang die Salsamusik aus der mit einer Autobatterie betriebenen Lautsprecherbox des fliegenden CD-Händlers. Zwei Schritte neben ihm hatte die Straßenverkäuferin mit ihrer kleinen Tochter wieder ihren Platz eingenommen, und das kleine Mädchen schien wie an den Tagen zuvor auf dem

Boden hockend mitten im Getümmel und Lärm seine Hausaufgaben zu machen. Aber all das war nur die Kulisse, vor der sich dieses Drama abspielte. Timm dachte an seinen Vater, der jetzt fast genauso unerreichbar für ihn blieb, wie in der Zeit, als er verschwunden war. Von dem, was er in den letzten Tagen erlebt hatte, gab er bislang nichts preis. Aber er fragte auch nichts, wollte gar nicht wissen, was sein Sohn eigentlich ohne ihn gemacht hatte. So hatte Timm seinen Vater noch nie erlebt.

Als es an der Zimmertür klopfte, wunderte sich Timm, denn die Betten waren schon gemacht worden. Vielleicht wurden frische Handtücher gebracht. Er ging rasch zur Tür, um ein zweites Anklopfen, das Hamid wecken könnte, zu vermeiden. Vor der Tür stand Manuel, der Timm sanft zur Seite schob und sich ins Zimmer drängte.

„We must talk.“

Auf Englisch erklärte er ohne Umschweife, dass Hamid so schnell wie möglich zu einem vernünftigen Arzt müsse.

Timm sah Manuel staunend an und fühlte sich in die Schule zurückversetzt, wo diese Intelligenzbestien, die es in jeder Klasse gibt, einfach so die Lösung einer komplizierten Mathematikaufgabe präsentierten, auf die er trotz stundenlangem Nachdenkens nicht gekommen war.

Hamid hatte offenbar gar nicht geschlafen, denn kaum stand Manuel im Zimmer, richtete er sich im

Bett auf, stopfte das Kopfkissen in seinen Rücken, lehnte sich an die Wand und hörte zu, was Manuel zu sagen hatte. Timm war dankbar, dass der Freund beim Englisch blieb.

„Hör zu, Hamid. Du warst im Hospital Regional, wo deine Wunde am Kopf versorgt wurde. Aber das reicht nicht. Du siehst elend aus, bist sehr blass und schwitzt. Und du machst den Eindruck, völlig durcheinander zu sein. An vieles erinnerst du dich nicht. Der Chefarzt der Clinica San Juan de Dios ist ein Cousin von mir. Das ist ein privates Krankenhaus, das sehr viel besser ausgestattet ist als das Hospital Regional. Lass uns gleich hinfahren, mein Auto steht um die Ecke."

„Ich komme mit." Timm zog sich rasch seine Jacke an und griff schon nach seinen Schuhen.

„Nein", protestierte Hamid. „Das ist nicht nötig. Ich brauche nur etwas Ruhe, dann wird es wieder besser."

39

Timm schreckte aus dem Schlaf hoch. Er hatte einen dumpfen Knall gehört, so als wäre etwas Großes umgefallen. An den Straßenlärm, der bis tief in die Nacht andauerte, hatte er sich gewöhnt. In den Nächten ohne seinen Vater hatten ihn das Hupen der Autos, das Knattern der Mopeds und die Salsamusik des unermüdlichen CD-Händlers sogar beruhigt, weil er Leben in seiner Nähe spürte. Was er eben gehört hatte, klang aber so, als wäre etwas Schweres auf die Straße gekracht. Timm fielen die Horrorgeschichten ein, die ihm sein Vater über die zunehmende Kriminalität in Peru und überhaupt in Lateinamerika erzählt hatte. Ein Bekannter Hamids hatte friedlich in einem Hotel in Rio de Janeiro geschlafen, als er durch ein Geräusch wach wurde und geradewegs in die Augen eines großen schwarzen Mannes blickte, der neben seinem Bett stand und ihn mit einem Messer in der Hand aufforderte, den Zimmersafe zu öffnen. Wie sich später herausgestellt hatte, war der Einbrecher an der Fassade hochgeklettert und hatte das Fenster geöffnet. Vielleicht war auch jetzt jemand an der Vorderseite des Hotels hochgestiegen, hatte dann aber den Halt verloren und war abgestürzt. Timm sprang aus dem Bett, ohne die Nachttischlampe anzumachen, und ging vorsichtig zum Fenster. Draußen waren nur noch wenige Menschen unterwegs, sonst konnte er nichts erkennen. Da bemerkte er den Lichtschein unter der geschlossenen Badezimmertür und sah, dass Hamids Bett leer war.

Im Bad lag Hamid bewegungslos und mit geschlossenen Augen auf dem Boden. Timm brach der Schweiß aus, sein Herz raste und einen Moment lang wünschte er sich nur, endlich aus diesem Albtraum zu erwachen. Er kniete sich neben seinen Vater und streichelte dessen Wange. Seinem Mund entwich ein klägliches „Baba." Dann schrie er: „Baba, Baba, wach auf! Bitte wach auf!" Zaghaft schlug er seinem Vater auf die Wange, dann heftiger. Bei der dritten Ohrfeige öffnete Hamid seine Augen, driftete aber sofort wieder weg. Timm nahm das Gesicht seines Vaters in beide Hände. „Mensch, wach auf, bitte!"

Hamid schlug die Augen auf. „Timm." Er schaute sich um. „Was ist hier los?"

„Du bist ohnmächtig geworden. Du bist im Badezimmer. Kannst du aufstehen?"

Langsam setzte sich Hamid auf und lehnte sich mit dem Rücken an die Wand. Timm eilte zur Minibar und holte eine Flasche Mineralwasser, die er seinem Vater reichte. Dann setzte er sich auf den Badezimmerboden und beobachtete Hamid, der nun in kleinen Schlucken das Wasser trank.

„Hast du dich verletzt? Hast du Schmerzen?" Timm inspizierte Hamids Kopf, Knie und Ellenbogen, konnte aber nichts entdecken. Er hatte gedacht, schlimmer als bisher könne es nicht kommen. Und jetzt das.

Hamid bewegte seine Hände, Arme und Beine, dann machte er Anstalten aufzustehen. Timm packte seinen Arm und drückte ihn sanft herunter.

„Bleib sitzen. Bitte."

„Es ist alles in Ordnung."

Nichts ist in Ordnung, dachte Timm. „Ich rufe jetzt Manuel an."

Hamid hob die Augenbrauen.

Timm nickte immer wieder ein, richtig schlafen konnte er ohnehin nicht. Dazu war der Stuhl zu hart und das Neonlicht zu grell. Aber nicht nur das. Schloss er die Augen, kehrte das Bild des im Badezimmer wie tot daliegenden Hamid zurück. Seine Mutter hatte er nie kennengelernt, und nun könnte er auch noch seinen Vater verlieren. Was wäre dann? Timm stellte sich Hamids Beerdigung vor, die schwarz gekleideten Trauergäste, die weinende Eva, den Sarg. Er war noch nie auf einer Beerdigung gewesen. Er zog die Nase hoch, wischte sich kurz über die Augen, stand schließlich auf und ging den Krankenhausflur auf und ab, damit der neben ihm sitzende Manuel seine Tränen nicht bemerkte. Seit einer Stunde warteten sie nun schon in der Clinica San Juan de Dios darauf, dass Hamid wieder herauskam oder zumindest ein Arzt ihnen erklärte, was nun mit ihm los sei. Zum Glück war Manuel kein Vielredner. So saßen beide mehr oder weniger schweigend nebeneinander, vielleicht waren sie auch einfach zu erschöpft, um noch etwas zu sagen. Manuel war tatsächlich mitten in der Nacht an sein Telefon gegangen, hatte die Situation sofort erfasst und alles in die Hand genommen. Eine halbe Stunde nach Timms Anruf war ein Krankenwagen eingetroffen, und während der Notarzt noch Hamids Blutdruck maß, kam auch Manuel.

Timm war froh, dass Manuel da war. Wer diesen dunklen, auf den ersten Blick verschlossen wirkenden Mann an seiner Seite hatte, dem konnte nichts passieren. Er hatte überlegt, ob er Eva anrufen sollte. Sie würde ihm die Hölle heiß machen, wenn sie im Nachhinein erführe, dass er sie nicht sofort benachrichtigt hatte. Andererseits hätte niemand etwas davon, wenn sie sich jetzt am Telefon aufregte.

Seit Timm auf der Welt war, zumindest seit er sich erinnern konnte, war Hamid noch nie im Krankenhaus gewesen. Er selbst hingegen schon. Zu seinem dreizehnten Geburtstag hatte ihm Hamid ein neues Fahrrad geschenkt. Von da an bestand sein Vater darauf, wenn nichts Anderes anstand, an den Wochenenden Radtouren im Taunus zu unternehmen. Timm kam es vor, als müsse er dieses Geschenk, das er sich gar nicht gewünscht hatte, mühsam abarbeiten. Die Ausflüge, die sich über den ganzen Tag erstreckten, waren anstrengend, nicht nur wegen der Steigungen, bei denen er kaum mithalten konnte, sondern vor allem, weil er ständig ermahnt wurde. Sein neues Fahrrad hatte einundzwanzig Gänge, aber Timm reichte es, im siebten Gang zu fahren, das Umschalten vergaß er meistens. Je mehr sich Hamid darüber aufregte, desto weniger konnte sich Timm merken, was er eigentlich machen sollte.

An einem Sonntag im Sommer passierte dann der Unfall. Timm fuhr hinter seinem Vater einen Anstieg hoch, und obwohl er sich abmühte, wurde er immer langsamer und der Abstand zu Hamid immer größer. Oben angekommen, fiel der Weg steil ab und weiter unten war sein Vater kaum noch zu erkennen. Timm, froh endlich den Anstieg bewältigt zu haben, sauste den Abhang hinunter, ohne abzubremsen, um Hamid nicht völlig aus den Augen zu verlieren. Den Stein, der mitten auf dem Weg lag, sah er zu spät. Das Nächste, was Timm wahrnahm, waren Schmerzen, die ihm die Luft abschnürten, Blut an seinen Knien und der Graben, in dem er gelandet war. Es hatte eine Weile gedauert, bis Hamid merkte, dass etwas nicht stimmte und zurückgeradelt kam. Timm war froh, dass ihm sein Vater nicht auch noch Vorwürfe machte, er habe nicht aufgepasst und sei deshalb gestürzt. Wenn er jetzt zurückblickte, hatte sein Vater in solchen Situationen nie viele Worte verloren, sondern gehandelt. Hamid sah sich den Arm an und strich ihm über den Kopf. Dann wählte er mit dem Handy die Notrufnummer, konnte aber mitten im Wald keine Verbindung herstellen. Kurzerhand versteckte er Timms Fahrrad im Gebüsch und forderte seinen Sohn auf, sich auf seine Fahrradstange zu setzen. Zusammen fuhren sie auf Hamids Fahrrad langsam, aber immerhin deutlich schneller, als es zu Fuß möglich gewesen wäre, in den nächsten Ort, wo sein Vater einen Krankenwagen rief. Eva regte sich später darüber auf, dass Hamid seinen verletzten Sohn auf holprigen Waldwegen mit dem Fahrrad transportiert hatte. Was wäre gewesen, wenn sie umgekippt wären, hatte sie immer wieder gefragt. Sie waren aber nicht umgekippt. Die Schmerzen waren zwar unerträglich gewesen, aber Timm hatte die Zähne zusammengebissen. Hamid hatte ihn dafür gelobt. Im Krankenhaus war er sofort in den Operationssaal gebracht worden. Sein Vater war nicht von seiner Seite gewichen, und als er nach der OP die Augen aufschlug, war er immer noch oder schon wieder da. Zwei Wochen hatte er im Krankenhaus bleiben müssen, und Hamid hatte ihn jeden Nachmittag besucht und war stets lange geblieben, hatte ihm aus Harry Potter vorgelesen oder mit ihm Schach gespielt.

Die Tür, durch die Hamid gebracht worden war, öffnete sich nun und ein Arzt mittleren Alters kam heraus und sprach mit Manuel auf Spanisch. Timm stellte sich dazu, verstand aber wie immer nichts. Dem Gesicht Manuels nach zu urteilen, sah die Sache nicht gut aus. Manuel fragte mehrmals nach, der Arzt antwortete geduldig.

Schließlich unterbrach Manuel das Gespräch

und erklärte Timm auf Englisch: „Dr. Rodriguez hat eben erläutert, dass dein Vater wohl ein Schädel-Hirn-Trauma erlitten hat, wahrscheinlich durch einen Sturz oder einen Schlag verursacht. Bestimmte Regionen des Gehirns seien geschädigt worden, was offensichtlich zu den Gedächtnislücken geführt hat, aber noch ganz andere Auswirkungen haben kann. Auf jeden Fall muss er im Krankenhaus bleiben. Dr. Rodriguez hat ihm ein Mittel gegeben, um den Kreislauf zu stabilisieren. Wir können jetzt nach Hause gehen. Morgen Vormittag hole ich dich ab, dann besuchen wir ihn. Hast du noch Fragen?"

Timm fiel so schnell nichts ein, er musste erst einmal verarbeiten, was er da gehört hatte. Manuel bedankte sich bei Dr. Rodriguez, und sie verließen das Krankenhaus.

Bevor sie ins Auto stiegen, blieb Manuel plötzlich stehen, fasste Timm am Arm und drehte ihn so, dass sie sich gegenüberstanden. „Hör zu, Timm. Dr. Rodriguez ist ein ausgezeichneter Arzt und die Clinica San Juan de Dios ist die beste in Cusco. Aber wenn es um Kopfverletzungen geht, sollte man nicht fahrlässig sein. Die Diagnose- und Behandlungsmöglichkeiten hier sind begrenzt. Ich halte es für das Beste, wenn ihr so schnell wie möglich nach Lima fliegt. Dort gibt es bessere Möglichkeiten. Morgen früh telefoniere ich mit Lima, danach sprechen wir mit Hamid."

Wenn wir nach Lima fliegen, können wir auch gleich nach Frankfurt weiterreisen, dachte Timm. Hier wurde ihm alles zu viel.

40

Timm wusste nicht, wo ihm der Kopf stand. Zum Müdesein hatte er gar keine Zeit, obwohl er nach der Rückkehr aus dem Krankenhaus nicht mehr geschlafen hatte. Manuel hatte ihn eingeladen, zu ihm nach Hause zu kommen, sie hätten ein Gästezimmer, in dem er sich ausruhen könne. Aber Timm hatte viel zu schnell dankend abgelehnt und gebeten, ihn zurück ins Hotel zu fahren. Kaum hatte er es ausgesprochen, bereute er es auch schon. Aber Manuel hatte die Einladung nicht wiederholt. Eigentlich hatte er gar nichts mehr gesagt, sondern war in sein typisches Schweigen verfallen, das Timm mittlerweile kannte und nicht mehr als abweisend empfand. Vielleicht hatte der alte Inka auch nur freundlich sein wollen und es nicht wirklich ernst gemeint. Oder er ging so sparsam mit seinen Worten um, dass eine Wiederholung des einmal Gesagten einfach nicht drin war. Auf dem Weg zurück zum Hotel hatte sich Timm immer unbehaglicher gefühlt. Die Leere, die Hamid hinterlassen hatte, drohte ihn zu verschlucken. Unruhig war er auf dem Autositz hin- und hergerutscht und hatte sich doch nicht dazu durchringen können, Manuel zu sagen, er habe es sich anders überlegt und komme gerne mit zu ihm nach Hause. Er hatte eben nicht wie ein armer verängstigter Junge wirken wollen.

Im Hotel beruhigte er sich. Anders als in den Tagen zuvor wusste er jetzt wenigstens, wo sich sein Vater befand. Es war 5 Uhr morgens, und er beschloss, den Tag zu beginnen. Als erstes stellte er sich lange unter die Dusche und wusch sich die Angst vom Leib, danach zog er sich ein frisches Hemd an und ging zum Frühstück.

Nach einer Schüssel Müsli und drei Tassen Tee fühlte er sich stark genug, Eva anzurufen. Wie erwartet, geriet sie außer sich, als sie hörte, was vorgefallen war. Aber nachdem sie verschiedene Vermutungen angestellt und gleich wieder verworfen hatte, was wohl hinter Hamids Ohnmachtsanfall stecken könnte, hatte sie einen eher geschäftsmäßigen Ton angeschlagen.

„Manuel hat Recht, ihr könnt nicht in Cusco bleiben. Aber Lima überzeugt mich auch nicht. Ihr müsst sofort nach Hause zurückkehren. Wenn du nachher zu Hamid ins Krankenhaus gehst, ruf mich bitte an. Ich will unbedingt mit ihm sprechen."

„Ich richte es ihm aus."

„Du sollst ihm nichts ausrichten, sondern mich anrufen und ihm das Telefon geben!"

„Ich hoffe, ich vergesse es nicht."

„Timm. Was soll das?“

Wie kommt es, dass sich kein Schwein dafür interessiert, wie es mir überhaupt geht, haderte Timm.

„Sag mal, Timm. Was habe ich dir eigentlich getan?“ Jetzt schien sie den Tränen nahe.

„Nichts. Okay, ich rufe dich vom Krankenhaus aus an. Mach's gut.“

Nach dem Gespräch hatte er ein schlechtes Gewissen. Hamid wäre bestimmt sauer, wenn er es mitbekommen hätte. Aber Timm war sich ziemlich sicher, dass Eva seinem Vater nichts erzählen würde. Sie war viel zu stolz, um sich über Timm zu beschweren. Vergessen würde sie es allerdings nie. Es konnten Jahre vergehen, lange schon würde sich niemand sonst mehr erinnern, da würde Eva plötzlich aus dem Nichts heraus exakt Wort für Wort wiedergeben. Ihr Elefantengedächtnis speicherte jede noch so kleine Verletzung, man konnte sicher sein, dass sie irgendwann darauf zurückkam. Den Zeitpunkt dafür bestimmte sie selbst, meist dann, wenn man es am wenigsten erwartete.

Nach dem Frühstück ging Timm in den Innenhof. Die Sonne hatte schon den Himmel erobert und verbreitete ihr gleißendes Licht. Er setzte sich an einen der Tische, schob einen anderen Stuhl herbei, legte die Füße hoch und schloss die Augen. Die warme Sonne tat so gut, vielleicht würde er etwas Schlaf finden. Doch kaum hatte er die Augen zugemacht, tauchte das Bild seines zusammengekrümmt im Badezimmer liegenden Vaters wieder auf. Zwinkernd öffnete er die

Augen und setzte sich gerade. Die Zuversicht, die er eben noch verspürt hatte, war verflogen. Die Ereignisse der letzten Tage waren schwer zu begreifen. Er konnte lediglich aufzählen, was nacheinander geschehen war. Solange er aber nicht wusste, wo Hamid zwei Tage lang gewesen war und was sich zugetragen hatte, fühlte er sich wie im Nebel. Wenn man nichts sieht, muss man eben auf Sicht fahren, sagte er sich. Gleich wollte er seinen Vater im Krankenhaus besuchen. Aus seiner Hosentasche holte er sein Handy und das Kabel mit den Ohrenstöpseln. Musik beruhigte ihn. Manuel würde ihn sicher bald abholen.

Timm zündete sich eine Zigarette an. Mit einem Rest schlechten Gewissens hatte er sich an der Rezeption eine Packung und Streichhölzer gekauft. Um vollends wach zu bleiben, beschloss er, sich auch noch einen Kaffee kommen zu lassen. Jemand ging im Schatten der Arkaden zu der Treppe, die zu den Zimmern führte. In der Annahme, es sei ein Hotelbediensteter rief er: „Señor, un cafe por favor." Er hatte gar nicht vorgehabt, auf Spanisch zu bestellen, es war einfach so aus seinem Mund heraus gekommen. Nicht schlecht, dachte er.

„Ach Timm, du bist hier unten." Hamid trat aus dem Schatten.

Timm fragte sich, ob er doch eingeschlafen war und nun träumte.

„Warum schaust du mich so an? Ich bin wieder da."

„Warum bist du nicht im Krankenhaus?“

„Seit wann rauchst du?“

Hamid stand in Schafanzug und Lederjacke vor seinem Sohn, unrasiert, mit zerzausten Haaren und dicken Ringen unter den Augen. Er war in der Nacht im Schlafanzug ins Krankenhaus gebracht worden. Hamid hatte zwar protestiert und darauf bestanden, sich anzuziehen, aber der Notarzt hatte nicht mit sich reden lassen. Da es draußen kalt gewesen war, durfte sich Hamid lediglich seine Lederjacke über die Schulter legen.

„Und das Krankenhaus?“

„Mir geht’s gut.“

„Wirklich“? Mehr fiel Timm nicht ein.

„Alles in Ordnung.“

„Natürlich.“

41

Hamid hatte sich gleich wieder hingelegt und geschlafen, was unter den gegebenen Umständen wahrscheinlich das Vernünftigste war. Timm setzte sich auf sein Bett, schob ein Kissen in den Rücken und umklammerte seine angezogenen Knie. Er durfte seinen Vater nicht mehr aus den Augen lassen, beschloss er und wusste doch, dass das unmöglich war. Dieser Mann, der immer wie ein Uhrwerk funktionierte, morgens früh aufstand, zum Frühstück genau vier Tassen Tee trank und anschließend seine zwei Zeitungen las, der jeden Schritt, den er tat, vorab erklärte und in einen größeren Zusammenhang stellte, der selbst seine Wutausbrüche unbewusst ankündigte, indem die steile Falte auf seiner Stirn sich in einen tiefen Graben verwandelte, dieser Mann war völlig aus den Fugen geraten. Wer bin ich, um ihn zu beschützen?, fragte sich Timm. Hamid lag auf dem Rücken, seine Bettdecke hob und senkte sich im Rhythmus seines Atmens, was Timm beruhigte. Seufzend rutschte er vom Bett und schlich sich aus dem Zimmer. Im Innenhof rief er Manuel an. Nachdem er ihm erläutert hatte, dass Hamid sich offenbar selbst aus dem Krankenhaus entlassen hatte, erntete er in Schweigen.

„Hallo Manuel? Bist du noch da?“

„Ja, ja, natürlich.“

„Ich will schnellstmöglich mit meinem Vater nach Deutschland zurück.“

„Ich werde mit den Ärzten sprechen.“

„Lima ist keine Lösung.“

„Ich melde mich.“

„Hallo?“

Dieser Manuel war wirklich kein Kommunikationsgenie. Bei Eva ließ es Timm genau viermal klingeln. Als sie nicht abhob, verzichtete er auf jeden weiteren Versuch und schaltete sein Telefon aus. In einer halben Stunde würde er es wieder anschalten, um Manuels Anruf nicht zu verpassen.

Zurück im Zimmer fand Timm alles so vor, wie er es verlassen hatte. Hamid befand sich immer noch in der gleichen Position. Timm vergewisserte sich, dass er atmete. Dann machte er es sich wieder auf seinem Bett bequem, griff nach der Fernbedienung und zappte durch die Fernsehprogramme. Bei einer Telenovela blieb er hängen. Den Ton stellte er auf stumm. Wie in deutschen Seifenopern ging es natürlich um Liebe und Verrat, nur dass die Blicke der Liebenden tiefer und schmachtender waren, die Frauen noch weiblichere Rundungen aufwiesen und die Männer wie die Gockel erhobenen Hauptes herumstolzierten.

Ein schriller Klingelton zerriss die Stille. Timm richtete sich aus seiner halb liegenden Position auf und sah das Zimmertelefon an wie eine Bombe, die sofort entschärft werden musste. Aber es war zu spät, Hamid stöhnte leise und drehte sich zur Seite, blinzelnd versuchte er die Quelle dieses durchdringenden Tons ausfindig zu machen. Timm griff nach dem Hörer und sagte: „Yes."

„Timm?"

Seufzend erkannte er Evas Stimme. Diese Frau ließ sich nicht abwimmeln.

„Du wolltest mich doch anrufen, wenn du bei Hamid warst. Was gibt's Neues? Warum meldest du dich nicht? Wie geht es ihm?"

Obwohl er wusste, dass es zwecklos war, sie weiter hinzuhalten, konnte er sich seines Widerwillens nicht erwehren. So wie er als Kind die Hände vor die Augen gehalten hatte, um die Welt auszublenden, krächzte er jetzt nur: „Hallo? Hallo?"

„Timm?"

„Hallo?"

„Ich höre dich sehr gut. Hörst du mich, Timm? Hallo?"

„Hallo?"

„Es scheint keinen Zweck zu haben. Ich probiere es gleich noch einmal."

Timm wartete, bis er nichts mehr hörte, dann legte er den Hörer neben die Gabel.

„Was ist los? Wer war das?“ Hamid hatte sich aufgerichtet und musterte seinen Sohn.

„Keine Ahnung. Da war nichts zu verstehen. Wie geht es dir? Du hast mir gestern Nacht einen ziemlichen Schrecken eingejagt. Jetzt sag doch mal, warum du nicht mehr im Krankenhaus bist. Wurdest du entlassen? Was hat der Arzt gesagt?“

Hamid sah von seinem Sohn zum Telefon. Langsam streckte er seinen Arm aus und legte den Hörer zurück auf das Gerät.

Kaum lag der Hörer richtig auf, klingelte es schon wieder.

Hamid hob ab. „Diga.“

Dann sagte er: „Eva! Wie schön, dass du anrufst.“

Timm warf sich zurück auf sein Bett, verschränkte die Hände hinter dem Kopf und starrte an die Zimmerdecke. Das Schicksal nahm also weiter seinen Lauf, und er fragte sich, wie wohl die nächste Katastrophe aussah. Sein Vater hatte sichtlich Mühe, Eva zu beruhigen. Seine Taktik, alles zu verharmlosen, schien bei Eva überhaupt nicht zu fruchten. Er versicherte ihr, er habe nach seiner Odyssee aus schierer Überanstrengung einen kleinen Schwächeanfall gehabt, was bei ihr offenbar prompt die Frage aufwarf, was er denn in den zwei Tagen seines Verschwindens getan hätte. Timm hörte, wie sein Vater – um Geduld bemüht – fast mit den gleichen Worten wie am Tag zuvor erklärte, er habe sich an die Adresse des Hotels nicht mehr erinnert, so als sei dies das Selbstverständlichste der Welt. Nein, sein Handy habe er nicht dabei gehabt. Nein, die Adressen und Telefonnummern von Leuten, die er in Cusco kenne, habe er auch nicht bei sich gehabt. Obwohl das, was Hamid sagte, jeglicher Logik entbehrte, hatte Timm den Eindruck, dass sein Vater aus voller Überzeugung sprach. Dann erinnerte er sich, dass der Arzt im Krankenhaus etwas von Gedächtnisverlust erzählt hatte, das würde natürlich manches erklären. Er war sicher, Eva letzte Nacht davon erzählt zu haben. Sie schien es vergessen zu haben, jedenfalls behandelte sie Hamid offenbar so, als verschweige er ihr absichtlich etwas.

Als Nächstes erklärte Hamid, dass es keinen Sinn gehabt hätte, weiter im Krankenhaus zu bleiben und gab unumwunden zu, dass er nicht wüsste, was die Ärzte meinten. Es sei aber nicht relevant, denn abgesehen von der schweren Müdigkeit, die er verspüre, sei alles in Ordnung. Erneut schien Eva zu einem längeren Monolog auszuholen und Hamid hörte schweigend zu.

„Nein, Eva. Ich glaube nicht, dass es nötig ist, jetzt abzureisen. Ich brauche noch ein paar Tage Ruhe, dann geht es wieder. Schau, Timm und ich haben uns so auf diese gemeinsame Zeit gefreut. Es wäre schade, die Reise jetzt einfach abzubrechen.“

Hamid sah seinem Sohn in die Augen, und der hatte den Eindruck, als wünsche sein Vater sich nichts dringender, als dieses Telefonat zu beenden.

Mit geduldiger Stimme wiederholte Hamid: „Nein, das ist, wie gesagt, nicht nötig.“ Unvermittelt fragte er nun: „Und wie geht es dir, Eva. Was macht deine Arbeit?“

Falls er gedacht hatte, Eva damit abzulenken, hatte er sich getäuscht. Als er erneut anfing zu erklären, er habe nur einen kleinen Schwächeanfall gehabt, hatte Timm das Gefühl, Zeuge einer Gehirnwäsche zu sein. Er sprang aus dem Bett, schlüpfte in seine Plastikschlappen und verließ das Zimmer.

42

Manuel drehte sich zu Timm und sah ihn an. Sein Gesicht blieb regungslos, nur seine rot geränderten Augen erzählten, was in ihm vorging. Sie saßen im Innenhof des Hotels, vor sich drei längst leer getrunkene Tassen, und verfielen in Schweigen. Die Sonne war im Begriff, sich zu verabschieden, und die sich ausbreitende Kälte kroch den drei Männern in die Knochen. Um zu verstehen, was Manuel und sein Vater die letzte Stunde miteinander besprochen hatten, musste Timm kein Spanisch können. Auch so erkannte er, dass der alte Inka offenbar am Ende seiner Möglichkeiten zu sein schien.

„Ya es muy tarde. Tengo que irme." Seufzend erhob sich Manuel und drückte Hamid kurz an sich und klopfte ihm auf die Schulter.

Zu Timm sagte er: „The books you asked for, are in my car. Please come with me to get them. My car is just around the corner."

„Which books?", wunderte sich Timm.

Statt einer Antwort legte Manuel ihm den Arm auf

die Schulter und zog ihn sanft mit sich. Als sie den Innenhof verlassen hatten und im Empfangsbereich des Hotels angekommen waren, blieb er stehen.

„Hör zu, Timm. Es war verantwortungslos von deinem Vater, so einfach das Krankenhaus zu verlassen. Ich habe mit Dr. Rodriguez gesprochen. Was letzte Nacht passiert ist, ein solcher Kollaps kann jederzeit wieder vorkommen und sehr schlimme Folgen haben. Dein Vater hat leider überhaupt kein Einsehen. Du musst ihn dazu bringen, morgen noch mit dir nach Lima zu fliegen. Dort ist alles vorbereitet. Ich habe mit einer guten Privatklinik gesprochen, sie erwarten ihn. Lass dir etwas einfallen, wie du ihn überzeugen kannst. Ich habe es nicht geschafft."

„Er fürchtet sich vor Krankenhäusern."

„Und dabei willst du es bewenden lassen?"

„Natürlich nicht."

„Du trägst jetzt Verantwortung. Ist dir das klar?"

„Was glaubst du, was ich die ganze Zeit mache?"

„Natürlich." Manuel klopfte Timm auf die Schulter, dann griff er in seine Jackentasche, holte ein zusammengefaltetes Blatt Papier heraus und gab es ihm. „Das ist die Rechnung der Clinica San Juan de Díos. Am besten begleichst du sie gleich morgen früh, noch bevor ihr nach Lima fliegt. Nimm ein Taxi. In der Klinik kannst du dich problemlos auf Englisch verständigen. Schaffst du das alleine oder soll ich dich abholen?"

„Kein Problem", sagte Timm und glaubte es in dem Moment selbst.

„Sie nehmen nur Visa, keine anderen Kreditkarten."

Timm nickte. Er besaß gar keine eigene Kreditkarte. Was zu bezahlen war, hatte stets Hamid erledigt.

„Gut! Die Tickets musst du umbuchen lassen. Mit welcher Fluglinie seid ihr nach Cusco geflogen?"

„Wir sind mit dem Bus gekommen."

„Dann musst du zwei Hinflugtickets nach Lima kaufen. An der Avenida Sol ist ein großes Reisebüro, dort gehst du am besten hin. Wenn du dich vor dem Hotel links hältst, stößt du nach mehreren Seitenstraßen auf die Avenida Sol, die gehst du einige Meter nach rechts. Die Agentur ist auf der gegenüberliegenden Straßenseite. Hast du das verstanden?"

Timm nickte wieder mechanisch. Er wünschte sich jetzt nur noch, dass Manuel aufhörte, ihm Anweisungen zu geben und endlich verschwand.

„Ruf mich morgen früh auf jeden Fall an. Wenn heute Nacht etwas sein sollte, kannst du mich natürlich jederzeit erreichen."

Manuel drückte Timms Schulter, drehte sich um und verließ ohne ein weiteres Wort das Hotel. Timm ließ sich in das Sofa gegenüber der Rezeption fallen und schloss für einen Moment die Augen.

Die Gesprächsfetzen einer gerade eingetroffenen Reisegruppe rissen Timm aus dem Schlaf. Überall standen Koffer, die Rezeption war durch eine dichte Menschentraube verdeckt, was Timm sehr recht war, denn dadurch schien sich niemand für ihn zu interessieren. Er rieb sich die Müdigkeit aus dem Gesicht, stand auf und wankte in den Innenhof. Inzwischen hatte sich Dunkelheit über Cusco gesenkt. Der nur spärlich beleuchtete Hof erinnerte Timm an die Schrecken der vergangenen Nacht. Die Tassen auf dem Tisch, an dem sie eben noch gesessen hatten, waren abgeräumt. Sein Vater war bestimmt auf das Zimmer gegangen, dachte Timm und merkte zugleich, dass er nicht schon wieder auf seinem Bett sitzen und Hamids Schlaf bewachen wollte. Wenn es nicht so kalt wäre, würde er einfach im Patio bleiben, sich auf einen der Stühle setzen. Oder draußen etwas essen gehen. Aber wer weiß, was sein Vater anstellte, wenn er ihn allein ließ. Mit einem Mal spürte er, wie Wut in ihm aufkam, sich in seinem Bauch ausbreitete und ihn schließlich hoch in das Zimmer trug.

Hamid lag friedlich auf seinem Bett, war aber wach. Als Timm eintrat, rief er: „Zeig doch mal, was sind das denn für Bücher?“

„Welche Bücher?“

„Na, die Manuel dir mitgebracht hat.“

Timm trat zu seinem Vater, faltete das Papier, das ihm Manuel gegeben hatte, auf und legte es ihm auf den Bauch.

„Was ist das?“

„Die Krankenhausrechnung. Die nehmen nur Visa oder Bargeld.“

Hamid faltete das Blatt auseinander, überflog die Rechnung und nickte.

„Ich fliege morgen nach Lima und von dort nach Deutschland.“

Jetzt richtete sich Hamid im Bett auf und musterte seinen Sohn. „Was hast du da gesagt?“

43

Nach dem Frühstück erklärte Hamid, dass sie nun die Flugtickets kaufen würden, zog entschlossen seine Jacke an und ermahnte Timm, sich zu beeilen. Mehr um etwas zu sagen, erkundigte sich Timm: „Muss ich meinen Pass mitnehmen?"

Hamid sah ihn daraufhin so lange an, dass er schon dachte, er hätte gerade etwas vollkommen Verrücktes gefragt.

„Nicht nur das", murmelte Hamid schließlich und fasste sich an den Kopf. Er ging zum Zimmertresor, der sich an der Rückwand des Kleiderschranks befand. Timm sah, wie sein Vater eine Zahlenkombination eintippte. Bei jeder der vier Zahlen erklang ein Piepen und dann hörte er einen schrillen Signalton. Kaum war das Geräusch verhallt, gab Hamid erneut eine Zahlenkombination ein. Wieder ertönte das Signal. Timm stellte sich nun neben seinen Vater, um besser sehen zu können, was er da machte. Hamid legte Daumen und Zeigefinger an seine Nasenwurzel und schloss die Augen, dann fixierte er den Tresor, bewegte etwas seine Finger und tippte auf vier Zahlen. Der Tresor blieb hartnäckig verschlossen, auf dem Display erschien in roten Leuchtbuchstaben das Wort „Error“.

„Scheißding. Noch nicht einmal vernünftige Tresore haben sie, diese Versager. Nichts funktioniert hier.“ Hamid schlug mit der Faust auf den kleinen Safe.

„Warum geht's denn nicht?“, fragte Timm. Um den Safe hatte er sich nie gekümmert.

„Weil das Ding kaputt ist, warum sonst?“, schnauzte Hamid ihn an, als könne er etwas dafür.

Nachdem auch der vierte und fünfte Versuch misslungen waren, griff Hamid zum Zimmertelefon. Den jungen Typ, der kurz darauf erschien, hatte Timm schon oft an der Rezeption herumstehen, Kaffee servieren und Koffer schleppen gesehen. Er schien der Mann für alles zu sein.

„Hi“, begrüßte ihn Timm.

Hamid aber stellte ihn zur Rede: „Sagen Sie mal, warum funktioniert hier eigentlich gar nichts? Warum muss ich mich als Hotelgast mit all diesen Dingen abmühen? Können Sie mir das bitte sagen?“

„Perdon?“

Erst jetzt merkte Timm, dass sein Vater Deutsch gesprochen hatte.

„La caja fuerte está roto“, brüllte Hamid.

Timm sah auf den Boden und wünschte sich weit weg.

Der junge Mann öffnete stumm den Safe mit dem Generalschlüssel. Seinem Gesicht war keine Regung zu entnehmen. Typisch Indianer, Manuel war auch so, dachte Timm und war stolz darauf, sich allmählich in Peru auszukennen. Der Bedienstete zeigte auf den Text, der an dem Zimmertresor angebracht war, sagte etwas in neutralem Ton und verschwand lautlos. Timm sah sich den Text an. Es war die Bedienungsanleitung auf Spanisch und Englisch.

Wenig später betraten sie das Reisebüro. Timm erkannte sie sofort wieder. Ihre schwarzen Haare waren straff nach hinten gebunden und in der Uniform des Reisebüros wirkte sie älter und reifer, als er sie in Erinnerung hatte. Hamid wollte sich an die erste freie Mitarbeiterin gleich an der Eingangstür wenden, aber Timm zog ihn sanft am Ärmel und steuerte mit ihm auf Sonia zu, die zwei Tische weiter saß. Sie tippte etwas in den Computer, hatte aber gerade keinen Kunden. Die beiden setzten sich, und Hamid machte keine Anstalten, Sonia zu begrüßen. Er saß einfach nur da, wartete und betrachtete geduldig seine Umgebung. Sonia hob ihren Blick und blieb an Hamid hängen. Sie strahlte und begrüßte ihn mit warmen Worten, die Timm nicht verstand.

Hamid lächelte freundlich, aber distanziert zurück und Timm verfolgte nun einen Wortwechsel zwischen den beiden, bei dem Hamid etwas irritiert wirkte.

„Wer ist das denn? Woher kennst du sie?“

„Sie behauptet, wir würden uns kennen. Wir hätten

gemeinsam mit ihrer Mutter einen Kaffee getrunken vor zwei, drei Tagen. Aber das kann nicht stimmen. Bestimmt liegt eine Verwechslung vor."

„Nur einen Kaffee getrunken?", fragte Timm und lächelte Sonia zu.

„Was redest du denn da?", brummte Hamid.

Die junge Frau vermied es, Timm anzusehen und wandte sich noch einmal an Hamid, der nun in ruhigem Spanisch etwas von vuelo, Lima, Alemania, Frankfurt, KLM sagte. Timm beobachtete die beiden. Da er kein Spanisch verstand, wartete er darauf, dass eine falsche Geste oder ein heimlicher Blick zwischen den beiden mehr Licht in diese Angelegenheit brachte. Aber nichts dergleichen geschah. Sein Vater verhielt sich gänzlich wie ein Kunde und Sonia wie eine beflissene Reisebüroangestellte. Nun konzentrierte sich Timm auf Sonia, sah sie unentwegt an, damit sie zurückschaute. Sonia indessen schien es gewohnt zu sein, von Männern angestarrt zu werden, und würdigte Timm keines Blickes. So, wie sie da saß und professionell und verbindlich mit Kunden sprach, verkörperte sie die Seriosität in Person. Timm schaute sich nach dem anderen Mädchen um, das er zusammen mit Sonia in der Hotelbar gesehen hatte, konnte sie aber nicht entdecken.

Sonia tippte etwas und sah konzentriert auf den Computerbildschirm. Hamid betrachtete versonnen ein Plakat, das die Mayatempel von Tikal inmitten einer üppigen tropischen Landschaft zeigte. Timm nahm sein Handy zur Hand. Unter Sonias Tisch klingelte es. Sie unterbrach ihre Tätigkeit und beugte sich nach unten, fischte aus ihrer Handtasche das Mobiltelefon und sagte leise: „Diga."

„Hi, it's me", sagte Timm gleichermaßen gedämpft.

Sonia betrachtete das Display ihres Handys, dann glitt ihr Blick zu Timm und von ihm zu Hamid. Auf ihrer Stirn bildeten sich Wölkchen der Ratlosigkeit.

„Did you just call me?"

Hamid sah mit offenem Mund von seinem Sohn zu der jungen Frau. „Kennt ihr euch?"

„Kannst du dir erklären, warum sie dein Handy hat?", fragte Timm.

„Was?"

Sonia stellte unterdessen ihre Suche nach Flügen ein und warf einen besorgten Seitenblick auf ihren Kollegen am Nebentisch, der in ein Kundengespräch vertieft war. Dann stand sie auf und begab sich zwei Tische weiter zu einer älteren Kollegin, hockte sich neben sie und redete auf sie ein.

Timm sah Sonia hinterher. „Ich habe eben deine Nummer gewählt, da hat's bei ihr geklingelt."

„Ich verstehe nicht. Wie kommst du darauf, dass sie mein Handy hat?"

„Das ist eine lange Geschichte", seufzte Timm.

„Dann erzähle sie mir", Hamid klang ungeduldig.

„Erinnerst du dich gar nicht an sie?"

Hamid griff den Unterarm seines Sohnes und sah ihn eindringlich an. „Du erzählst mir jetzt sofort, was sich hier abspielt."

Sonia kam zurück und setzte sich wieder. Sie konzentrierte sich erneut voll und ganz auf den Computerbildschirm.

„Dann fang du doch an. Schließlich kennt sie dich und hat obendrein auch noch dein Handy."

Hamid wischte sich über die Stirn und atmete tief durch. Er beugte sich vor und sagte in schnellem Spanisch etwas zu Sonia, das wie eine Entschuldigung klang.

Die junge Frau wirkte wie erlöst. „Por supuesto, Señor Hamid. Hasta luego."

Hamid stand auf und lächelte Sonia zum Abschied etwas gezwungen zu. Er sah auf Timm herab und wartete, dass sich sein Sohn erhob. Der aber tat so, als habe er nichts mitbekommen, schließlich sprach er kein Spanisch, das wussten ja alle. Ihm graute davor, draußen von seinem Vater zur Rede gestellt zu werden. Er hatte doch die beiden nur etwas aus der Reserve locken, herausfinden wollen, woher sie sich kannten. Vielleicht hatte er etwas übertrieben. Ihm brach der Schweiß aus. Wenn sie jetzt das Reisebüro verließen, würden sie heute nicht mehr nach Lima fliegen können.

Hamid schloss kurz die Augen und massierte seine Stirn, dann beugte er sich ruckartig zu Timm herab. In einem Ton, der Timm erschaudern ließ, raunte er ihm ins Ohr: „Aufstehen. Wir gehen." In langsamen Schritten folgte ihm Timm und spürte die vielen Blicke in seinem Rücken.

Am Abend zuvor hatte er, zu seinem eigenen Erstaunen, Hamid dazu gebracht, der Rückreise nach Deutschland zuzustimmen. Timm hatte gar nicht erst damit angefangen, wie gefährlich es wäre, in Hamids Zustand weiterhin in Cusco zu bleiben, all das hatten ihm Eva und Manuel schon ausführlich erklärt und nichts erreicht. Es hatte keinen Zweck, Hamid erklären zu wollen, was das Beste für ihn sei – das glaubte er sowieso besser zu wissen als jeder andere. Nein, Timm hatte Hamid einfach seine Entscheidung mitgeteilt, nach Lima und von dort nach Deutschland zu fliegen.

„Mir reicht‘s. Verstehst du das? Erst verschwindest du tagelang, dann klappst du zusammen und am Ende haust du aus dem Krankenhaus ab. Wer bin ich, um dauernd auf dich aufzupassen?“

„So?“

Hamid war verstummt. Sein Schweigen senkte sich bleiern über Timm, der sich bewusst wurde, dass er noch nie in seinem Leben so mit seinem Vater gesprochen hatte. Mit einem Mal tat es ihm Leid. Die Wut hatte sich aufgelöst und in ein schlechtes Gewissen verwandelt. Timm wollte bedauern, was er eben gesagt hatte und vor allem, wie er es gesagt hatte, beteuern, dass er doch nur Angst um ihn habe.

Aber Hamid murmelte „in Ordnung“, drehte sich auf die Seite und war von da an nicht mehr ansprechbar.

Am nächsten Morgen stellte Timm verwundert fest, dass Hamid so tat, als wäre es sein alleiniger Entschluss gewesen zurückzureisen.

Timm stand schon in der sich automatisch öffnenden Tür, da machte er kehrt und lief mit großen Schritten zurück. Sonia sprang auf, raffte einen Stapel Papiere, die sie wie ein Schutzschild mit beiden Armen gegen die Brust drückte, und wollte gerade ihren Platz verlassen, als Timm auch schon vor ihr stand.

Hastig erklärte er ihr auf Englisch, dass er sie dringend sprechen müsse. Er wollte sie keinesfalls belästigen. Sein Vater sei krank, und sie müssten so schnell wie möglich nach Deutschland fliegen. Das Handy seines Vaters erwähnte er nicht.

Bevor Sonia überhaupt reagieren konnte, stürmte auch Hamid zurück in den Laden, blieb vor Timm stehen, als wollte er ihn zur Rede stellen, dann aber flackerten seine Augen und er sank auf den Stuhl, der ein gefährliches Ächzen von sich gab. Sonia schaute entsetzt auf. Timm beugte sich über Hamids blasses, fast weißes Gesicht, auf dessen Stirn und Oberlippe sich ein leichter Schweißfilm bildete.

„Baba, ist alles in Ordnung mit dir?“

Hamid nickte. Er atmete heftig.

Sonia sprang auf, ging nach hinten und kam rasch mit einem Glas Wasser zurück. Sie reichte es Hamid, ging neben ihm in die Hocke und drückte seinen Arm.

44

Das Gerät hatte drei Mal in Folge einen Fehler angezeigt. Und auch beim vierten Mal ging nichts. Hamid hatte immer wieder die Geheimzahl eingegeben, jedes Mal vergeblich. Sonia nahm die Karte heraus und betrachtete sie von beiden Seiten eingehend.

„Es kommen immer nur Fehlermeldungen." Sie gab ihm die Karte zurück.

„Was ist los?", fragte Timm

„Das Gerät scheint kaputt zu sein."

Hamid hatte das Wasser, das Sonia ihm gebracht hatte, in einem Zug ausgetrunken. Sie hatte gefragt, ob sie einen Arzt rufen sollten, was Hamid kopfschüttelnd abgelehnt hatte. Als sie ihm ein zweites Glas Wasser brachte, lächelte er sie an und sie lächelte zurück. Timm ignorierte sie weiterhin. Der fragte sich, warum sie sich gegenüber seinem Vater wie eine fürsorgliche Tochter verhielt und ob sich die beiden nicht doch kannten. Hamid bat Sonia darum, fünf Minuten einfach nur sitzen bleiben zu dürfen.

„Por supuesto“, hatte sie geantwortet und sich wieder diskret ihrem Computer gewidmet.

Hamid trank in kleinen Schlucken das kühle Wasser, und in sein Gesicht kehrte etwas Farbe zurück. Timm merkte, dass er die ganze Zeit schon Hamids Hand hielt und ließ sie los.

„Alles gut?“

„Alles gut“, antwortete Hamid.

Dann nahmen sie die Suche nach Lima-Flügen wieder auf. Auf dem Nachmittagsflug um 16 Uhr waren noch Plätze frei, die Sonia umgehend für sie buchte. Anschließend telefonierte sie mit KLM und erklärte Hamid, dass es möglich wäre, übermorgen von Lima über Amsterdam nach Frankfurt zu fliegen. Sie habe eine Reservierung für sie vorgenommen. Na also, hatte Timm gedacht und zufrieden die Beine übereinander geschlagen.

Natürlich gab sich Hamid mit Sonias Auskunft nicht zufrieden und erkundigte sich höflich, ob es an dem Gerät liege und ob es keine andere Möglichkeit gäbe. Sonia sah ihn bedauernd an und sagte nur „Selbstverständlich.“ Ihr Kollege links neben ihr, ein dicker Mann mit einem beachtlichen Doppelkinn, der das Geschehen mit undurchdringlichem Gesicht verfolgt hatte, nicht unfreundlich, sondern eher wie ein in sich ruhender Buddha, winkte Hamid zu sich herüber, nahm die Kreditkarte entgegen, steckte sie in sein Gerät und wartete, bis Hamid erneut die

Geheimzahl eingetippt hatte. Sekunden später drehte der Buddha das Gerät so, dass Hamid selbst die Fehlermeldung sehen konnte. Hamid brummte verärgert und steckte die Karte wortlos zurück in sein Portemonnaie. Wie ein Kartenspieler, der siegesgewiss einen Trumpf präsentiert, holte er schwungvoll seine American-Express-Karte hervor. Der Buddha sah Hamid nur gleichgültig an und Sonia erklärte, dass sie leider nur Visa akzeptierten. Timm sah besorgt von Sonia zu seinem Vater, von seinem Vater zum Buddha, und hatte das Gefühl, all das schon einmal erlebt zu haben.

„Hast du die Geheimzahlen irgendwo notiert?", fragte Timm.

„Ja, klar, in meinem Handy."

Vater und Sohn drehten langsam ihre Köpfe zu Sonia.

45

Das Café Allyu war wie meistens gut gefüllt. Alle Tische waren besetzt. Zwei etwas übergewichtige Frauen saßen an einem Tisch für vier Personen. Obwohl er höflich fragte, ob er sich dazusetzen dürfe, schienen die Damen sein Anliegen überaus befremdlich zu finden. Sie musterten ihn stumm und zuckten schließlich synchron mit den Schultern. Von da an beachteten sie ihn nicht mehr. Timm fragte sich, was er falsch gemacht hatte. Seine Zuversicht schwand. Am liebsten hätte er einen ruhigeren Ort gesucht, aber hier war er verabredet. Also nahm er Platz und drehte sich so, dass er jeglichen Blickkontakt mit seinen Tischgenossinnen vermeiden konnte.

Ein älterer, dicker Kellner kam ihm entgegen und Timm rief ihm zu: „Un té puro, por favor." Der Mann sah ihn argwöhnisch an und nickte knapp. Jetzt erst erkannte Timm ihn wieder. Es war ihm peinlich, dem Mann zu begegnen, den er ein paar Tage zuvor beinahe um die Zeche geprellt hätte.

Nach dem Desaster im Reisebüro hatte Hamid eine Agentur suchen wollen, die American Express akzeptierte. Aber Timm hatte Magenschmerzen vorgetäuscht und behauptet, den Weg zurück ins Hotel nicht allein zu finden. So waren sie schließlich unverrichteter Dinge wieder in ihre Unterkunft zurückgekehrt. Timm wollte sich nicht ausmalen, was geschähe, wenn Hamid auch bei der American-Express-Karte mehrmals hintereinander die falsche Geheimzahl eingab. Sie brauchten eine Pause. Der Vormittag hatte Hamid offenbar angestrengt. Kaum waren sie in ihrem Zimmer angekommen, hatte er sich hingelegt und war prompt eingeschlafen. Timm wartete so lange, bis sein Vater tief schlief, dann untersuchte er Hamids Lederjacke. In der Innentasche fand er das Portemonnaie. Noch dreihundert Dollar und einhundertzwanzig Soles hatte er in bar, das war alles. Und eben die beiden Kreditkarten und eine EC-Karte. Damit müssten sie eigentlich zurechtkommen, wenn die noch verbleibenden Karten nicht auch noch gesperrt wurden. Er entnahm fünfzig Soles und steckte das Portemonnaie zurück in die Jackentasche. Das müsste reichen, dachte er.

Timm stellte zufrieden fest, dass der Tee dampfend heiß war und auch die richtige Farbe hatte, der Duft war okay. Versonnen schlurfte er sein Getränk, was ihm böse Blicke der Damen an seinem Tisch einbrachte. Eigentlich hatte er damit gerechnet, dass Hamid als Erstes Eva anrufen und sie bitten würde,

Geld zu transferieren. Aber nichts dergleichen geschah. Die Beziehung zwischen den beiden war ihm ein Rätsel. Obwohl sie und Hamid in Frankfurt zum Schluss dauernd gestritten hatten, sorgte sie sich so sehr um ihn, rief ständig an und wollte sogar nach Peru kommen. Hamid wiederum hatte bei den zwei Telefongesprächen, die Timm mit angehört hatte, fast zärtlich mit ihr gesprochen. Welches Problem hatten die eigentlich miteinander?

Die Damen am Tisch verlangten die Rechnung, bezahlten und erhoben sich von ihren Plätzen, ohne Timm im Geringsten zu beachten. Er nutzte die Anwesenheit des Kellners und bestellte noch einen Tee. Er sah auf sein Handy. Kurz vor halb eins. Eigentlich konnte er nicht länger warten, nicht riskieren, seinen Vater so lange allein zu lassen. Womöglich würde sich Hamid auf die Suche nach ihm machen und wieder verloren gehen. Als der Kellner das Getränk brachte, bat Timm um die Rechnung und gab dem Mann ein ansehnliches Trinkgeld, das dieser ohne ein Wort des Dankes entgegennahm.

Er nahm ihr Parfum wahr, bevor er sie sah. Vor ihm stand Sonia mit zusammengezogenen Augenbrauen. Sie war tatsächlich gekommen. Vor einer Stunde hatte er sie angerufen, aber nicht erreicht. Schließlich hatte er ihr in einer Kurznachricht geschrieben, er würde sie sehr gerne treffen und fragte, ob sie um 12 Uhr ins Café Allyu kommen könnte.

Es gefiel ihm, dass ihre Haare nun nicht mehr streng nach hinten gebunden waren, sondern sanft auf ihre Schultern fielen. Sie setzte sich ihm gegenüber, legte ihre gefalteten Hände auf dem Tisch. Ihre Fingernägel waren leuchtend rot lackiert, an ihren Handgelenken hingen Armreifen, die teuer aussahen. Mit Augen, die ihm merkwürdigerweise vertraut erschienen, musterte sie ihn, und er fürchtete, bei dieser Prüfung nicht allzu gut abzuschneiden. Immerhin war sie gekommen. Mit neuem Mut strahlte er sie an. „Thank you for coming."

Sie sah sich um. „Etwas einfach hier, oder?"

Der Kellner legte Sonia im Vorübergehen die Speisekarte hin, die sie sofort zur Seite schob. „Was gibt es so Dringendes? Ich kann nicht lange bleiben."

Timm entschied sich, die Karten ohne Umschweife auf den Tisch zu legen. Er erklärte ihr, dass sein Vater zwei Tage lang verschwunden war und erst seit Kurzem wieder zurück sei. Er habe keine Ahnung, wo er gewesen sein könnte. Seitdem jedenfalls sei er stark verändert, nicht nur gesundheitlich in einem bedenklichen Zustand, sondern vergesse auch vieles. „Ich muss wissen, wo mein Vater zwei Tage lang gewesen ist. Woher kennst du ihn?"

Sie verschränkte die Arme und behauptete, seinen Vater weder zu kennen, noch zu wissen, wo er sich tagelang aufgehalten habe. Es war zu erwarten gewesen, dass sie nicht gleich mit der Wahrheit rausrücken würde. Er überlegte, wie er ihr Vertrauen gewinnen könnte, hatte aber keine zündende Idee. Also versuchte er, sie möglichst freundlich anzuschauen.

„Du warst deswegen in der Bar", stellte sie fest.

„Ja."

„Wer war der ältere Typ?"

„Ein Freund meines Vaters. Er ist Professor für Agrarwissenschaften hier in Cusco. Der ist völlig harmlos."

Sonia nickte. „Okay."

„Bitte."

„Also gut. Vor ein paar Tagen saß ich mit meiner Mutter in einem Café, da sind wir ihm begegnet. Meine Mutter hat ihn mir vorgestellt. Die beiden hatten eine Affäre damals, als dein Vater in Cusco lebte. Für meine Mutter war es eigentlich mehr als das, obwohl sie es nicht zugibt. Dann ist er nach Deutschland zurückgereist und hat sich nie mehr blicken lassen. Wir haben nur zusammen einen Kaffee getrunken."

„Mehr nicht?"

„Natürlich nicht", fauchte sie ihn an.

„Mein Vater war nie in der Bar?"

„Das weiß ich nicht. Ich habe ihn dort jedenfalls nicht gesehen." Sonia legte ihre Arme um ihre große Handtasche auf ihrem Schoß.

Neben Sonia war der Kellner aufgetaucht. Sie bestellte einen Kaffee.

Timm wusste nicht, ob er ihr glauben sollte. Irgendetwas verband die beiden, da war er sich sicher.

„Meine Mutter hat ihn damals sehr geliebt."

„Und umgekehrt?"

Sonia zuckte die Schulter. Sie wirkte jetzt weicher,

fiel ihm auf. Anders als in der Bar und auch anders als im Reisebüro. Drei Frauen in einer.

„Was machst du so? Ich meine, in Deutschland?", fragte Sonia und riss Timm aus seinen Überlegungen.

Unter ihrem Lächeln wurde ihm warm. Er zog seine Lederjacke aus und hängte sie über die Stuhllehne. Ohne zu überlegen, erzählte er ihr offenherzig, dass er von der Schule geflogen sei und sich nun neu orientieren müsse. Da auch sein Vater eine Auszeit gebraucht hatte, hätten sie beschlossen, diese lange Reise gemeinsam zu unternehmen.

Der Geruch frischen Kaffees stieg ihm in die Nase.

„Un té puro más, por favor", wandte sich Timm an den Kellner, der Sonias Bestellung gebracht hatte.

„Hey, du sprichst ja Spanisch."

Timm freute sich wie ein Schüler, der gelobt wird.

„Wie alt bist du, Timm?"

Timm wollte sie schon fragen, woher sie wusste, wie er hieß, aber da fiel ihm ein, dass er am Ende der Kurznachricht an sie seinen Namen geschrieben hatte.

„Neunzehn, und du?"

„Einundzwanzig."

„Dann ist deine Mutter ja nicht lange allein geblieben, nachdem mein Vater aus Peru abgereist ist." Timms Grinsen prallte an Sonias ernstem Gesicht ab.

„Ich muss gehen." Sonia stand auf, griff in ihre Handtasche und gab ihm Hamids Handy.

„Was war denn damit?" Timm hielt das Gerät hoch.

„Ich muss jetzt wirklich gehen."

„Komm, die Antwort schuldest du mir noch."

„Meine Mutter hat es mir gegeben. Dein Vater hat es bei dem Treffen im Café liegen lassen."

„Ich verstehe nicht."

Sonia setzte sich wieder hin. Sie strich sich eine Haarsträhne aus dem Gesicht.

„Ich bin nicht lange in dem Café geblieben, da ich zur Arbeit musste. Die beiden Alten bestellten noch etwas und unterhielten sich prächtig, ich hatte ohnehin das Gefühl zu stören. Später erzählte mir meine Mutter, dass dein Vater es irgendwann plötzlich ganz eilig gehabt und sich hastig verabschiedet habe. Sein Handy habe er einfach auf dem Tisch liegen lassen. Sogar die Rechnung musste meine Mutter allein begleichen. Sie blieb noch etwas sitzen, in der Hoffnung, dass er es merken und zurückkommen würde. Aber er kam nicht mehr wieder. Na ja, da hat sie das Telefon eben an sich genommen. Allerdings hatte sie keine Ahnung, wie sie es ihm zurückgeben sollte. Sie wusste nicht in welchem Hotel er wohnte. Als ich sie am nächsten Tag besuchte, gab sie es mir. Sie meinte, ich könnte das rausfinden."

So ganz verstand er das alles immer noch nicht.

„Aber du hast das Handy einfach selbst benutzt?"

„Kaum."

„Du hast doch bestimmt ein eigenes. Wozu brauchst du ein zweites?"

Sonia presste ihre Lippen aufeinander und sah ihn trotzig an.

„Wegen deines Zweitjobs in der Bar?"

„Das geht dich nichts an." Sie sprang auf.

Aber er konnte sie noch nicht gehen lassen.

„Das ist mir egal“, sagte er in versöhnlichem Ton. „Bitte, bleib doch noch.“ Er griff nach ihrer Hand.

Sonia entzog sie ihm sanft. Sie beugte sich über den Tisch und küsste Timm auf die Wange. „Vielleicht melde ich mich bei dir. Ich habe deine Nummer notiert.“ Sie drehte sich um und ging.

Diese Augen, dachte Timm und verstand nicht, an wen sie ihn erinnerten. Er fühlte sich wie ein Taucher, der etwas zu schnell an die Oberfläche kommt. Es dauerte ein bisschen, bis die Benommenheit nachließ.

46

Mit Hamids Handy eilte Timm auf direktem Weg zurück ins Hotel, wo er zufrieden feststellte, dass sein Vater immer noch schlief. Er setzte sich auf sein Bett und untersuchte als Erstes das Telefon. Sämtliche Kontakte waren gelöscht, stattdessen hatte Sonia ihre eigenen Adressen eingegeben. Die Fotos hatte sie aber merkwürdigerweise nicht angetastet. Als nächstes überprüfte er das Protokoll der ein- und ausgehenden Anrufe und stellte fest, dass Sonia tatsächlich gar nicht viel telefoniert hatte. Schließlich suchte er nach einem Hinweis auf die Geheimzahlen für die Kreditkarten, konnte sie aber nirgends finden, was ihn beunruhigte.

Mit einem Mal spürte er, dass sich etwas verändert hatte, hielt inne und lauschte – nichts, nur der durch das Fenster gedämpfte Verkehrslärm, aber der zählte nicht. Da erst merkte er, dass es die Stille war, die ihn verstörte. Es waren keine Schnarchgeräusche mehr zu hören. Er sprang aus dem Bett und beugte sich über seinen Vater. Hamid war sehr blass, er lag auf der Seite in die Wolldecke eingewickelt, aus seinem leicht geöffneten Mund entwich kein Laut, und seine Brust hob und senkte sich nicht. Timm richtete sich auf und blickte entsetzt auf seinen Vater. Da drang ein unmerkliches Geräusch, ein leichtes Knarren zu ihm durch. Er bückte sich erneut, diesmal tiefer und sah dem Alten ins Gesicht.

Plötzlich ging alles sehr schnell. Hamid schoss mit dem Kopf nach oben und brüllte: „Haaaaa!"

Das Herz wäre ihm beinahe aus der Brust gesprungen. Er warf sich zurück und fiel auf sein eigenes Bett. „Scheiße. Ich dachte, du wärst tot."

„Ach, du bist es", sagte Hamid, als sei er eben gerade einfach so aufgewacht. „Alles in Ordnung mit dir?", fragte er und wandte den Kopf zu seinem Sohn.

Timm stand auf und schleppte sich ins Bad. Er schloss die Tür und verriegelte sie, was er noch nie gemacht hatte, und stellte sich an das Waschbecken. Im Spiegel sah ihn ein ernster, erschöpft wirkender und nicht mehr sehr junger Mann an, mit Augen wie glühende Kohle. Er drehte den Wasserhahn auf und hielt seinen Kopf darunter, bis das kalte Wasser das letzte Gefühl betäubt, die letzten quälenden Gedanken weggespült hatte. Mit tropfenden Haaren griff er sich eins der noch sauberen Handtücher, legte es sich um den Kopf und atmete den leichten Waschmittelduft ein.

Mit energischen Schritten ging er zurück zu seinem Bett und noch bevor sein Vater etwas sagen konnte, eröffnete er ihm: „Ich habe dein Handy.“ Er nahm das Mobiltelefon von seinem Nachttisch und reichte es seinem Vater, der es ungläubig entgegennahm.

„Wo hast du das her?“

„Von Sonia natürlich.“

Hamid sah ihn so erstaunt an, dass Timm zunächst darauf verzichtete, mehr zu erzählen. Und Hamid fragte auch gar nicht, betrachtete das Gerät eingehend, dann drückte er auf das Display und vertiefte sich darin.

„Fünfundzwanzig verpasste Anrufe von Eva, dreißig von dir, fünfzehn Mailbox-Nachrichten, zehn SMS“, murmelte Hamid. Er wischte und drückte herum, dann hielt er sich das Gerät ans Ohr. Diesen Vorgang wiederholte er wieder und wieder, bis er seufzend das Telefon neben sich auf das Bett legte, sich an die Nasenwurzel griff und die Augen schloss. Das Abhören der Nachrichten in der Mailbox scheint ihn sichtlich mitzunehmen, stellte Timm fest und legte sich die Worte zurecht, um ihm von den zwei schlimmsten Tagen seines Lebens zu erzählen. Die Ignoranz seines Vaters, dieser Damm, der ihn bisher daran gehindert hatte, ihm von seinen Alpträumen, vergeblichen Anrufen bei der Polizei, den Fahrten durch Cusco und dem verzweifelten Ansprechen von Fremden zu erzählen, schien nachzugeben. Timm fühlte sich befreit. Wie zum Angriff beugte er sich vor und hob siegesgewiss an, um zu berichten. Nein, er musste nicht warten, bis er gefragt wurde.

Hamid öffnete wieder die Augen. „Wer ist Sonia?“,

fragte er und sah dabei das Handy an, als erwarte er von ihm die Antwort. Im nächsten Moment murmelte er: „Ach so, das Mädchen im Reisebüro. Die gefällt dir, was?"

Enttäuscht richtete Timm sich wieder auf. Hamid aber lachte und klopfte seinem Sohn auf die Schulter, als gratuliere er ihm zu einer Eroberung, wie unter echten Männern.

Ohne ein weiteres Wort zog Timm seine Schuhe an und die Jacke über. Dann stellte er sich ans Fenster und sah dem Treiben der Menschen auf der Straße zu, bis er sich etwas beruhigt hatte. „Sind die Geheimzahlen deiner Kreditkarten noch im Handy gespeichert?"

Hamid wischte und drückte auf dem Gerät herum. „Ja, alles wie gehabt." Dann, als habe er einen Energieschub erhalten, erhob sich Hamid aus dem Bett und rief seinem Sohn zu: „Komm, wir gehen jetzt zu einem vernünftigen Reisebüro, wo wir mit American Express bezahlen können und die Kreditkartengeräte in Ordnung sind, und besorgen die Tickets."

„Gute Idee", sagte Timm froh, endlich etwas unternehmen zu können.

Sie liefen die Calle Cruz Verde runter, vorbei an dem nicht abreißenden Strom der Passanten. Immer wieder mussten sie entgegenkommenden Menschen ausweichen, nebeneinander zu gehen oder sich gar dabei zu unterhalten, war gänzlich unmöglich. Eine dicke Frau, die schon eine ganze Weile vor Timm hergelaufen war, blieb plötzlich an einem Straßenübergang stehen und begrüßte überschwänglich einen älteren Mann. Timm wäre fast auf sie gefallen. Im letzten Moment konnte er noch ausweichen. Die Autos standen im Dauerstau, und Timm nutzte die Gelegenheit, um rasch auf die andere Straßenseite zu kommen. Im Geiste ging er noch einmal das Treffen mit Sonia durch, versuchte sich ihr Gesicht, ihre Augen, ihre Haare in Erinnerung zu rufen. Ein leichter Schlag gegen seine Schulter riss ihn aus seinen Gedanken. „Perdon", entschuldigte sich ein Junge in grauen Hosen, weißem Hemd und blauem Sakko.

„Das ist wohl eine Schuluniform", sagte Timm, drehte seinen Kopf zur Seite und sah in das müde Gesicht einer älteren Frau, die neben ihm ging. Da erst merkte er, dass sein Vater nicht mehr bei ihm war. Abrupt blieb er stehen und drehte sich um. Die ihm entgegenkommenden Leute sahen ihn verwundert an und schoben sich an ihm vorbei. Timm fühlte, wie sich sein Herz zusammenzog. Schließlich riss er sich aus der Erstarrung los und lief zurück. An dem Straßenübergang sah er ihn. Ein Mann mit einem langen Stock stützte Hamid. Nein, es war umgekehrt, sein Vater stützte den Mann. Dann erkannte Timm, dass sein Vater einem Blinden half, über die Straße zu kommen. Beruhigt atmete er aus, winkte seinem Vater zu und wartete auf ihn. Als Hamid mit dem Blinden auf der anderen Straßenseite angekommen war, ließ er den Arm des Mannes los, blieb aber unvermittelt stehen und drehte sich wieder um, sodass er mit dem

Rücken zu Timm stand. Dort verharrte er, als warte er darauf, wieder zurück über die Straße zu gehen. Timm griff sich an den Kopf und hätte am liebsten laut losgebrüllt, dieser Mann brachte ihn noch zum Wahnsinn. Wütend bahnte er sich den Weg zurück und ergriff Hamids Arm.

„Was ist los, Baba? Alles in Ordnung?"

„Nein."

Er hielt seinen Vater mit beiden Armen fest und versuchte, ihn auf den Bürgersteig zu ziehen.

„Komm, noch zwei Schritte. An der Hauswand können wir uns auf den Boden setzen."

„Hier war es!"

„Was?"

„Hier bin ich dem Auto ausgewichen. Ich bin hingefallen und habe mich am Kopf verletzt."

„Und danach?"

Hamid sah ihn ratlos an. Er wirkte sehr alt.

Timm wartete, doch es kam nichts mehr.

„Gehen wir", sagte Hamid schließlich und schleppte sich vorwärts.

Er protestierte nicht, als sein Sohn ihn an der Hand nahm, und so bahnten sich die beiden gemeinsam ihren Weg durch den Menschenstrom.

Am Portal Espinar war das Reisebüro, das ihnen die junge Frau an der Hotelrezeption empfohlen hatte, nicht zu übersehen. Es befand sich an einer Ecke des von Arkaden umsäumten Quadrats, das hauptsächlich Boutiquen und Kunsthandwerkläden beherbergte. Die würden auf jeden Fall American Express akzeptieren, hatte sie gesagt. Auf dem Boden hatten sich fliegende Händler breitgemacht und boten still ihre Waren feil. Die Ladenbesitzer schienen es hinzunehmen. Vor einer Boutique mit schicken Alpacca-Kleidern im Schaufenster kauerten ein paar arme Gestalten. Magere Männer, unrasiert und hohlwangig, beobachteten stoisch das Geschehen um sie herum. Sie steckten in unförmigen, notdürftig zusammengestoppelten Kleidern, die dennoch einen gewissen Schutz vor der nächtlichen Kälte zu bieten versprachen. Vor oder neben ihnen lagen kleine Bündel, offenbar ihre ganze Habe. Sie hatten nichts zu verkaufen, bettelten auch nicht, oder doch? Vielleicht warteten sie einfach nur, worauf, war nicht zu erkennen. Plötzlich schaute einer der Männer zu ihm auf, schien zu stutzen und rief mit einem Mal: „Hola, compadre."

Timm erstarrte und gab ein klägliches „Hi" von sich.

Der Mann ließ einen Redeschwall los und sah dabei merkwürdigerweise Hamid an. Der aber setzte sein verlegenes Lächeln auf, das in letzter Zeit zu seinem Markenzeichen zu werden drohte.

„Was will der Mann von dir, Baba?"

„Er sagt, ich würde blendend aussehen und fragt, ob es mir besser gehe."

„Woher kennst du ihn?"

„Ich kenne ihn nicht."

„Was sind das überhaupt für Leute und was machen sie hier?"

„Das sind wohl arme Bauern, die hier in der Stadt

gestrandet sind und jetzt nicht weiter wissen."

Timm versuchte die verschiedenen Eindrücke zu ordnen, was ihm nicht ganz gelang. Schließlich fragte er in die Runde der am Boden kauernden Männer: „Do you speak English?"

„Como?"

„May I help you?" Ein gut gekleideter Herr trat aus der Alpacca-Boutique, vor der sie standen, offenbar der Ladenbesitzer.

Timm erklärte ihm die Lage und bat ihn, den Bauern zu fragen, woher er seinen Vater kenne.

„Das ist Ihr Vater? Es freut mich, dass es ihm besser geht."

„Sie kennen ihn auch?"

„Nun, kennen ist zu viel gesagt. Ihr Vater hielt sich vor ein paar Tagen genau hier an dieser Stelle mit diesen Männer auf. Die meiste Zeit schlief er. Die Männer gaben ihm von dem bisschen, das sie zum Essen hatten, etwas ab. Ich entdeckte ihn erst am Abend, als ich in den Laden kam, aber meine Angestellte sagte, er habe schon den ganzen Tag dort gehockt. Es war ja offensichtlich, dass er nicht zu denen gehörte. Also sprach ich ihn an. Er machte einen sehr verwirrten Eindruck, roch aber nicht nach Alkohol. Er wusste offenbar nicht mehr, wo er wohnte, und er war krank, das war unverkennbar. Ich bot ihm an, ihn in ein Krankenhaus zu fahren, aber das wollte er auf keinen Fall. Von der Polizei wollte er auch nichts wissen."

„Und dann?", fragte Timm und warf einen Seitenblick auf seinen Vater. Der schien nicht mehr lange stehen zu können. Rasch legte er ihm den Arm um die Schulter.

„Ich konnte ihn ja nicht einfach sich selbst überlassen. Schließlich rief ich unseren Pfarrer an, der weiß besser, wie man solchen Menschen helfen kann. Na ja, der kam dann auch und nahm ihn mit. Danach habe ich ihn nicht mehr wieder gesehen."

„Ein Pfarrer?"

„Ja."

„Krass."

47

Die Puzzleteile fügten sich allmählich zusammen, doch ein Gesamtbild konnte Timm immer noch nicht erkennen. Würde ihn jetzt jemand fragen, wie er sich fühlte, wäre er nicht in der Lage, es zu beschreiben. Sie saßen in einem Restaurant in einer der Nebenstraßen der Plaza de Armas und warteten auf ihr Essen. Immerhin waren keine weiteren Katastrophen eingetreten. Timm hatte sich von seinem Vater die Geheimzahl für die American-Express-Karte geben lassen und sie ihm jedes Mal, wenn die Karte zum Einsatz kam, diktiert. Sein alter Herr hatte es erstaunlicherweise geduldig hingenommen. So hatten sie die Hotelrechnung beglichen, die Flugtickets nach Lima gekauft und genügend Bargeld abgehoben, um die Krankenhausrechnung zu bezahlen und noch etwas für unterwegs zu haben.

„Das war eine kurze Reise. Tut mir leid", sagte Hamid.

„Mir kam sie ziemlich lang vor."

Hamid lächelte seinen Sohn an und ließ seinen Blick wohlwollend auf ihm ruhen.

Timm dachte an die Endlosschleifen der ohrenbetäubenden Latinomusik des CD-Händlers und die Straßenverkäuferinnen in ihren weiten bunten Röcken, erinnerte sich an Manuel und ihre Fahrten durch das nächtliche Cusco und daran, wie sich Sonia die schwarzen Haare aus dem Gesicht strich. Er würde wiederkommen, irgendwann.

„Es war trotzdem schön."

„Es ist lieb von dir, das zu sagen. Was hat dich denn besonders beeindruckt?"

„Du", antwortete Timm.

Hamid lächelte und schüttelte den Kopf. „Du bist ein Clown."

„Hast du dir eigentlich nie noch mehr Kinder gewünscht?"

„Wie kommst du jetzt darauf? Ja, es wäre schön gewesen, aber es hat sich nicht ergeben."

„Hattest du eigentlich eine Freundin damals, als du in Cusco gelebt hast?"

„Eigentlich nicht. Also jedenfalls nichts Ernsthaftes. Eine Ex-Freundin habe ich sogar wieder getroffen, kurz vor meinem Sturz."

„Ach, ja?"

„Moment mal."

Sein Vater stützte seinen Kopf in beide Hände und Timm befiel erneut ein Grausen.

„Was hast du, Baba? Mensch, Baba, was ist mit dir?" Er schaute sich hilfesuchend im Lokal um.

„Alles okay. Mir kam eben eine Erinnerung. Ich war mit Violetta zusammen.“

„Violetta?“ Also doch, dachte Timm düster. Aber er verstand trotzdem nicht. „Du meinst Sonia, oder?“

Hamid verfiel in Schweigen und reckte den Kopf, als suche er jemanden.

„Baba?“ Drehte sein Vater jetzt endgültig durch?

„Un té por favor“, sagte Hamid zu dem Kellner, der wie aus dem Nichts aufgetaucht war.

Hamid schien in seinen Gedanken verloren, er schaute nicht einmal mehr auf. Timm drückte seinen Arm. „Baba, was ist los?“

Aber sein Vater schien wie in Trance zu sein. Als wenig später der Tee serviert wurde, nahm Hamid in aller Ruhe ein paar Schlucke, dann setzte er das Glas ab und wandte sich an Timm.

„An deinem Geburtstag bin ich morgens aus dem Hotel gegangen, um Zeitungen zu kaufen. Auf dem Rückweg bin ich spontan in ein Café gegangen, um sie dort zu lesen, so wie früher. An einem der Nebentische saßen zwei Frauen, eine etwa in meinem Alter und eine jüngere. Ich achtete zunächst nicht auf sie und vertiefte mich in meine Zeitung. Als ich zufällig aufsah, begegnete ich dem Blick der Älteren und erkannte meine frühere Freundin Violetta wieder, mit der ich vor zwanzig Jahren eine kurze Affäre hatte. Sie sah mich mit offenem Mund an. Ich ging an ihren Tisch und sie stellte mir ihre Tochter vor. Die Tochter ist Sonia, die junge Frau aus dem Reisebüro. Wir unterhielten uns, es war ganz lustig. Irgendwann stand Sonia auf und verabschiedete sich. Ich blieb mit Violetta sitzen, wir bestellten noch etwas. Es war wirklich angenehm. Mehr nebenbei erkundigte ich mich danach, wie alt eigentlich Sonia ist, wer ihr Vater ist, und ob ich ihn zufälligerweise kenne. Violetta arbeitete damals auch an der Uni, und ich dachte, wer weiß, vielleicht kenne ich ihn ja. Je mehr ich nachfragte, desto gereizter reagierte sie. Schließlich warf sie mir an den Kopf, wenn ich es ganz genau wissen wolle, der Vater des Mädchens sei ich höchstpersönlich. Ich war wie vom Donner gerührt, fragte nach Sonias Geburtsdatum, rechnete nach und ja, es ist durchaus möglich, dass sie meine Tochter ist. Ich konnte es nicht fassen und stellte sie zur Rede, warum sie mich nie informiert habe. Aber anstatt mir eine vernünftige Antwort zu geben, machte sie mir heftige Vorwürfe. Ich hätte sie abgelegt, wie ein altes Hemd. Wie ein Orkan sei ich über ihr Leben gefegt, hätte alles durcheinander gewirbelt und sei ebenso schnell wieder verschwunden. Mit den Verwüstungen habe sie dann leben müssen. Sonia sei das einzig Schöne, das ihr geblieben sei.

‚Ich hatte ein Recht darauf, es zu erfahren', beharrte ich.

‚Als die Kleine in die Schule kam, hatte ich endlich genug Abstand gewonnen', sagte Violetta. Sie habe mir geschrieben und Fotos von der Kleinen geschickt. Danach habe sie sich noch mehrmals gemeldet. Ich hätte aber nie reagiert, was natürlich Quatsch ist. Ich habe nie Post von Violetta bekommen, all die Jahre nicht.

Das sagte ich ihr auch. Eine Weile ging es hin und her. Aber die angeblichen Briefe waren mir schließlich gar nicht so wichtig. Immerhin hatte ich gerade erfahren, dass ich eine erwachsene Tochter habe und natürlich war das die größte Sensation in meinem Leben, seit du auf der Welt bist. Ich wollte sie sofort sehen.

‚Wo ist sie hin?', bedrängte ich Violetta.

Daraufhin machte sie dicht. Ich solle ihre Tochter in Ruhe lassen, Sonia ahne gar nichts von meiner Vaterschaft. Sie habe ihrer Tochter immer erzählt, der Vater sei bald nach ihrer Geburt gestorben. Ich solle zurück nach Deutschland fliegen, sie und ihre Tochter kämen sehr gut ohne mich zurecht.

Aber ich ließ nicht locker, du kennst mich ja. Na ja, schließlich rückte sie damit heraus, wo Sonia arbeitete, eben in der Reiseagentur. Ich stürzte los, um sie noch vor ihrem Dienstbeginn zu erwischen. Ich rannte über eine Straße, sah ein Auto herannahen, hörte das Quietschen der Bremsen, wollte ausweichen, rutschte aus und fiel hin. Dabei muss ich mich wohl am Kopf verletzt haben." Hamid tastete vorsichtig nach seinem Verband. „Ob der Fahrer stehengeblieben ist, weiß ich schon nicht mehr."

„Dann habe ich also eine Schwester", stellte Timm überflüssigerweise fest und versuchte immer noch seine Gefühle in den Griff zu bekommen. Er hatte es geahnt, jetzt wusste er es. Er war erstaunt, wie wenig es ihn erschütterte, im Gegenteil, er freute sich. Er hatte sich immer Geschwister gewünscht, jetzt hatte ihm das Schicksal eine ältere Schwester geschenkt. Er war nicht mehr allein.

„Wir müssen unbedingt zurückkommen nach Peru, wenn es mir besser geht", stellte Hamid fest.

„Wir kommen wieder", nickte Timm.

Beide verfielen in Schweigen, jeder hing seinen Gedanken nach.

„Was wirst du in Frankfurt machen?", fragte Hamid schließlich.

„Dich in ein Krankenhaus bringen."

Hamid sah seinen Sohn scharf an, dann verzog er sein Gesicht. Timm vermutete, dass es der Versuch eines Lächelns war.

„Hm. Manuel hat mir erzählt, dass du ganz schön zu tun hattest, um mich zu finden. Ich bin stolz auf dich."

„Manuel", dachte Timm. Sein Magen zog sich zusammen. Ihn selbst hatte sein Vater nie gefragt. Und jetzt das gönnerhafte Lob.

„Und du? Zurück ins Institut?"

„Ich glaube, nicht so bald."

Am nächsten Morgen stand Timm mit dem Gepäck vor dem Abfertigungsschalter der Fluglinie und wartete darauf, dass der Check-in begann. Vor ihm in der Warteschlange waren nur ein deutsches Paar mit großen Rucksäcken und eine peruanische Familie mit zwei kleinen Kindern. Es hatte sich gelohnt, so früh aufzustehen, sagte er sich. Er drehte sich um und sah, dass sein Vater immer noch auf seinem Platz saß. Hamid sah nicht gut aus. Timm hatte ihm eine kleine Flasche Wasser gekauft und angeboten, das Einchecken zu übernehmen, er könne solange Platz nehmen. Hamid hatte noch nicht einmal widersprochen und es hingenommen, als sei es selbstverständlich. Die letzte Nacht in Cusco war ruhig geblieben, und Timm hatte seit Langem wieder richtig schlafen können. Manuel hatte es sich nicht nehmen lassen, sie zum Flughafen zu fahren. Zum Abschied hatte er Timm in den Arm genommen, ohne etwas zu sagen. Er war einfach kein Mann großer Worte.

Trotz der frühen Stunde herrschte hektischer Betrieb am Flughafen. Die anderen Fluglinien hatten bereits ihre Schalter geöffnet und fertigten Passagiere ab. Die langen Schlangen, die sich überall gebildet hatten, bewegten sich nur langsam vorwärts. Nach und nach begaben sich die Fluggäste mit Bordkarten und Handgepäck zu ihrem Flugsteig. Nur bei Timm tat sich nichts. Er drehte sich um. In der Reihe hinter ihm standen mittlerweile so viele Leute, dass er seinen Vater gar nicht mehr sehen konnte. Mit einem Schaudern malte er sich das Horrorszenario aus: Er hätte eingecheckt, sein Vater wäre verschwunden, und er müsste den gesamten Flughafen nach ihm absuchen. Er trat einen Schritt zur Seite und stellte beruhigt fest, dass sich Hamid unverändert auf seinem Platz befand, die Wasserflasche noch genauso in der Hand, wie vorhin, als er sie entgegengenommen hatte. Wahrscheinlich hat er noch nicht mal getrunken, dachte Timm besorgt. Da es in ihrem Hotel erst ab 6 Uhr Frühstück gab, hatten sie darauf verzichten müssen. Na ja, sie hätten vor dem Abflug ja noch genügend Zeit, in einem der Flughafenrestaurants zu frühstücken, tröstete sich Timm.

Über Lautsprecher kam eine Ansage, aus der Timm das Wort Lima heraushörte, ansonsten aber nichts verstand. Die Leute, die vor ihm standen, schüttelten missbilligend den Kopf. Er drehte sich um und sah, dass auch unter den Wartenden hinter ihm ein Getuschel eingesetzt hatte. Es war wohl eine Ansage, die sie betraf. Er klopfte dem Deutschen vorsichtig auf die Schulter. Der Mann drehte sich um und sah mit hoch gezogenen Augenbrauen auf Timm herab. Er war mindestens einen Kopf größer. Offenbar mochte er es nicht, wenn Fremde ihn anfassten. Seine Freundin wandte sich ebenfalls um und sah Timm neugierig an. In ihrem langen weinroten Baumwollkleid, der Jeansjacke, ihren langen blonden Haare und dem bunten Tuch um ihren Hals schien sie eine Reinkarnation der Hippies aus dem letzten Jahrhundert zu sein. Die beiden waren etwa in seinem Alter.

„Hi. Habt ihr das verstanden? Hat unser Flug Verspätung?“

Der junge Mann schien die Sprache verloren zu haben oder wunderte sich, dass Timm Deutsch sprach.

„Nee“, sagte seine Freundin. „Der Flug ist überbucht. Sie bieten jedem, der bereit ist, einen späteren Flug zu nehmen, dreihundert Dollar an.“

„Krass. Und wie geht's jetzt weiter?“

„Wenn sich niemand meldet, dann erhöhen sie

den Preis. Ich würde sagen, wenn sie das Angebot verdoppeln, kommt Bewegung in die Sache“, sagte das Mädchen und sah ihren Partner fragend an. Der schien kein Interesse zu haben, sich mit Timm zu befassen und drehte sich wieder um. Seine Freundin betrachtete Timm noch einen Moment lang mit ernstem Gesicht, dann wandte auch sie sich um.

Was passiert, wenn sich gar keiner meldet, fragte sich Timm, lassen sie uns dann nicht mitfliegen? Er ärgerte sich, dass er alles hier allein durchstehen musste und hielt Ausschau nach seinem Vater. Der saß unverändert da und schien, anders als früher, unendliche Geduld zu haben. Das Mädchen vor ihm lehnte sich an ihren Freund, als wäre er eine Säule, ihr Kopf lag an seiner Schulter. Die beiden Kinder der peruanischen Familie wurden unruhig. Der Junge, etwa vier Jahre alt, bohrte seinen Finger in den Bauch seiner kleineren Schwester, die daraufhin einen ohrenbetäubenden Lärm veranstaltete. Das Ganze führte dazu, dass der Vater seine Frau anschnauzte und diese in zischenden Lauten zurückgiftete. Schließlich griff sie kopfschüttelnd die beiden Kinder an den Händen und entfernte sich. Das Geschrei des Mädchens wurde leiser, Timm atmete auf.

Kaum war der Lärm der Kinder verklungen, kam eine neue Durchsage. Dieses Mal konnte Timm erkennen, dass nach der spanischen Durchsage eine englische erfolgte. Er hörte die Worte Lima, Flight Number 712 und cancelled und holte hektisch die Tickets aus seiner Tasche. Das war ihre Flugnummer.

„Entschuldigung", sagte er zu dem Rücken der jungen Frau. Die beriet sich gerade mit ihrem Freund.

„Entschuldige bitte", sagte Timm etwas lauter. „Fällt unser Flug aus?"

Sie drehte sich um und sagte: „Ja, erst haben sie gesagt, der Flug sei überbucht und jetzt heißt es, der Flug falle aus. Die spinnen wohl. Das ist doch das Hinterletzte."

„Und jetzt?", fragte Timm und kam sich unendlich blöd vor. Er wollte nicht seinen Vater um Rat fragen. Der war am Ende, er wäre keine große Hilfe.

„Bist du allein unterwegs?"

„Nein, mit meinem Vater. Aber der ist krank. Wir müssen so schnell wie möglich nach Lima. Morgen geht unser Flug nach Frankfurt."

„Ich heiße Mo und das ist Rainer."

Rainer warf einen missbilligenden Blick auf Timm.

„Mo kommt von Monika", erklärte die junge Frau und zog ihr Halstuch fester.

„Und was machen wir jetzt?" Die Warteschlange hinter ihm fing an, sich aufzulösen. In Timm stieg Panik auf. Er überlegte, ob er Manuel anrufen sollte.

„Hast du auch einen Namen?"

„Timm." Er versuchte zu lächeln.

„Komm mit. Wir erkundigen uns", sagte Mo. „Pass du bitte auch auf sein Gepäck auf", wies sie Rainer an.

Mo steuerte auf den Informationsschalter der Fluggesellschaft zu, entschlossen wie eine Hausfrau im Sommerschlussverkauf. Er drehte sich nach seinem

Vater um und sah, wie der gerade die Wasserflasche zum Mund führte. Er wusste nicht, ob er Hamid Bescheid sagen sollte. Aber Mo würde vielleicht nicht warten. Also beeilte er sich, ihr zu folgen.

Je näher sie an den Schalter der Fluglinie kamen, desto dichter wurde die Menschentraube. Es war ein Geschiebe und Gedränge und die Leute riefen durcheinander. Mo nahm Timm an der Hand und zwängte sich durch die Menge, bis sie ganz vorne ankamen. Dort standen zwei Mitarbeiter der Fluglinie und erklärten etwas, was in dem allgemeinen Lärm kaum zu verstehen war.

Mo legte ihren Arm um seine Schulter und schrie in sein Ohr: „Also, der Flug fällt aus, weil ein technischer Defekt eingetreten ist. Die Fluggesellschaft übernimmt die Kosten für eine Hotelübernachtung. Morgen werden die Flüge nach Lima wieder regulär erfolgen. Genauere Informationen werden im Laufe des heutigen Tages auf der Website der Fluggesellschaft bereitgestellt."

„Danke. Ich muss zu meinem Vater, sonst geht er vielleicht wieder verloren."

Mo lachte, als habe er gerade einen Witz gemacht. Sie schoben sich durch die Reihe der schimpfenden Menschen, bis sie wieder bei Rainer ankamen.

Während Mo mit Rainer sprach, nahm Timm sein Gepäck und ging zu seinem Vater. Atemlos berichtete er, was er erfahren hatte, und erst beim Erzählen merkte er, dass er eigentlich gar nicht verstanden hatte, was man jetzt tun müsste, um doch noch nach

Lima zu gelangen. Hamid hörte mit geschlossenen Augen zu und massierte seine Stirn. Timm sah sich verzweifelt um. Die Leute drängten sich immer noch an dem Schalter, manche wedelten mit ihren Tickets. Mo konnte er nicht mehr sehen. Ihr Freund stand allein mit den Rucksäcken da.

„Wir müssen versuchen, unseren Flug umzubuchen", meinte Hamid.

So wie er es sagte, klang es ganz einfach. Timm warte darauf, dass sich sein Vater erhob und die Sache endlich selbst in die Hand nahm. Aber Hamid machte keine Anstalten, irgendetwas selbst zu unternehmen. Stattdessen schraubte er die Wasserflasche auf und trank ausgiebig. Der ist wirklich fix und fertig, dachte Timm und wünschte sich zum ersten Mal, dass Eva hier wäre.

„Na, mach schon", murmelte Hamid.

48

Timm nahm wie bei der Hinfahrt am Fenster Platz und testete gleich seinen Sitz, indem er den Hebel links unten betätigte und mit der Rückenlehne sanft nach hinten glitt. Für die Beine war auch genug Platz, stellte er fest. Dieser Bus war noch bequemer als der, mit dem sie angereist waren. Immerhin mussten sie einundzwanzig Stunden bis Lima durchhalten. Am Busterminal hatten sie, nachdem die Tickets gekauft waren, gefrühstückt und danach ausreichend Sandwichs, Kekse, Bonbons und Wasser für die lange Fahrt eingekauft. Es gab sogar eine Toilette an Bord. Wenn sein Vater wie bei der Hinfahrt die meiste Zeit schlief, müsste eigentlich alles gut gehen, überlegte Timm.

Am Flughafen hatte sich Timm in die Schlange für Umbuchungen gestellt. Als er schließlich nach langem Warten nach vorne trat, legte er sich die Worte, die er sagen wollte, noch einmal sorgfältig zurecht. Ein hagerer Mann mit eingefallenen Wangen und

Augenringen stand hinter dem Counter und sah aus, als hätte er entweder unzählige Überstunden hinter sich oder eine unheilbare Krankheit. Seine Geduld jedenfalls schien schon lange aufgebraucht zu sein.

„Señor?"

„Oh yes. Sorry", stammelte Timm und fragte, ob es möglich wäre, heute noch nach Lima zu kommen, sein Vater sei sehr krank, und sie dürften in Lima den Anschlussflug nach Frankfurt nicht versäumen.

Der Hagere schien sich für das, was Timm sagte, gar nicht zu interessieren.

„Passports."

„Oh sorry", sagte Timm und reichte die Pässe herüber.

Der Mann warf einen Blick auf die Dokumente, tippte etwas ein und vertiefte sich in den Computerbildschirm. Schließlich erklärte er in neutralem Ton, alle Flüge nach Lima an diesem Tag seien bereits vollständig ausgebucht. Er könne ihn und seinen Vater auf die Warteliste für morgen früh setzen. Sicher sei es aber nicht, dass sie dann mitkämen. Timm stütze sich auf den Tresen und wiederholte, dass sein Vater schwer krank sei und sie unbedingt am nächsten Tag ihren Flug von Lima nach Frankfurt erreichen müssten. Der Mann zeigte keine Regung. Wahrscheinlich erzählen ihm alle Gestrandeten ähnlich dramatische Geschichten, dachte Timm. Immerhin tippte der Typ etwas in den Computer, starrte dann aber endlos auf den Bildschirm, ohne ein einziges Wort zu sagen. Timm fragte sich, was es da so lange zu glotzen gab.

Schließlich blickte der Mann auf und erklärte: „Ich habe Sie auf den Flug morgen Abend, Abflug um 19.40 Uhr, Ankunft in Lima um 21.10 Uhr gebucht."

Er gab Timm die Pässe zurück und winkte dem Nächsten in der Warteschlange zu. Ein Touristenpaar trat gemeinsam nach vorne und nahm den Platz am Counter so selbstverständlich in Besitz, dass Timm ohne es zu merken zur Seite wich.

„Sorry. Tomorrow evening is too late", rief er verzweifelt dem Mitarbeiter der Fluggesellschaft zu.

Aber niemand beachtete ihn, so als hätte er gar nichts gesagt, als gäbe es ihn gar nicht mehr. Er kannte solche Situationen und blieb einfach stehen. Als das Paar abgefertigt war sprang er vor, um den Platz am Schalter zurückzuerobern.

„Please. We miss our international flight."

Ein älterer Herr in Anzug und Krawatte, der aussah, als ließe er nicht mit sich spaßen, schob ihn weg wie einen herrenlosen Gepäckwagen. Dabei murmelte er auf Englisch, er solle sich gefälligst hinten anstellen.

Ihn erfasste eine Heidenangst. Er rief Manuel an. Nach langem Tuten sprang die Mailbox an und Manuels Stimme sagte etwas auf Spanisch. Er erinnerte sich, dass der alte Inka auf dem Weg zum Flughafen erzählt hatte, er wolle mit seinen Studenten eine Exkursion in die umliegenden Dörfer unternehmen. Wahrscheinlich hatte er dort kein Mobilfunknetz, überlegte Timm. Eva anzurufen hatte wohl keinen Zweck. Sie kannte sich hier ja auch nicht aus.

Timm ging zurück, setzte sich neben seinen Vater und berichtete. Anstatt wie ein vernünftiger Mensch etwas zu erwidern, schwieg Hamid nur. Er schien nachzudenken.

„Alles klar bei euch?"

Vor ihnen hatten sich Mo und Rainer aufgebaut.

„Ja, superklar, besser geht's gar nicht", sagte Timm und dachte, jetzt spreche ich schon wie mein Alter.

„Wir verzichten auf unseren Flug und bekommen dafür sechshundert Dollar zusätzlich zur Kostenerstattung. Nicht schlecht, was?", sagte sie stolz. Ihr Rucksack ragte wie ein Schrank hinter ihrem Kopf auf.

„Bleibt ihr in Cusco?", fragte Timm mehr aus Höflichkeit.

„Wir nehmen den Bus. In einer Stunde fährt einer nach Lima und kommt morgen Vormittag um 10 Uhr an."

„Ihr nehmt den Bus?" Auf die Idee war er nicht gekommen.

„Ja. Also, macht's gut ihr beiden", sagte Mo und winkte zum Abschied.

„Tschau", sagte jetzt auch Rainer, offenbar nun besserer Laune.

Timm ärgerte sich, dass er Mo nicht noch einmal gedankt hatte.

„Wir nehmen auch den Bus", entschied Hamid.

Timm sah wie Mo und Rainer schräg vor ihnen Platz nahmen und sich im Bus umsahen. Mo entdeckte Timm und lächelte ihm zu.

„So sieht man sich wieder", sagte sie vergnügt und Timm stellte fest, dass sie einen schönen Mund hatte.

„Bonbon?" Er hielt ihr die Tüte über die Beine seines Vaters und den Gang hinweg hin.

Sie nahm sich ein rotes Bonbon, bedankte sich und wickelte es geduldig aus. „Danke. Rot ist meine Lieblingsfarbe."

„Für deinen Freund auch." Er hielt die Hand mit der Tüte ausgestreckt.

„Mein Bruder."

„Oh."

„Na, dann. Bis später." Mo drehte sich wieder um.

Später? fragte sich Timm.

49

Der Bus fuhr an und noch bevor sie das Stadtgebiet verlassen hatten, vernahm Timm das leise Schnarchen seines Vaters.

Timm sah, wie es sich Mo in ihren Sitz bequem machte und einen kleinen Kopfhörer aufsetzte. Sie schien nicht vorzuhaben, sich noch ein weiteres Mal zu ihm umzudrehen.

Am Horizont sah er die mächtigen Berge der Anden, auf deren Gipfeln noch Schnee lag. Der Himmel war wolkenlos. Auf den Feldern arbeiteten Bauern, kleine dunkelhäutige Menschen, die mithilfe schwindsüchtig aussehender Rinder den Acker umpflügten. Wenn Hamid jetzt wach wäre, würde der ihm einen Vortrag halten über das Leben dieser Bauern, das er besser zu kennen glaubte als sie selbst.

Timms Handy klingelte. Es war Manuel.

„Seid Ihr gut angekommen?"

„Wir sitzen im Bus."

„Warum nicht im Taxi?"

Timm erzählte ihm die ganze Geschichte über den

ausgefallenen Flug und seine vergeblichen Bemühungen umzubuchen.

„Heißt das etwa, dass ihr mit dem Bus nach Lima fahrt?"

„Was hätten wir sonst tun sollen?", fragte Timm trotzig.

Manuel seufzte laut. Dann schwieg er.

Timm fragte sich, ob die Verbindung abgebrochen war. „Hallo?"

„Hör zu. Du darfst deinem Vater nie, zu keinem Zeitpunkt von der Seite weichen. Verstanden? Er darf nichts allein machen. Und achte darauf, dass er die ganze Fahrt über angeschnallt ist. Ist das klar?"

„Ja", sagte Timm kleinlaut.

„Alles Gute. Du bist ein tapferer Junge. Ruf mich an, wenn ihr in Lima angekommen seid."

„Willst du mit meinem Vater sprechen? Er schläft, aber ich kann ihn wecken."

„Pass gut auf ihn auf. Adíos."

Timm betrachtete seinen schlafenden Vater, der jetzt besser aussah. Es hatte wieder etwas Farbe im Gesicht und er schwitzte nicht mehr. Manuel hatte es geschafft, ihm eine Scheißangst zu machen. Das Unausgesprochene verunsicherte ihn mehr als das, was er gesagt hatte. Timm ließ alles, was er auf dem Flughafen erlebt hatte, noch einmal an sich vorbeiziehen. Hätten sie den internationalen Flug einfach verpassen sollen? Eva hatte gesagt, sie müssten so schnell wie möglich nach Deutschland zurück. Außerdem war es Hamids Idee gewesen, mit dem Bus zu fahren. Timm konnte keinen Fehler entdecken und hatte doch das Gefühl, etwas falsch gemacht zu haben.

„Hey." Mo hatte sich wie selbstverständlich auf den freien Platz auf der anderen Seite des schmalen Gangs gesetzt. Sie machte es sich auf dem Sitz bequem, als wolle sie den Rest der Reise dort verbringen. Sie zog ihre schweren Wanderschuhe aus, drückte die Lehne nach hinten, drehte sich zu Timm und lächelte ihn an.

„War das deine Freundin?" Sie zog ihr buntes Halstuch fest.

Timm sah sie verwirrt an.

Mo wies mit ihren Kinn auf das Handy, das er noch in der Hand hielt.

„Ja." Er wusste auch nicht, warum er das sagte. Vielleicht, weil er jetzt gerne eine Freundin gehabt hätte, mit der er hätte telefonieren können. Jemanden, der sich dafür interessierte, wie es ihm ging.

„Ihr habt Englisch miteinander gesprochen", stellte Mo fest.

„Nein." Er schüttelte bedauernd den Kopf.

„Nein?"

„Nein, es war nicht meine Freundin." Damit wandte er sich von ihr ab und schloss die Augen, um weiteren Fragen in dieser Richtung zu entgehen. Er versuchte, sich Sonias Gesicht in Erinnerung zu rufen, was ihm nicht ganz gelang.

Kaum hatte er die Augen wieder geöffnet, sagte Mo: „Tut mir leid. Ich wollte nicht indiskret sein."

„Schon okay."

„Wie geht's deinem Vater?"

Das, dachte Timm, wüsste ich auch gerne. Er verwies auf den schlafenden Mann, der zwischen Mo und ihm saß und zuckte die Schultern. „Das müsstest du ihn selbst fragen. Jedenfalls sieht er besser aus als am Flughafen."

„Was hat er denn?"

„Moment. Ich komme zu dir rüber." Timm stieg behutsam über die ausgestreckten Beine seines schlafenden Vaters hinweg und stellte sich auf dem Gang neben sie. In stillem Einvernehmen rückte Mo auf den Fensterplatz und Timm setzte sich neben sie. Nun trennte ihn der Gang von seinem Vater. Leise, damit die anderen Passagiere nichts mitbekamen, erzählte Timm von Hamids Unfall, dann nach und nach die ganze Geschichte des Verschwindens und Wiederauftauchens seines Vaters. Sie hörte aufmerksam zu und unterbrach ihn gelegentlich, um genauer nachzufragen. Besonders Hamids Beschwerden interessierten sie, und Timm musste manches wiederholen, bis sie zufrieden war. Sie war der erste Mensch, dem er alles im Zusammenhang erzählt hatte.

„Und du?", fragte er.

„Ja?" Sie lächelte. Vielleicht freute sie sich, dass Timm sich auch nach ihr erkundigte.

„Musst du auch einen Flug von Lima nach Deutschland erwischen?"

Da erzählte sie ihm ausführlich, dass sie und ihr Bruder nach La Paz geflogen waren, Bolivien durchstreift hätten und über Puno mit dem Zug nach Cusco gekommen waren. Sie malte jede Etappe, jeden Ort, in dem sie übernachtet hatten, und jede Begegnung mit Einheimischen aus, als ginge es darum, ein lückenloses Bild ihrer Reise anzufertigen. Sie und ihr Bruder sprachen Spanisch wie ihre Muttersprache, da sie einen Teil ihrer Kindheit in Bolivien verbracht hatten. Sie war zehn und Rainer acht Jahre alt, als ihre Eltern nach Deutschland zurückgekehrt waren. Ihr Vater war im diplomatischen Dienst tätig, und später hatten sie nach einem Intermezzo in Berlin drei Jahre in Kenia gelebt.

Timm versuchte sich vorzustellen, wie es wäre, im Ausland aufzuwachsen. Diplomatischer Dienst klang auf jeden Fall cool. Mos Geplapper rauschte wie Meereswellen und versetzte ihn in einen wohligen, entspannten Zustand. Zwischendurch dachte Timm zwar, dass es durchaus die Möglichkeit gäbe, sich kürzer zu fassen. Aber eigentlich war es ihm auch egal. Warum er ihr seine volle Aufmerksamkeit schenkte, lag weniger an ihren Worten, sondern an ihrer Unbeschwertheit und ihrer Neugier auf das Leben. Wenn sie sprach, strahlten ihre Augen. Sie habe nach dem Abitur keine Lust gehabt zu studieren. Da habe sie eine Ausbildung zur Krankenschwester gemacht. Anders als ihr Bruder sei sie eher der praktische Typ. Außerdem wollte sie erst einmal das wirkliche Leben kennenlernen. In Lima, erklärte sie schließlich, würde ihr Bruder zurückfliegen, da er in Kürze ein Praktikum in New York antreten würde. Timm versuchte, nicht beeindruckt zu sein. Sie aber würde weiterreisen nach

Piura, wo sie ein paar Monate lang in einem sozialen Projekt arbeiten wolle. Eine Freundin hatte ihr davon erzählt. Ein paar junge Ärzte und Krankenschwestern hätten sich zusammengetan, um ein Heim für behinderte Kinder in den armen Außenbezirken der Stadt aufzubauen. Mit Spendengeldern, vor allem aus Europa, konnten sie eine Bruchbude erwerben. Die Sanierung des Gebäudes habe über ein Jahr gedauert. Immer wieder sei ihnen das Geld ausgegangen. Die Stadtverwaltung hatte großartig versprochen, zu helfen, aber letzten Endes nichts für sie getan. Ein katholischer Pfarrer hätte schließlich seinen Bischof dazu gebracht, Geld locker zu machen. Jetzt würden fünfzig körperlich und geistig behinderte Kinder dort leben. Zu dem wohl noch ziemlich baufälligen Gebäude gehörte ein kleines Stück Brachland. Dort würden sie Gemüse anbauen und Kleinvieh halten, um die Lebensmittel für die Kinder so weit es ging selbst zu produzieren. Dadurch könnte man enorm Geld sparen. Ab einem gewissen Punkt verlor Timm den Faden und wusste nicht mehr, worum es eigentlich ging. Er spürte plötzlich, wie müde er war, und irgendwann fielen ihm die Augen zu.

Timm wurde durch die Kurven, die der Bus fuhr, wach. Er bemerkte einen zarten Citrusduft und spürte, dass ihn etwas im Gesicht kitzelte. Er öffnete die Augen. Mo war an ihn gelehnt, ihr Kopf lag auf seiner Schulter und ihre langen blonden Haare streiften seine Wange. Ihr Arm lag unschuldig auf seinem Bein. Er spürte Mos regelmäßigen Atem an seinem Hals und musste zugeben, dass das alles sehr angenehm war. Er rührte sich nicht, um diesen Zustand noch etwas auszukosten. Im Bus war das schwache Licht der Deckenbeleuchtung an, und draußen herrschte eine erbarmungslose Dunkelheit. Offenbar fuhren sie durch die vollkommene Wildnis, denn es war keinerlei Licht einer Siedlung oder eines einzelnen Hauses zu erkennen. Vorsichtig, um Mo nicht zu wecken, holte er sein Handy aus der Hosentasche und warf einen Blick darauf. Es war 18.30 Uhr. Er hatte viele Stunden geschlafen. Wahrscheinlich hatten sie Arequipa schon passiert, überlegte er, ganz sicher war er aber nicht. Er fragte sich, ob sein Vater bemerkt hatte, wie Mos Kopf auf seiner Schulter lag. Die Vorstellung behagte ihm nicht. Auf die Gefahr hin, sie doch zu wecken, schob er ihren Kopf behutsam weg und drehte sich zur Seite. Hamids Platz war leer. Timm sprang auf und inspizierte genau die Reihe, in der sein Vater gesessen hatte, als könnte der unter den Sitz gerutscht sein.

„Was ist denn los?", fragte Mo verschlafen und reckte sich.

„Mein Vater ist wieder verschwunden", rief er und merkte, wie verzweifelt seine Stimme klang. Er konnte keinen klaren Gedanken fassen, hier im fahrenden Bus konnte Hamid doch unmöglich verloren gehen.

Mo war sofort an seiner Seite. „Komm, vielleicht hat er sich woanders hingesetzt." Sie legte ihren Arm auf seine Schulter und gemeinsam gingen sie die Reihen durch, erst nach vorne zum Fahrer und dann zurück bis zum Heckfenster. Fast alle Passagiere schliefen, einige wenige schauten mit Kopfhörern auf den Ohren auf die Bildschirme vor ihnen, die Szenen einer Verfolgungsjagd zeigten. Hamid war nirgends zu sehen.

„Vielleicht ist er in Arequipa ausgestiegen“, dachte Timm laut nach. „Komm, wir müssen den Fahrer fragen!“

„Wir schauen erst einmal auf der Toilette nach“, sagte Mo nüchtern.

Die Bordtoilette befand sich am hinteren Ende des Busses. Die letzten drei Sitzreihen waren leer, nur ein großes Gepäckstück lag in einer dunklen Ecke. Mo öffnete die Toilettentür, das Licht in der kleinen Kabine ging automatisch an. Es roch nach Urin und Chlor. Dort war niemand.

Timm griff sich ins Haar. Er hatte das dringende Bedürfnis, den Bus anzuhalten und den Fahrer anzuschreien, wo sein Vater sei, die Passagiere einzeln zu befragen, irgendetwas zu unternehmen. Aber Mo stürmte schon nach vorne, und er beeilte sich hinterherzukommen. Sie sagte etwas auf Spanisch zu dem Fahrer, einem kräftigen Mann mit vollen schwarzen Haaren und einem markanten Gesicht, der es offensichtlich überhaupt nicht schätzte, während der Fahrt angesprochen zu werden. Timm stellte verwundert fest, dass Mo die Sache in die Hand genommen hatte. Er war froh darüber und fühlte sich zugleich nutzlos. Der Fahrer antwortete unwillig, Mo ließ nicht locker und redete so lange auf ihn ein, bis er ein kleines Licht anmachte und mit der rechten Hand ein Blatt Papier vom Armaturenbrett fischte, während er mit der linken Hand das Lenkrad festhielt. Nach einem raschen Blick auf eine Namensliste sprach er in schnellem Spanisch zu Mo.

„Er sagt, wir hätten vor etwa einer Stunde in Arequipa Halt gemacht. Es wären ein paar neue Fahrgäste zugestiegen. Laut Passagierliste hatte jedoch niemand eine Fahrt von Cusco nach Arequipa gebucht. Er könne natürlich nicht garantieren, ob nicht doch jemand ausgestiegen sei“, übersetzte Mo. Die beiden sahen sich ratlos an. Dann sagte sie: „Überleg doch mal: Warum sollte er aussteigen? Er ist ja nicht dement, sondern hatte, wenn ich dich richtig verstanden habe, einen zeitweiligen Gedächtnisverlust. Also, es erscheint mir unwahrscheinlich, dass er den Bus verlassen haben soll.“

Timm verstand immer weniger und erkannte Mo nicht wieder. Das plappernde Mädchen war verschwunden und hatte einer energiegeladenen Krisenmanagerin Platz gemacht. Sie wandte sich wieder an den Fahrer und redete auf ihn ein. Mit einer widerwilligen Geste drückte dieser schließlich auf einen Schalter und im Bus wurde es taghell. Mehrere Passagiere rieben sich die Augen und schauten verwundert aus den Busfenstern, in denen ihnen aber vor dem Hintergrund der schwarzen Nacht nur ihr eigenes Spiegelbild entgegenblickte.

„Komm“, wieder griff ihn Mo am Arm und zog ihn mit sich. „Wir schauen jetzt noch einmal im Hellen Reihe für Reihe durch." Timm ließ alles mit sich geschehen, er fühlte, wie seine Kraft schwand. Wie oft noch sollte er seinen Vater suchen? Wie viele Tode wollte der Typ noch sterben?

„Was ist denn los?" Rainer stand plötzlich vor ihnen. Mo hielt sich nicht lange mit ihrem Bruder auf, sondern wies ihn an, ruhig zu sein und mitzukommen, sie suchten Timms Vater. Rainer schien es gewohnt zu sein, auf seine ältere Schwester zu hören. Murrend folgte er den beiden.

In der letzten Reihe fanden sie ihn. Hamid lag reglos mit dem Gesicht auf der Sitzfläche, die Beine leicht zur Seite gedreht. Er sah aus, als wäre er vornüber gefallen und einfach so liegen geblieben. Was sie beim ersten Durchgang im Dämmerlicht für ein Gepäckstück gehalten hatten, war also sein Vater gewesen, dachte Timm und wollte sich auf ihn stürzen, doch Mo hielt ihn mit erstaunlicher Kraft fest.

„Spinnst du. Lass mich los!", schrie er.

„Lass mich mal machen." Sie musste nicht schreien. Ihr ruhiger Kommandoton duldete keinen Widerspruch. „Du kümmerst dich um ihn", sagte sie zu Rainer. Was ihr Bruder unter Kümmern verstand, wurde gleich deutlich, als er ihn wie ein Gendarm festhielt.

Mo stellte sich vor Timm, nahm sein Gesicht in ihre Hände und sagte: „Hör zu, ich bin gelernte Krankenschwester. Ich kenne mich aus. Klar?"

Sie kniete sich neben Hamid und hielt den Zeige- und Mittelfinger ihrer rechten Hand an seine Hauptschlagader. „Er lebt, das ist schon mal gut“, stellte sie nüchtern fest. Dann drehte sie den schlaffen Körper um. Hamids Augen waren geschlossen und jetzt konnte Timm erkennen, dass sein Vater schwach atmete. Mo streichelte Hamids Wange und rief laut „Hallo, hallo. Hören Sie mich?“ Sie drehte sich zu Timm um und fragte: „Wie heißt dein Vater?“

„Hamidzadeh, Hamid Hamidzadeh. Wieso?“

Mo antwortete nicht, sondern schlug auf Hamids Wangen. „Herr Hamid, hallo? Herr Hamid, hallo?“ Ihre Ohrfeigen wurden fester, aber Timms Vater zeigte keine Regung.

Plötzlich knallten Timm und Rainer gemeinsam gegen die Toilettentür, die unter dem Druck aufsprang. Beide landeten auf der metallenen Toilettenschüssel und erst da ließ Rainer seinen Reisegefährten los. Im nächsten Moment aber wurden sie wieder aus der Kabine rausgeschleudert, und Timm war heilfroh, dass die Toilettentür aufgeblieben war. Mo packte die Haltestange, was dazu führte, dass Hamid vollends auf den Boden zu fallen drohte. Sie ließ sofort los und hielt ihn gerade noch rechtzeitig fest, drückte seinen Kopf gegen ihre Brust und fiel mit Timms Vater auf ihr nach hinten. Der Bus fuhr nun scharf in die nächste Kurve, sodass Mos Kopf gegen die Haltestange rutschte. Timm und Rainer hatten sich derweil in eine stabile Position gebracht und machten sich daran, Mo aufzuhelfen.

„Nein, lasst mich. Sag dem Vollidioten, er soll sofort anhalten. Wir haben hier einen Schwerkranken.

Wenn der weiter wie ein Henker fährt, ist der Mann bald tot", rief Mo ihrem Bruder zu und wies mit dem Kinn nach vorne zum Busfahrer. Dann blieb sie einfach liegen mit Timms Vater auf sich.

„Willst du so liegen bleiben?", fragte Timm verwirrt.

„Solange der Verrückte in die Kurven fährt, als wäre der Teufel hinter ihm her, ist es so am Sichersten für deinen Vater."

Der Bus verringerte sein Tempo und fuhr einen nun deutlich behutsameren Stil. Rainer hangelte sich wie ein Affe von einer Rücklehne zur nächsten wieder zurück nach hinten. Dort angekommen verkündete er: „Der Busfahrer sagt, er könne nicht mitten auf der Serpentinenstraße anhalten. Aber in etwa zehn Minuten kommen wir durch eine kleine Stadt, dort macht er Halt."

Mo atmete erleichtert aus und sagte zu Timm: „Jetzt kannst du mir helfen, deinen Vater hinzusetzen, aber vorsichtig, ganz langsam. Ja? Hörst du? Pass auf seinen Kopf auf."

Timm griff seinem Vater von hinten unter die Arme, drückte ihn an sich und hob ihn auf den Sitz. Dann setzte er sich neben Hamid und legte den Arm um seine Schulter.

„Boaaah."

„Baba, bist du wach? Hörst du mich?"

„Brrrr." Hamid öffnete die Augen und sagte: „Timm." Aber dann driftete er wieder ab.

Mo setzte sich auf die andere Seite, nahm Hamids Arm und fühlte seinen Puls.

„Schwach, aber nicht so schwach, wie ich gedacht hatte. Hör zu, Timm, es hat keinen Zweck weiterzufahren. Dein Vater muss als Allererstes in eine ruhige Position gebracht werden, dann sehen wir weiter. Im Bus ist das unmöglich. Wir fahren hier durch das Hochgebirge, die vielen Kurven geben ihm den Rest. Am besten steigen wir im nächsten Ort aus."

Timm sah durch das Busfenster die Schwärze der Nacht. „Wir sind hier am Arsch der Welt."

„Ich weiß, aber, wenn dein Vater eine Chance hat, dann nicht in diesem Bus bei dieser Strecke."

Nackte Angst stieg in Timm auf, er schwitzte am ganzen Körper und er konnte keinen einzigen klaren Gedanken mehr fassen. Andere Fahrgäste schauten mit betroffenen Mienen zu ihnen und flüsterten miteinander. Er war unversehens zum Darsteller in einem Drama mit ungewissem Ausgang geworden. Je mehr Blicke sich auf ihn richteten, desto verlassener fühlte er sich. Er hasste sie alle und hoffte doch, dass einer aufstehen und mit dem Finger schnippen würde – und alles wäre wieder gut.

„Ich weiß nicht", murmelte er. Ihm war nur so viel klar: Hier im Bus waren wenigstens Leute, waren Mo und ihr Bruder. Da draußen war nichts, es war stockfinster und saukalt.

Als würde sie seine Gedanken erraten sagte Mo: „Ich steige mit aus. Ich lasse dich nicht allein. Glaub mir, es ist besser, wenn er erst einmal Ruhe hat."

50

Der Bus hatte die letzte Kurve hinter sich gelassen und fuhr nun auf gerader Strecke. Hier und da tauchten beleuchtete Häuser auf. Das scheint das Städtchen zu sein, das der Busfahrer angekündigt hat, dachte Timm. Sein Vater schlief immer noch. Timm saß neben ihm, den Arm um seine Schulter gelegt, Kopf an Kopf. Das war alles, was er im Moment für seinen alten Herrn tun konnte. Und für sich. Die Atemzüge seines Vaters, der leichte, ihm so vertraute Duft seines Rasierwassers beruhigten ihn.

Draußen wurde es etwas heller, Straßenlaternen leuchteten, die Besiedlung wurde dichter, einzelne Autos fuhren an ihnen vorbei. Flache, bräunliche Häuser, wie er sie auf der Herfahrt schon gesehen hatte, säumten die Straße. Sie umkreisten einen kleinen runden Platz mit einem weißen Obelisken in der Mitte, fuhren weiter und waren wohl jetzt schon mitten in dieser Ortschaft. Vor einem flachen grünen Gebäude hielt der Bus. Mo ging nach vorne und sprach mit dem Fahrer, dann kam sie zurück zu Timm.

„Wir sind da. Das ist der Puesto de Salud."

„Der was?"

„Die Gesundheitsstation. Ein Krankenhaus gibt es hier nicht, aber wenigstens einen Arzt. Warte noch einen Moment, wir müssen schauen, wie wir ihn hier rausbekommen."

Timm fügte sich. Er wusste mal wieder nicht, was richtig und was falsch war. Immerhin blieb Mo bei ihm. Er schaute aus dem Busfenster. In dem Gebäude war Licht. Mo stand davor und sprach mit einer kleinen dunkelhäutigen Frau in weißem Kittel. Dann gingen die beiden in das Gebäude und kamen kurz darauf mit einer Trage wieder heraus.

Die beiden Frauen hoben Hamid hoch und legten ihn behutsam auf die Trage. Timm, der helfen wollte, wurde von Mo sanft zur Seite gedrängt. Hilflos stapfte er ihnen hinterher und wollte schon in das Gesundheitszentrum, als ihn der Busfahrer anhielt. Der Mann sagte etwas auf Spanisch, das Timm nicht verstand, und zog ihn am Ärmel zur Beifahrerseite des Buses, wo das das Gepäckfach aufgeklappt war. Nach einigem Suchen fand Timm ihre Koffer und schließlich auch Mos Rucksack, an dessen rostrote Farbe er sich erinnern konnte. Er warf ihn sich über die Schulter und griff nach den beiden Koffern, musste alles aber gleich wieder abstellen, denn der Fahrer streckte ihm nun die Hand entgegen.

„Suerte."

Timm wusste zwar nicht, was das bedeutete, sagte aber auf gut Glück: „Gracias."

Der Fahrer klopfte ihm mitfühlend auf die Schulter und stieg ein. Gleich darauf erschien Rainer in der offenen Bustür und rief: „Alles Gute!" Dabei winkte er unbeholfen.

Der fährt also weiter, dachte Timm. Der Typ war ihm egal.

Der Bus fuhr schließlich ab. Er blieb allein zurück und schaute den Rücklichtern hinterher, die bald um die Ecke verschwanden. Das wenige Licht in dieser dunklen Gasse stammte von den Häusern ringsum und einer flackernden Funzel, die man kaum als Straßenlaterne bezeichnen konnte. Es war gar nicht so kalt, wie er gedacht hatte. Es war bloß windig. Eine junge Frau mit einem Kleinkind an der Hand ging eilig vorbei und warf ihm einen ängstlichen Blick zu. Ein abgemagerter Hund beschnüffelte die Abfälle, die weiter vorne einfach auf dem Gehweg lagen. Aus einer Seitenstraße kam ein alter Mann, der eine quietschende Handkarre hinter sich herzog. Timm warf einen Blick auf sein Handy und wunderte sich, es war erst 20 Uhr. Seinem Gefühl nach hätte es weit nach Mitternacht sein müssen. Aber wen interessierte schon sein Gefühl? Die Klinik in Cusco war Manuel nicht gut genug, ein Krankenhaus in Lima kam für Eva nicht infrage, Deutschland sollte es sein, und jetzt waren sie in diesem gottverlassenen Nest in einem Puesto de Dingsbums gelandet. Er steckte die Hände in die

Hosentasche und betrat das Gesundheitszentrum.

Die Wände waren hellblau gestrichen und an der Decke verbreiteten zwei lange Neonröhren ihr kaltes Licht. Die Fenster waren vergittert. Weiße Plastikstühle waren ringsherum aneinandergereiht, in der Mitte nichts. An der Wand hing eine große Papptafel mit einer bunten, comicartigen Zeichnung, auf der ein Arzt in weißem Kittel Schulkinder impfte. Ein anderes Plakat zeigte zwei Hände, wie sie erst unter fließendes Wasser gehalten, dann eingeseift wurden. Das Wartezimmer lag verlassen da.

Durch eine offene Tür hörte er Mos Stimme und trat ein. Mo stand mit der Frau, die vorhin zum Bus gekommen war, am Fenster und redete eindringlich auf sie ein. Die kleine Peruanerin nickte unablässig und murmelte: „Por supuesto."

Das musste das Arztzimmer sein, dachte Timm und kam sich vor wie in einem Film. In der Mitte befand sich ein winziger Schreibtisch aus Metall, auf dem ein altertümliches Telefon mit Wählscheibe stand. Die Stühle waren ebenfalls aus Metall und sahen etwas mitgenommen aus, ebenso wie der Medizinschrank mit Glasvitrine und die Personenwaage. Vor hundert Jahren hatten alle diese Gegenstände mal eine weiße Farbe gehabt, das konnte man ohne Schwierigkeiten erkennen. An der Wand hing eine ebenfalls vergilbte Anatomie-Karte, die die menschlichen Organe zeigte und benannte. Eine offene Tür führte in den Nebenraum. Dort endlich fand er seinen Vater. Hamid lag auf einer Liege mit einer Wolldecke über den Beinen und schlief. Timm fragte sich, wo der Arzt war und ging zurück zu Mo, die ihm, noch bevor er den Mund aufmachen konnte, erklärte, der Arzt sei schon nach Hause gegangen.

„Und jetzt?"

„Ich hole ihn."

„Das kann sie doch machen", sagte Timm und wies auf die Peruanerin, die sich sogleich vor ihm verbeugte und sich vorstellte:

„Buenas noches señor. Mi nombre es Encarnación, soy la enfermera. Estoy a su servicio." Aus dem etwas kantigen Gesicht schauten zwei kohlrabenschwarze Augen ehrfurchtsvoll zu ihm auf. Timm wandte sich verlegen ab. Den Wortschwall hatte er ohnehin nicht verstanden.

„Sie sagt, ihr Name sei Encarnación und sie stehe zu deinen Diensten."

„Okay. Dann soll sie dafür sorgen, dass der Arzt seinen Arsch herbewegt."

„Ich gehe mit, das ist sicherer."

„Warum das denn?"

„Sicher ist sicher. Ich gehe mit", bekräftigte sie und kniff den Mund zu. Das macht sie anscheinend immer, wenn sie zum Äußersten entschlossen ist, dachte Timm und gab resigniert nach.

„Dann bleibe ich also mit meinem Vater alleine hier", sagte er mehr zu sich selbst, ballte die Fäuste und dreht sich um, damit Mo sein Gesicht nicht sah.

„Wir kommen ja gleich wieder. Draußen ist der Nachtwächter, wenn du etwas brauchst.“

„Alles klar. Überhaupt kein Problem“, rief er über die Schulter.

51

Timm hörte, wie die Außentür ins Schloss fiel. Irgendwo in dem Gebäude knackte es, der Wind pfiff leise durch die Fenster. Immerhin waren Gitter davor. Er holte einen Stuhl aus dem Arztzimmer, setzte sich neben seinen blassen Vater, der unverändert schlief. Das Knacken setzte wieder ein und wurde nun durch ein Scharren ganz in seiner Nähe abgelöst. Es klang so, als würde etwas über den Boden geschleift. Im Nebenraum oder vor dem Gebäude musste jemand sein. Das Geräusch wurde nicht lauter, verschwand aber auch nicht. Es waren keine Stimmen zu vernehmen, also war es ein einzelner Mensch. Blödsinn, dachte er, es könnten ja auch zwei sein, die bloß nicht miteinander sprachen. Er vermied jede Bewegung, damit, wer immer da war, nicht auf ihn aufmerksam wurde. Es könnten natürlich auch Ratten sein, überlegte er, stand vorsichtig auf, schaute unter die Liege und inspizierte jede Ecke des Raums. Nichts. Dann sind sie wohl draußen, dachte er und schloss rasch die Zimmertür. Das Geräusch wurde etwas leiser.

Timm atmete ruhiger und spürte mit einem Mal, so als wäre ein Schalter umgelegt worden, seine Angst schwinden. Er öffnete wieder die Tür und durchschritt langsam das Gebäude, wobei er sich nach allen Seiten umschaute. Das erste Zimmer schien der Lagerraum zu sein, in einem Holzregal waren Verbandszeug, Pflaster, Decken und solche Dinge aufgestapelt. Danach betrat er die kleine Küche, wo es nur einen an eine Propangasflasche angeschlossenen Herd, einen Kühlschrank und einem kleinen quadratischen Tisch nebst Stühlen gab. Schließlich entdeckte er noch einen weiteren Behandlungsraum und die Toiletten. Das war alles. Nirgends war ein Mensch, eine Ratte oder sonst ein Tier zu sehen. Eigentlich fand er es ziemlich sauber überall. Das Schleifgeräusch aber war immer noch da, es war sogar noch lauter geworden. Timm hielt sein Ohr an die Außentür und konnte jetzt den Ton ganz deutlich hören. Mit Herzklopfen schob er die Außentür ein Stück weit auf und steckte den Kopf raus. Die Luft war abgekühlt und der Wind hatte zugenommen. Aus dem Türspalt fiel Licht auf ein Bündel Mensch in der Ecke, das eingemummelt in eine dicke Jacke mit Wollmütze und Schal zusammengekauert da lag. Auf seinem Schoss ruhte ein langer Holzknüppel. Der Mann schnarchte so laut, dass man es im Umkreis von einem Kilometer hätte hören können. Der Nachtwächter, erinnerte sich Timm und atmete erleichtert aus.

Zurück in der Eingangshalle bemerkte er eine silberne Gedenktafel. Er warf nur einen flüchtigen Blick darauf, blieb an dem Wort Alemania hängen und las:

„Republica de Perú. Ministerio de Salud. Ejecutado por el Fondo de Cooperación para el Desarrollo Social (FONCODES). Financiado por la República Federal de Alemania a través de Kreditanstalt für Wiederaufbau (KfW). Distrito de la Joya, 12 de Abril 1995." Entwicklungshilfe also, dachte er. Von dieser Kreditanstalt hatte er noch nie gehört. Vielleicht schlief sich sein Vater ja nur mal ordentlich aus, schließlich waren sie am frühen Morgen schon zum Flughafen aufgebrochen. Das war ein langer Tag gewesen für jemanden in seinem Alter. Morgen, wenn die Sonne aufging, würden sie erst einmal frühstücken. Bisher war auf dieser Wahnsinnsreise irgendwie noch alles gut gegangen, beruhigte er sich und nahm wieder neben seinem Vater Platz. Dessen Brust hob und senkte sich, seine Hände lagen eng an seinem Körper und sein Gesicht sah ganz entspannt aus. Aber wie alle Schlafenden schien er unerreichbar weit weg zu sein.

„Wir haben es bald geschafft, Baba. Dann sind wir in Deutschland und alles wird wieder gut", sagte Timm und legte seine Hand auf die seines Vaters, aber nur vorsichtig, um ihn nicht zu wecken. „Das Mädchen mit dem großen Rucksack, weißt du, die vom Flughafen, ist mit uns im Bus gefahren. Was hältst du von ihr? Sie heißt Mo und ist Krankenschwester. Der Typ, der bei ihr war, ist, ist ihr Bruder, nicht ihr Freund. Schade eigentlich, dass wir jetzt zurückfliegen. Sie will in Peru bleiben und ein Praktikum machen. Außerdem stammt sie aus einem Kaff in Nordrhein-Westfalen. Wer weiß, ob ich sie je wiedersehen werde. Die ist ganz okay, oder? Na ja, du wirst sie kennenlernen, wenn du aufwachst. Wahnsinn, ich habe schon seit ein paar Tagen nicht mehr an Maria gedacht. Von Maria habe ich dir nie erzählt. Ich habe mich, ehrlich gesagt, nicht getraut. Du findest ja alles Scheiße, was ich mache, meistens, na ja, früher jedenfalls. Schwamm drüber. Peru ist ein komisches Land. Ich habe hier viel erlebt. Was hältst du eigentlich von Sonia? Ich hatte ja zuerst gedacht, du hättest dich mit ihr herumgetrieben, während du verschwunden warst. Dabei ist sie deine Tochter, das ist echt krass. Und mit ihrer Mutter hattest du früher mal was laufen? Egal. Ist lange her. Denkst du noch oft an meine Mutter? Ich weiß so wenig von ihr. Hey, sie war eine echte Schönheit! Aber das weißt du ja. Wenn du wieder gesund bist, musst du mir mehr von ihr erzählen. Ich will alles wissen. Wollen wir dann auch mal in den Iran fahren? Das wäre doch geil. Ich habe keine Lust nach Deutschland zurückzufliegen. Was soll ich da?“ Timm kratzte sich am Kopf, räusperte sich. „Sag mal, jetzt mal ganz ehrlich: Ich bin doch die große Enttäuschung für dich, oder? Ein Nullchecker, der nichts auf die Reihe kriegt. Ach, lassen wir das. Maria hat gesagt, ich wäre begabt und Manuel findet, dass ich mich gut um dich gekümmert habe.“

Timm fand den Gedanken tröstlich und spürte, wie müde er war. Er ließ die Hand des Vaters los und schloss die Augen.

Aber er konnte nicht schlafen. So sehr er sich sagte, dass alles gut werden würde, es nützte nichts. Es war zu viel geschehen. Bilder der nächtlichen Busfahrt vermischten sich mit Erinnerungen an Hamids Verschwinden, seinem Zusammenbruch im Hotel in Cusco. Durch die Ritzen des Fensters drang kalte Luft ein, und obwohl er den Reißverschluss seiner Jacke hochgezogen hatte, fror er. Seinem Vater schien die Kälte nichts anzuhaben, jedenfalls lag er genauso da wie zuvor. Trotzdem deckte ihn Timm bis zum Kinn zu. Er schaute auf sein Handy. Es war 22 Uhr, Mo war schon seit fast zwei Stunden weg. Wo zum Teufel steckte sie? Die Nacht machte ihn ganz fertig. Er wünschte sich nichts dringender, als dass es hell würde. Am Tag war die Welt weniger bedrohlich. Vielleicht könnten sie morgen ihre Fahrt nach Lima fortsetzen. Man müsste den nächsten Bus nur dazu bringen, hier Halt zu machen und sie aufzunehmen. Er beschloss, das mit Mo zu besprechen und schlug den Kragen seiner Jacke hoch.

Timm lauschte. Das Schnarchen hatte aufgehört. Vielleicht war der Nachtwächter jetzt wach. Der Typ könnte sich ja mal nützlich machen und einen Tee kochen. Seinem Vater würde es auch gut tun, etwas Heißes zu trinken, vorausgesetzt er würde mal endlich die Augen aufmachen.

Von draußen waren Schritte zu hören, und im nächsten Moment sprang die Tür auf und Mo trat ein.

„Mann, das wurde auch Zeit. Wo warst du denn?“

„Der Arzt ist nirgendwo zu finden.“ Mo musste erst

einmal Atem holen. „Seine Frau sagt, er wäre mit seinen Freunden was trinken gegangen, aber in der Bar war er nicht. Wir haben alle möglichen Leute gefragt, keiner wusste, wo wir ihn finden könnten. Vielleicht ist er im Nachbarort. Wir haben jedenfalls überall ausrichten lassen, dass er so schnell wie möglich hierher kommen soll. Die Krankenschwester habe ich nach Hause geschickt, sie kommt morgen früh wieder. Wie geht es deinem Vater?"

„Der schläft immer noch."

Mo ging geradewegs zu Hamid und beugte sich über ihn. Ohne mit einer Miene zu verraten, was sie dachte, hielt sie zwei Finger an seinen Hals.

„Was machst du da?", fragte Timm.

„Er schläft nicht mehr."

„Was?"

Mo schlug die Decke zurück, beugte sich über Hamid und begann mit der Mund-zu-Mund-Beatmung. Gleichzeitig drückte sie auf seine Brust. Immer wieder versuchte sie Hamid ins Leben zurückzuholen. Nach einer Weile gab sie auf. Mit schweißnasser Stirn richtete sie sich auf und blickte Timm entsetzt an.

Auch er sah jetzt, dass sein Vater merkwürdig blass war und nicht mehr atmete. Timms Kehle entwich ein Wimmern, und er fing an zu zittern. Bilder stürmten auf ihn ein, er war verloren. Mo nahm ihn in den Arm, drückte sein Gesicht behutsam gegen ihre Brust. Timm bebte am ganzen Körper. Mo umfing ihn ganz.

52

Eva sieht aus wie eine alte Frau, dachte Timm. Sie hatte tiefe Ringe unter den geröteten Augen. Das Essen vor sich hatte sie kaum angerührt. Eva, Manuel und Hartmut saßen ihm gegenüber und neben ihm hielt Mo seine Hand. Sie saßen in einem Restaurant direkt am Meer in Limas vornehmem Stadtteil Barranco. Hartmut hatte es ausgesucht, er war öfter hier. Die Brandung des Pazifiks war trotz des Stimmengewirrs der Gäste zu hören, in der Ferne sah man die Lichter der Küste von Miraflores. Es war der letzte Abend in Peru. Morgen würde Hamid seine letzte Reise antreten, und mit ihm Eva und Timm. Alles war geregelt. Hartmut hatte gemeinsam mit einem Mann von der Deutschen Botschaft Eva bei allen Formalitäten zur Rückführung von Hamids Leiche geholfen. Auch Manuel hatte es sich nicht nehmen lassen, nach Lima zu kommen, um sich für immer von seinem Freund zu verabschieden. Es wurde nicht viel gesprochen. Es genügte ihnen, einfach zusammenzusitzen, sich zu vergewissern, nicht allein zu sein. Selbst

Hartmut war bemerkenswert still.

Vor nur einer Woche war sein Vater aus dem Hotel gegangen und nicht wieder gekommen, überlegte Timm. Und vor einem Jahr und einer Woche war er achtzehn Jahre alt geworden. Er fragte sich, ob er ein paar Worte über seinen Vater sagen sollte. Aber was hätte er schon mitzuteilen? Dass er es sich immer wieder sagen, aber nicht begreifen konnte, dass sein Vater nicht mehr da war? Dass es zwecklos war, auf ihn zu warten, weil er nicht zurückkehren würde, zwecklos, ihn zu suchen, weil er unauffindbar war? Dass von nun an nichts mehr so sein würde, wie es gewesen war? Als er dann doch etwas sagte, war er selbst erstaunt. „Mein Vater und ich hatten vor, wiederzukommen nach Peru."

Eva richtete ihre großen Augen auf ihn.

„Ich habe nämlich eine Schwester in Cusco."

„Ich weiß."

„Sie ist schon einundzwanzig", sagte Timm, um Eva zu beruhigen.

„Ich weiß."

„Hast du die Briefe noch?", fragte Timm.

Eva fing an zu weinen. Nichts ist wie es scheint, dachte Timm und zündete sich eine Zigarette an.

Mo drückte seine Hand. Sie war seit der Nacht in der Gesundheitsstation nicht mehr von seiner Seite gewichen. Der Arzt war schließlich noch vor Mitternacht gekommen, ein freundlicher älterer Herr mit dickem

Bauch, der trotz seiner Alkoholfahne erstaunlich nüchtern gewirkt hatte. Er bestätigte Hamids Tod und stellte einige Fragen, die Mo geduldig beantwortete. Der Arzt wirkte nachdenklich und wollte genauer wissen, was dem Zusammenbruch im Bus vorangegangen war. Dann räusperte er sich und kondolierte den beiden jungen Leuten. Sein Name sei Infantes, Doktor Infantes, und er helfe ihnen, so gut er könne. Timm bekam von all dem nicht viel mit.

Infantes lud die beiden ein, bei ihm zu Hause zu übernachten. Seine Frau würde ihnen ein Bett herrichten. Seit seine Söhne ausgezogen seien, hätten sie mehr als genug Platz für Gäste. Das Zimmer, in dem Hamid lag, würde er abschließen, und am Morgen alles Weitere regeln. Aber Timm weigerte sich, seinen Vater allein zu lassen. Der Arzt schien nichts Anderes erwartet zu haben, denn er nickte verständnisvoll. Seufzend verabschiedete er sich und kündigte an, um 8 Uhr früh wieder da zu sein. Dann waren Timm und Mo allein.

Kurz darauf erschien der Nachtwächter und brachte ein paar Decken. Timm und Mo setzten sich auf die zweite Liege, die sich im Totenzimmer befand, wickelten sich in die Decken ein und rückten eng zusammen. Timm erzählte ihr von seinem Vater, von Eva, der Schule, von Maria und von seiner Mutter, diesem Phantom, das er nie kennengelernt hatte. Mo unterbrach ihn kein einziges Mal, ihren Kopf an seinen gelehnt gab sie nur ab und zu ein sanftes „Hmm“ von sich, vielleicht um zu zeigen, dass sie noch wach war. Erst im Morgengrauen gingen

Timm die Worte aus und Mo fielen die Augen zu. Da endlich fand auch er etwas Schlaf.

Aber schon wenig später weckten ihn die Stimmen der Patienten, die das Gesundheitszentrum wieder in Besitz genommen hatten. Der Nachtwächter, der offenbar rund um die Uhr im Einsatz war, brachte ihnen einen Topf mit dampfend heißer Rinderbrühe, ein paar Brötchen und eine Thermoskanne mit Mate. Dies sei von der Frau des Arztes, erklärte er Timm. Mo übersetzte. Sie nahmen das Essen und setzten sich raus in die Sonne. Die Wärme tat gut. Bei Tag wirkte der Ort gar nicht so schrecklich verlassen. Am Horizont sah Timm die mächtigen Berge, deren Gipfel mit Schnee bedeckt waren. „Mein Vater liebte dieses Land", sagte er unvermittelt und hatte Tränen in den Augen.

„Hmm", sagte Mo, nahm sein Gesicht in die Hände und küsste ihn lange.

Gegen Mittag kam der Arzt und erklärte, dass er alle Formalitäten vorbereitet habe und sie nun zum Bürgermeisteramt müssten. Nur widerwillig ließ Timm seinen Vater allein. Sie gingen zu Fuß zum Rathaus, einem modernen dreistöckigen Gebäude, durchschritten die gläserne Eingangstür und befanden sich in einem Wartebereich voller Menschen. Die meisten Männer hatten Wollmützen auf den Köpfen und steckten in zerschlissenen Pullovern und Jacken. Die Frauen trugen ihre traditionellen weiten bunten Röcke und Hüte, wie sie Timm in Cusco gesehen hatte. Männer und Frauen hatten mehrere Schichten Kleidung übereinander angezogen, wohl um der Kälte zu trotzen, die Füße aber steckten bloß in Sandalen aus Autoreifen. Demütig senkten sie den Kopf, als der Arzt mit seinen beiden ausländischen Begleitern an ihnen vorbeiging.

„Das sind Bauern aus den Bergdörfern ringsum. Sie kommen hierher in die Bezirkshauptstadt, um Urkunden zu beantragen oder beglaubigen zu lassen. Manche sind die Sprecher ihrer Comunidades und wollen Geld oder Unterstützung für Gemeinschaftseinrichtungen beantragen, meistens geht es um die Wasserversorgung, die ist das größte Problem hier in der Gegend", erklärte der Arzt.

Mo übersetzte für Timm. Der versuchte zuzuhören und sagte sich, dass diese Dinge seinem Vater wichtig gewesen waren – das half.

Schließlich betraten sie einen Raum mit dunkelrotem Teppichboden, schweren Vorhängen und einer riesigen peruanischen Fahne in der Ecke. Ein kleiner schlanker Mann in einem schlecht sitzenden Anzug kam hinter einem riesigen Schreibtisch hervor und begrüßte sie. Timm begriff, dass er den Bürgermeister vor sich hatte. Dieser drückte den beiden Ausländern mit ernster Miene wortreich sein Beileid aus. Erst bat er sie, alle Pässe vorzuzeigen. Dann trug er in einer nervenzerreißenden Langsamkeit Hamids Daten in ein Formular ein. Nachdem er dies vollbracht hatte, haute er schwungvoll zwei Stempel darauf und setzte zum Schluss eine gewaltige Unterschrift darunter, die vom linken Rand bis zur Mitte des Blattes reichte und aus einer Vielzahl entfesselter Kringel bestand. Für die Zweitunterschrift des Arztes war kaum noch Platz. Gegen eine Gebühr von dreißig Dollar händigte der Bürgermeister Timm den Totenschein aus. Zufrieden lehnte sich der Bürgermeister zurück. Eine kleine ältere Frau in blauem Kittel servierte Kaffee und Kekse.

Mit der Kaffeetasse in der Hand hob der Bürgermeister, nun ganz Politiker, zu einem Vortrag an über die Fortschritte, die der Distrikt in den letzten Jahren gemacht hatte, und lächelte zufrieden. Dann, als würde er sich daran erinnern, warum diese zwei Deutschen bei ihm waren, wurde er wieder ernst und erklärte: „Wir helfen, wo wir nur können, Señor Timm“. Mo beachtete er abgesehen von ein paar verstohlenen Blicken nicht weiter. „Mein Cousin ist Unternehmer und betreibt Handel bis nach Arequipa rauf. Er besitzt einen nagelneuen Lieferwagen und wäre bereit, Sie, Ihre Frau und ihren Herrn Vater, Gott sei seiner Seele gnädig, heute noch nach Lima zu fahren. Sagen wir für dreihundert Dollar.“

Mo übersetzte und schob nach: „Das ist ziemlicher Wucher. Wir handeln ihn runter.“

„Nein, das ist voll okay“, entgegnete Timm und zum Bürgermeister gewandt nickte er und sagte: „Gracias.“

Zurück in der Gesundheitsstation rief Timm erst Hartmut und anschließend Manuel in Cusco an, dann machten sie sich mit Hamid und dem Cousin des Bürgermeisters auf den Weg.

Als sie spät in der Nacht in Lima ankamen, schlief Timm fest. Der Fahrer brachte sie direkt zu dem Bestattungsinstitut, das Hartmut verständigt hatte. Der Bestatter stand schon vor der Tür seines Ladens und erwartete sie. Er nahm die Leiche entgegen und Mo musste ein paar Papiere unterschreiben, während sie Timm im Auto schlafen ließ. Auf dem Weg zum Hotel wurde er wach und begriff, was geschehen war. „Aber ich kann ihn doch nicht allein lassen", schrie er. „Manuel hat doch gesagt, ich soll ihn nicht aus den Augen lassen."

„Schsch", machte Mo wie zu einem kleinen Kind und nahm ihn in den Arm.

Sie verließen das Hotelzimmer zwei Tage lang nicht. Timm hatte am nächsten Morgen hohes Fieber. Mo gab ihm zu trinken und kühlte seine Stirn mit Waschlappen, die sie im Kühlschrank der Minibar aufbewahrte. Timm dämmerte vor sich hin. Einmal riss er im Fieberwahn die Bettdecke energisch von sich und erklärte, er müsse los, seinen Vater suchen. Mo zog sich vollständig aus und schmiegte sich an ihn, bis er sich beruhigte. Am zweiten Tag ließ das Fieber nach und am dritten Tag stand Eva in der Hotellobby.

Timm zündete sich eine Zigarette an, trank einen Schluck Cusqueño und dachte an sein Zimmer in Frankfurt. Jahrhunderte waren seither vergangen.

„Ich komme wieder, ich komme zurück nach Peru."

Er zog Mo sanft an sich und küsste sie auf den Mund.

Danksagung

Ich danke meiner Frau Anita Djafari, die mich von der ersten Zeile an ermutigt und unterstützt hat. Oliver Bottini danke ich für die wertvollen Anregungen und die guten Gespräche, die mich auf dem Weg begleitet haben.

Nassir Djafari

Im Sujet Verlag erschienen

Das Schweigen meines Vaters
von Doan Bui

aus dem Französischen
von Philippe Wellnitz

Roman
256 Seiten, 21,90 €
ISBN: 978-3-96202-006-4

Der Vater von Doan, einer jungen Frau, die als Kind vietnamesischer Eltern in Frankreich aufwächst, qird Opfer eines Schlaganfalls und kann nicht mehr sprechen: Da wird der jungen Frau Doan bewußt, dass sie eigentlich nichts von ihm weiß, von seiner Vergangenheir, von seiner Herkunft. Jetzt ist es zu spät, um Antworten auf ihre Fragen zu erhalten. Sie weiß nichts, bzw. hat nie die Geschichte ihrer Familie erforscht, die als Exilanten Vietnam verlassen haben. Mit dem chweigen ihres Vaters konfrontiert, geht sie wie ein Detektiv auf Spurensuche. Sie entdeckt Archive, befragt Zeitzeugen, bringt Photos zum Sprechen. Und so setzt sie das Puzzle Stein für Stein zusammen...

Doan Bui, die 1976 in Le Mans (Frankreich) geboren wurde, ist eine Autorin und Journalistin vietnamesischer Abstammung. Als Chefreporterin der Wochenzeitschrift „Le Nouvel Observateur" schreibt sie Reportagen, die viel Beachtung finden. Eine dieser Reportagen, die von Migranten handelt, die von der Türkei über Griechenland nach Europa gelangen möchten, ist mit dem renommierten Albert-Londres Preis ausgezeichnet worden. „Le Silence de mon pére" ist ihr erster Roman. 2016 wurde er mit dem Preis littéraire de la porte dorée ausgezeichnet. Bui lebt heute in Paris.

Nachtvögel
von Pascal Manoukian

aus dem Französischen
von Dorothee Calvillo

Roman
394 Seiten, 24,80 €
ISBN: 978-3-96202-002-6

1992 betreten die vier Hauptfiguren des Romans erstmals französischen Boden und bilden eine Schicksalsgemeinschaft, um mit dem zurechtzukommen, was ihrem neuen Leben widerfährt: Misshandlung, Ausbeutung, Betrug, aber auch Solidarität und Menschlichkeit. Letztere begegnet ihnen in Gestalt einer französischen Familie, die ihnen eine Wohnung in einem Mehrfamilienhaus vermittelt. Zufällig gelangen zwei der Figuren an einen gröseren Geldbetrag, durch den einer seine Schulden beiden Schleppern begleichen und die Familie nachholen kann. Als aber die Eigentümergemeinschaft eine Petition startet, um die unerwünschten Sans Papiers aus ihrer Wochnung zu vertreiben, geschieht etwas Schreckliches.

Pascal Manoukian, Fotograf, Journalist, Schriftsteller und Generaldirektor der Medienagentur Capa, hat mit Nachtvögel seinen ersten Roman vorgelegt.
Manoukian sagt über sich, es seien seine armenischen Wurzeln, die ihn immer wieder den Finger in die Wunden dieser Zeit legen ließen: Konflikte, Krisenherde und das Los derer, die zur falschen Zeit am falschen Ort zur Welt kamen.

Madonnas letzter Traum
von Doğan Akhanlı

aus dem Türkischen
von Recai Hallaç

Roman
472 Seiten, 24,80 €
ISBN: 978-3-96202-042-2

Doğan Akhanlı greift in Madonnas letzter Traum die Novelle Madonna im Pelzmantel des türkischen Dichters Sabahattin Ali auf und schreibt sie neu. Akhanlı macht Ali selbst zur Romanfigur. Auf seinem Weg ins Exil wird er 1948 von Angehörigen des türkischen Geheimdienstes getötet. Unmittelbar vor seinem Ableben gesteht er, Maria Puder sei in Wirklichkeit anders gestorben als in seiner Novelle. Madonnas letzter Traum ist der Versuch, die wahre Geschichte des Lebens und Todes von Maria Puder in der NS-Zeit zu entdecken.

Doğan Akhanlı, 1957 in der Türkei geboren, hat zahlreiche Romane und ein Theaterstück verfasst. „Die Tage ohne Vater" (dt. 2016) und „Madonnas letzter Traum" (türk. 2005) wurden zu den wichtigsten Romanveröffentlichungen der Türkei gewählt. 2013 erhielt er den Pfarrer-Georg-Fritze Preis in Köln, 2018 den Europäischen Toleranzpreis in Österreich.
1991 musste er aus der Türkei fliehen und kam als politischer Flüchtling nach Deutschland. Seit 1992 lebt er in Köln. Aufgrund seiner politischen Haltung war er mehrfach in der Türkei inhaftiert; zuletzt wurde er 2017 in Spanien aufgrund eines türkischen Haftbefehls festgenommen und schrieb darüber das Buch „Verhaftung in Granada".

Die ersten Tage der Welt
von Salem Khalfani

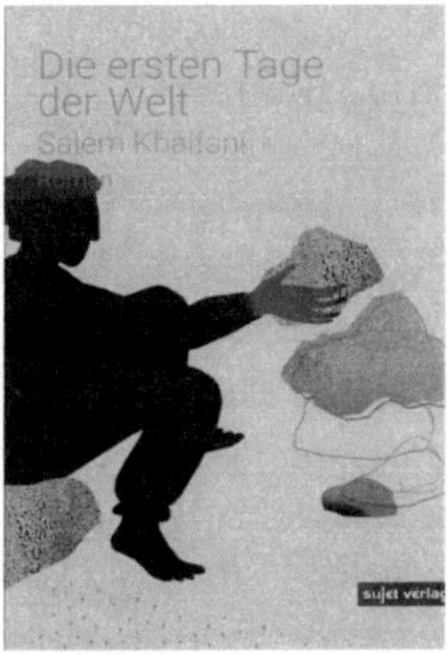

Roman
178 Seiten, 19,80 €
ISBN: 978-3-96202-033-0

Retrospektiv berichtet der Protagonist, wie er einst als Schüler der vierten Klasse seine erste Liebe in der Lehrerin Leili gefunden hat. Obwohl er ihretwegen einen harten seelischen Kampf mit seinen Mitschülern durchstehen muss, ist er glücklich, dass er die Lehrerin tagtäglich sieht und – auch ihretwegen – schöne Aufsätze schreibt. Ihm wird die Zeit in ihrer Vergänglichkeit erst gewahr, nachdem die langen Sommerferien begonnen haben und Leili anschließend die Dorfschule für immer verlässt. Doch er kann seine erste Liebe nicht vergessen. An die Adresse ihres Wohnhauses in Teheran schreibt er mehrmals (Liebes)Briefe, ohne dass er eine Antwort bekommt.

Salem Khalfani wurde 1963 im Iran geboren und lebt seit 1985 in Deutschland. Nach seinem Studium der Literaturwissenschaft an der Universität Mainz veröffentlichte er 2003 eine Studie über die „Ähnlichkeiten des Absurden" in der europäischen Literatur. Weiterhin publizierte er zahlreiche literarische Artikel, Rezensionen und Kurzgeschichten in iranischer Sprache.

Der Traum von Tibet
von Fariba Vafi

Aus dem Persichen
von Jutta Himmelreich

Roman
232 Seiten, 21,00€
ISBN: 978-3-96202-023-1

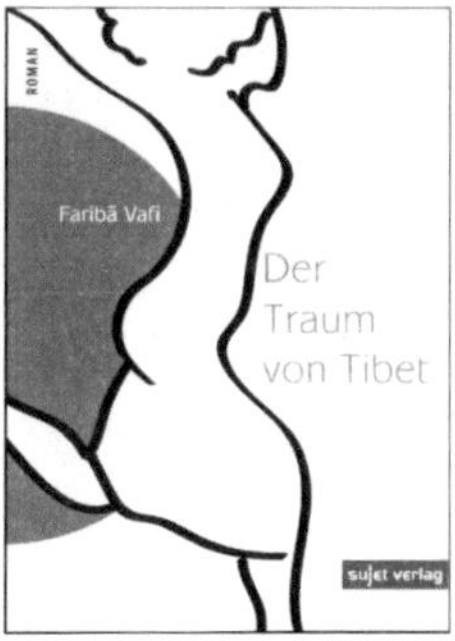

Die Suche nach Freiheit, der Wunsch nach Selbstbestimmung – zentrale Themen in Vafis Romanen – spielen auch in „Der Traum von Tibet" eine wichtige Rolle.
Die junge Scholeh leidet unter Liebeskummer und flüchtet zu ihrer Halbschwester Schiwa und deren Mann Djawid. Während Scholeh ihre eigenen Sorgen plagen, beginnt sie die Zufriedenheit der anderen zu hinterfragen: Ist Schiwa mit ihrem Mann glücklich? Hat Djawid größere Träume als eine Familie? Was bedeuten Intimität, Ehebruch und Autoritätskritik?

Faribā Vafī ist 1962 in Tabriz, der Hauptstadt der Provinz Ost-Azerbaidjan im Nordwestiran geboren. Sie lebt derzeit in Teheran und zählt zu den beliebtesten zeitgenössischen Autorinnen Irans. Iranische Kritiker verorten sie unter den Top 10 der modernen Schriftsteller des Landes. Sie wurde mit dem renommierten Huschang-Golschiri-Preis sowie dem Yalda-Preis ausgezeichnet, außerdem erhielt sie 2017 den LiBeraturpreis für ihr Werk „Tarlan".

Tödliche Fremde
von Mahmood Falaki

Roman
320Seiten, 22,80€
ISBN: 978-3-96202-022-4

„Wo beseitigt man in Hamburg eine Leiche?" Das ist nur eine von vielen Fragen, die den Protagonisten Nima, einen 43-jährigen Hamburger Lehrer beschäftigen. Um ihn herum scheinen alle nicht mehr ganz bei Trost zu sein. Sein Kumpel Heiko will, dass er mit seiner Frau schläft. Sein Freund Bardia, ein geflüchteter mittelloser iranischer Dichter, verwickelt sich in Rauschgiftgeschichten und einen Mordfall. Um diesem Irrsinn zu entfliehen, bricht er zu einer Reise in sein Herkunftsland auf, den Iran. Seit der politisch begründeten Flucht seiner Eltern vor 33 Jahren, hat Nima das Land nicht mehr betreten. Erst im Frühjahr 2017 entscheidet er sich, seine Wurzeln zu erkunden, der eigenen Identität nachzuspüren.

Mahmood Falaki wurde 1951 im Norden Persiens geboren. Im Iran studierte er zunächst Chemie und Bibliothekswissenschaft. Während der Schah-Zeit wurde er wegen seiner politisch-literarischen Aktivitäten zu drei Jahren Haft verurteilt.. Seit 1983 lebt er in Deutschland und seit 1986 in Hamburg. Er absolvierte sein Studium der Germanistik und Iranistik an der Universität Hamburg. Er wurde über „Goethe-Hafis" zum Doktor phil. promoviert.

Schließlichter
von Amir Shaheen

Kolumnen 2008-2010
107 Seiten, 14,80€
ISBN: 978-3-933995-94-0

„Die Banalitäte des Alltags verdienen Ihren Zorn", stellt indes Amir Shaheen fest. „Bitte regen Sie sich auf." Der Autor und Lektor dröselt bitterböse die immer anonymer werdenden Kontakte etwa zwischen Unternehmen, Banken, Dienstleistern und deren jeweiligen Kunden auf, bis nur noch eine Software als Ansprechpartner übrig bleibt. Den „aufgeräumten Mauerfall" nimmt er zeitgemäß aufs Korn, ebenso die 1000 Kilometer weit gereisten und damit klimakillenden Billig-Brötchen. (Leonberger Kreiszeitung)

Amir Shaheen, geboren 1966 in Lüdenscheid, aufgewachsen in Altena/Westf., lebt in Köln. Er ist Autor, Lektor, Herausgeber, gelernter Verlagskaufmann und schreibt Lyrik, Prosa, Satirisches und Kolumnen. Seit Juli 2010 betreibt er SHAHEEN: TEXT • REDAKTION • LEKTORAT und ist im Bereich PR, Öffentlichkeitsarbeit, Kommunikation u. a. für führende PR-Agenturen tätig. Amir Shaheen veröffentlicht seit 1989 literarische Texte und hat sich insbesondere als Lyriker einen Namen gemacht. Etliche seiner Gedichte erschienen in zahlreichen Anthologien, Kalendern, Zeitschriften, Rundfunk und Internet und wurden aufgenommen in „Der Große Conrady – Das Buch deutscher Gedichte".